只许你动心

木甜 ———— 著

Just
take
your heart

时代出版传媒股份有限公司
安 徽 文 艺 出 版 社

图书在版编目（CIP）数据

只许你动心/木甜著.—合肥：安徽文艺出版社,2019.9
ISBN 978-7-5396-6744-7

Ⅰ.①只… Ⅱ.①木… Ⅲ.①长篇小说—中国—当代
Ⅳ.①I247.5

中国版本图书馆CIP数据核字(2019)第159582号

出 版 人：段晓静
责任编辑：周 康 王婧婧 装帧设计：主语设计

出版发行：时代出版传媒股份有限公司 www.press-mart.com
安徽文艺出版社 www.awpub.com
地 址：合肥市翡翠路1118号 邮政编码：230071
营 销 部：(0551)63533889
印 制：合肥华云印务有限责任公司 (0551)63410599

开本：880×1230 1/32 印张：9 字数：290千字
版次：2019年9月第1版 2019年9月第1次印刷
定价：36.80元

目录 Contents

< 第一章 >

与你相逢好

/ 1 /

夏日的天亮得很早。

这个城市虽然早早就进入了高速发展的阶段，但在高楼大厦边的犄角旮旯里，依然有充满民国风情的弄堂小巷。

那里每天都充满了热热闹闹的烟火气。

“芸芸，你又牙疼了？”一大早，季晓戚就在客厅里风风火火地嚷嚷，“乖乖，我之前让你找时间去看牙医，你是不是没去呀？”

孟芸一晚上没睡好，黑眼圈几乎挂到下巴，看起来无比憔悴。

她从昨晚就开始牙疼，连带着半边脑袋一起发涨，翻来覆去一整晚，刚迷迷糊糊有点睡意，楼下已经开始有动静了。

婆婆阿姨们相约买早饭、买菜时叽叽喳喳的交谈声，老式无线电收音机的音乐声……老房子不怎么隔声，各种各样的声音仿佛就在她耳边，让她头疼欲裂，再也没法入睡。

因为借住在别人家，孟芸也不好太懒散，捂着腮帮子早早地起床帮忙做早饭。

季晓戚这样一嚷，季妈妈也发现了不对劲，担忧地看了孟芸几眼——她本来还以为小姑娘乖乖巧巧的是因为本身就不爱说话呢，原来是牙疼。

季妈妈可心疼孟芸这样又乖又懂事的小姑娘了，连忙将孟芸推出厨房，也不让她帮忙，喊季晓戚赶紧吃完早饭陪她去看医生。

这是孟芸回国后的第二天，她还没来得及去找房子、找工作，就先被好友拽到了医院。

“没什么大事，应该就是太累了，不用看医生的，吃点消炎药就好。”

季晓戚眉毛一挑，说：“我还不知道你吗，可能忍了。不行不行，还是得赶紧看医生，难道你想捂着脸去面试、找房子？”

孟芸向来没什么主意，耳根子又软，被季晓戚训两句就乖乖地跟着她走了。

牙科一年三百六十五天，只要科室不休息，就永远有人在排队挂号，而且病患不分年龄、不分性别，只有痛苦和更痛苦的区别。

孟芸常年被牙痛困扰，又特别害怕牙医，一走进牙科就战战兢兢的，脸色都白了。

季晓戚没有发现她的反常，三两步走过去给她挂了号。

孟芸的语气有点虚弱，一边拿零钱付款，一边对着那挂号的护士诚恳地说道：“麻烦给我找一个温柔点的医生……我有点怕疼。”

护士面无表情地挥了挥手，说：“里面会叫号的，叫到哪个医生就是哪个。”

“哦……好、好的，谢谢。”

季晓戚对孟芸非常了解，从两人认识开始，孟芸就一直是有点娇气的样子——倒也不是刁蛮大小姐的那种娇气，就是特别怕疼，平时手被门轻轻地夹一下，她都眼泪汪汪的。可以看出孟芸不是装出来的，是真的怕痛，再加上她别的方面都很好，说话做事都特别讨人喜欢，所以也不会有人觉得她作。

当时同寝室的室友还认真地讨论过，孟芸应该是痛觉神经特别发达，还开玩笑说她以后可不能生孩子，不然非得痛晕过去。

这转眼三年过去，孟芸说话做事都比大学时成熟了许多，只有怕痛这点还是一点都没变。

季晓戚想到以前的事儿，心中感慨，瞟了一眼坐在旁边的孟芸，犹犹豫豫地问道："芸芸，你和那个谁……"

孟芸一愣，一时没想到她口中的"那个谁"是谁，好一会儿才反应过来："你说魏学长啊？没有，毕业之后就没联系了。"

听她的语气倒不像是旧情未了的模样。季晓戚松了口气。

想想也是，这么多年过去了，要是还对一个冷漠到骨子里的人一往情深，那不成受虐狂了吗？

当时胆小又软弱的孟芸鼓起勇气去追医学院的"大学霸"魏宋词，这件事着实引起了不少人的议论。

虽然孟芸在学校里不怎么爱说话，又有点小可怜的模样，但是外貌确实不错。教育学专业女多男少，漂亮的女生也挺多，即便如此，每次排系花她依然能榜上有名。

魏宋词在医学院也算是顶尖学霸，虽然论颜值输给了他同寝室的室友，但单独拎出去也能夸一句帅。

孟芸难得大胆，追起人来一点都没有遮掩，颇有些轰轰烈烈的意思。大家都看在眼里，也都觉得两个人挺般配，多半会有个好结局。哪知道最后还是没成，还让孟芸伤心得一毕业就远走他乡了。

一想到过去的事儿，季晓戚就生气："魏宋词简直就是有眼无珠，我当时真后悔没找人去教训教训他！"

季晓戚说得义愤填膺，直把愁着脸的孟芸给逗笑了："小七你真是一点都没变，还是和以前一样喊打喊杀的。"

"不好吗？"

“好，我最喜欢小七了。”孟芸闷闷地笑着，捏了捏季晓戚的手。

“反正你对他没兴趣了最好，以后我给你介绍更帅的！三条腿的蛤蟆难找，两条腿的单身帅哥还少吗？”

孟芸顿时哭笑不得，心想季晓戚还是这么直白。当然，也正是因为有这样贴心的季晓戚陪着聊天，孟芸才渐渐地放松下来。

眼见着马上要叫到孟芸的号码了，季晓戚突然想起什么似的，说起了一件过去的趣事：“说起来，你还记得魏宋词那个室友吗？当时医学院的院草，我们还一起唱过歌呢。还有印象吗？”

孟芸的心一抖，不知道季晓戚为什么突然提起这个人，结结巴巴道：“他、他怎么了吗？”

季晓戚没有听出孟芸话里的紧张，乐呵了一会儿，说：“你出国之后，他到处打听你的消息，还联系过我。当时大家都以为是魏宋词改变了心意，却不好意思自己来问，才找了室友来问，所以没人理他。不过也是，你这个狠心的丫头走得悄无声息的，也不告诉人，我们就算想说也不知道啊！闹了一阵子，就没再听到他的消息了。”

她看了孟芸一眼，笑道：“你要当时提前告诉我一声，说不定还真和魏宋词成了。不过我可不看好这种装模作样的男人，吊着人两年，等人走了才想找，这不是有病吗？”

孟芸低下头，不敢让季晓戚看到她的表情：“那……那个人……他后来有没有说什么？”

“哪个人？魏宋词的室友？听说去大医院当医生了。我有个高中同学一直暗恋他来着，同学会的时候说起他现在的工作好得不得了，房子车子都买了。唉，早知道当时我就应该……”

孟芸松了口气，又小心翼翼地问道：“那他……”

话音未落，广播已经叫到了她的名字。

“牙体牙髓科198号孟芸，请到三号诊位就诊。”

季晓戚拍了拍她的肩膀，说：“到你了，芸芸，要不要我陪你进去？”

孟芸紧张得要命，手指都揪到一块儿了，但还是强撑着对季晓戚笑了笑，说："不用，谢谢小七。"

季晓戚有点好笑，知道孟芸爱面子，怕治牙时狰狞的样子被自己看到，所以也不勉强，只是安慰道："那我给你看着包，去吧去吧，别怕。"

孟芸点了点头，小心翼翼地推开了诊室的门，走到三号诊位旁边。

牙科诊室是一间很大的房间，共分了十五个诊位，每个诊位都有配套的口腔综合治疗台。诊位与诊位之间用半人高的隔板挡开，靠近过道的一侧也有挡板，只留一个小通道供人出入。

三号诊位里前一个病人还没走，正弯腰和医生说些什么，那医生则被隔板挡住了身影，一时看不清长相。

孟芸很有礼貌地站在一步开外，等那病人离开之后，才往前走了一步，轻声道："医生你好……"

那医生正对着电脑打病历，口罩摘了一半，露出精致的眉眼和侧脸轮廓。孟芸抬头看了他一眼，愣了一下，声音顿时就卡了壳："你……"

那医生笑了笑，将挂在耳朵上的口罩完全拿下，露出了俊朗的笑容。

这熟悉的模样，确实是曾经迷倒万千少女的故人了。

"孟芸，真是好久没见了。"他的声音质感温润，语速不急不缓的，能让听者放松下来。只是他的语气里带着一丝让人捉摸不透的味道。

孟芸的心抖了一下，表情看起来像是要被吓哭了，结巴着喊道："陆、陆、陆野，好久不见……"

故人重逢得突然，而这里不是叙旧的好地方。

陆野用下巴点了点治疗台，又拆了全新的手套和口罩，说："上来吧。"

来来往往的都是医生、护士，还有一脸苦色的病人，孟芸知道这时候最好就是什么都不说。她轻轻地抿了抿唇，按照他说的，小心翼翼地躺了上去。

三年没见，陆野的气质比大学时成熟了不少，眉眼却依然精致。

孟芸看着陆野拿着口腔镜给自己检查牙齿。两人之间只有不到一臂的距离，如此近的距离更显出他的清隽，他专注的模样足以让很多女人心动。

最不想见到的人却最先见到了，果然不能在背后说人。

刚才季晓戚还提到这人，结果没过十分钟，这人居然就出现了。孟芸忍不住捏住了裙子。

也许是气氛太过微妙，陆野突然眯眼笑了笑，用轻松的语气说道："你这口牙问题多得很啊……这次是哪边疼？"

孟芸红着脸，伸手指了指右侧脸颊。

陆野的笑一直是这样，张扬又带了点痞气，和魏宋词那样的高冷学霸完全不一样。他伸手从旁边拿了个金属的镊子，对着她右边的牙轻轻地敲了一下。

"呀！好痛！"孟芸忍不住惊叫出声。真是牵扯着脑神经般的痛，只是这样碰一下，她都觉得要从床上弹起来了。

虽然有些不合时宜，陆野的脑中却闪过了孟芸脸红含泪的画面。他压下心中起伏的情绪和一切说不出口的问题，将手上的镊子和口腔镜都放到旁边的托盘里，转过身去开单。

"去拍个片子，这颗牙应该要断神经了。"

一听这话，孟芸当即就有些慌了神："这么严重了吗？"

她的声音很轻，还带着怯意，陆野的心像是被羽毛轻轻扫到，仿佛有电流蹿过。

"都疼成这样了，还不严重吗？"陆野开了单子，把诊疗卡塞给她，"去缴费拍片子，可以的话今天先开个口，炎症消了就不痛了。"

孟芸颤颤巍巍地站起来，白着脸去缴费了。

陆野看着她纤细瘦弱的背影，手不由自主地握成了拳。

三年了。

距离这个女人不告而别，已经足足三年了。

陆野想到当年他疯了一样地找人四处打听她的去向，只觉得自己可悲又可笑。明明知道她心里有别人，他却依然不愿意放手。

现在她终于回来了。

孟芸并不知道背后的目光里有多少思绪，她现在全心全意地沉浸在紧张与害怕之中，还有一些说不出的惊吓和茫然。

季晓戚看到孟芸失魂落魄地走出来，连忙上前问道："怎么样了？医生说什么？"

孟芸看起来快哭了："要断牙神经……"

季晓戚一愣，不禁喊道："这么严重了啊……看你下次还敢再忍着吗！"

孟芸从大学开始就讳疾忌医，连牙疼都能忍上几个月，忍到不痛为止。用她的话来说，就是宁可慢慢地痛着，受不了就吃几片止痛药，也不愿意去面对残暴的牙医，因为那实在是太可怕了。

孟芸虽然看起来有点娇气，但是这"忍功"着实一流。

有季晓戚在旁边盯着，孟芸也不敢溜号，乖乖地交钱拍了片子，回到陆野那边。陆野没有喊下一个病人，一直在等着她。

孟芸不敢直视他的眼睛，只是把病历和诊疗卡放到了他桌上，看着光洁的地板小声地说道："陆医生，好了。"

陆野"嗯"了一声，打开了她的片子。

医院的电脑比较老旧，图片加载速度很慢，他便趁着这时间问了些题外话："就这么怕我？"

孟芸不说话，陆野也不逼她，仔细地看了看她牙齿的 X 光片，指着屏幕给她解释道："你看，这颗牙已经烂到神经了，我给你做个根管治疗，把牙神经杀了，就不会再痛了。等你这一口牙都修好之后，你去楼下修复科挂个号，让医生给你做个牙套保护一下……"

只有这个时候，陆野看起来才会正经许多，配合他的语气，他的话也显得很有说服力。

孟芸听着就觉得脑袋疼，但是也知道没法儿再忍下去了。她刚回国，还有一大堆事情要忙，要去找工作、找房子，牙疼着总不是个办法，只能快点治疗了。

等她颤颤巍巍地躺到治疗台上之后，就听到陆野朝外面喊了一声，然后便有女护士拿着一支小针管过来递给他。

陆野先给她冲了冲牙，伸手拆了针管，看到她一脸紧张的模样，安抚道："是麻药，打完就没感觉了。"

孟芸被那个长长的针头吓坏了，颤着声央求："你、你轻一点……"

陆野一愣，似笑非笑地问道："哪里轻一点？"

孟芸的脸一下子红了起来。

陆野看她整个人都快要烧起来了，也不再逗她，安慰道："放心，真的一点都不疼。"然后他又补充道，"我会轻一点的。"

说轻就真的轻，陆野的动作很快，跟她扯了几句有的没的，一管麻药就全部打了进去。

孟芸只觉得被轻轻地戳了一下，还没感受到痛，就已经结束了。等了一会儿，麻药起效之后她的半边脸就僵了，不怎么能动，自然也没有了痛感。

陆野轻笑了一声，问："还可以吧？"

孟芸的眼睛湿漉漉的，似乎将想说的话都藏在眼神里了。

"你还是闭上眼睛吧，你这样看着我，会影响我的操作。"

"哦。"她顺从地闭上了眼。

陆野的医术没话说，他在大学时成绩虽然不如魏宋词那样的学霸，好歹是学霸的室友，耳濡目染也能算半个学霸，至少每年的奖学金都榜上有名。

孟芸他们是四年学制的，而陆野和魏宋词都是口腔医学科，八年本硕博连读，所以她毕业之后，也不知道陆野后来怎么样了。但是看现在的样子，应该是还不错……非常不错的。

孟芸的心思飘得有些远，加上昨天晚上没睡好，陆野的动作又轻柔，她渐渐地起了睡意。

迷糊了一会儿，陆野就说了一声“好了”。孟芸迷迷糊糊地睁开眼，不期然地和陆野四目相对。

陆野眯着眼笑了起来，对孟芸说道：“漱口，起来。”说着，便转过身去写病历。孟芸默默地站起身时，陆野又问道：“下周什么时候有空？周三或者周四的下午，哪一天方便？”

“周三吧。”

“嗯，那约三点半吧，留个手机号给我。”

孟芸顿了一下：“还要手机号啊……”

陆野回头看了她一眼，说：“要不然我突然有事，怎么通知你啊？”

孟芸被说服了，压住心底尴尬又紧张的情绪，轻声报出了一串号码。

陆野把手机号记下，又给她开了一盒止痛药和消炎药，这才放她出去交钱回家。

孟芸只觉得自己出了一身的冷汗，也不知道是因为怕痛紧张的，还是因为乍然见到陆野紧张的，总之有些浑浑噩噩。

季晓戚陪着她交完钱才问道：“发生什么事了？怎么脸色这么白啊？”

孟芸身体一僵，季晓戚并不知道当初她和陆野之间发生了什么。她强撑着笑了笑，说：“刚刚给我看牙的那个医生……是陆野。”

季晓戚愣了一会儿才反应过来：“就魏宋词那个室友？高富帅系草？我们刚刚说起的那个？这也太巧了吧！”

她感叹了好一会儿，突然意识到这话不应该对着孟芸说：“不好意思啊，芸芸，我没想到这么巧。咱不去想他了，跟魏宋词有关的一切人都别放心上，知道了吗？”

孟芸看到好友自责的表情，心中因为不能说出真相而感到万分歉疚，只得安慰季晓戚道：“我真的不在乎了，小七，你别觉得不好意思。魏宋词是谁啊，不就是个年少无知时认识的老同学嘛！我在国外遇到的帅哥千千万，都快忘了他什么样了！”

孟芸越说声音越轻，到最后连耳尖都红了。

季晓戚摸了摸她的头，说：“我们乖乖实在是太可爱了。”

因为根管治疗有几次疗程，孟芸也没急着找工作，而是先找起了房子。

虽然季晓戚很客气，季妈妈对她也很照顾，但到底是和他们一大家子人一起住，并不方便，她也不能一直打扰人家。

孟芸从小一个人在外生活，对很多事情都没有那么讲究。她并不在乎通勤时间，所以也不在乎住在哪个区，只要挑地铁站附近的房子就好。又因为胆子小，所以不会和别人讲价，只要房租价格和房子大小差不多就去看看，很快便敲定了一处房子。

那是一套小两室的整租，面积不大，但是该有的都有，还是中环以内的地铁站附近。孟芸自己非常满意，季晓戚却不怎么放心，非要周末跟着她去看看之后才肯让她签合同。

孟芸刚和房东约完周六早上再去看一次，还没放下手机，铃声就突然响了起来。来电显示是一个不认识的号码。

孟芸怕错过什么事，毫不犹豫地就接了起来：“喂？”

电话那头传来一声轻笑：“孟芸？”

孟芸手一抖，声音开始紧张：“你……你哪位……”

“呵，才过三天就不记得了？我是陆野，记住了吗？快把我手机号存下来，下次可别忘了。”

孟芸简直要哭了：“你怎么能随便记病人的手机号呢？”

“谁的电话啊？是房东吗？”听到她说话的声音，季晓戚皱着眉走进了房间。

孟芸这几天一直睡在季晓戚的房间里，她刚刚进来的时候没想到是陆野的电话，所以也没有关门。

“一、一个朋友……”她答得有些磕磕绊绊，眼神也不由自主地发飘。

季晓戚只当她是有什么隐情，也没有追根究底，拿了衣服就关门出去了，把房间完整地留给孟芸。

陆野也听到了她这边的动静，好一会儿没开口，等她这边静下来之后，才慢悠悠地问道："你住在朋友家？"

虽然门关着，孟芸还是压低了声音说："陆野，我们没有那么熟。"

陆野在电话的那头笑出了声："孟芸，我们这种关系还能叫'不熟'吗？"

哪种关系？

孟芸又气又急，无奈嘴巴太笨，一时间没来得及反问出口，就被陆野干脆利落地堵了回去："明天晚上一起吃饭，老同学回来了，怎么也得好好聊聊吧？"

"我没……"

"地址一会儿发给你，明天见。"

因为陆野的这句"明天见"，孟芸又一次失眠了，翻来覆去睡不着不说，还差点把自己的头发都给揪下来。

为什么陆野这个人就不能让过去的事情都过去呢？

周六一大早，季晓戚跟着孟芸一起去看了房子。

房子位置和房型确实不错，价格在同区域内也算是平均价格。房东是个二十几岁的小姑娘，说是要出国留学，所以把名下的小房子租出去赚点生活费。

这个条件确实比较合适，连季晓戚都没有话说，孟芸干脆地掏了四个月的租金，当场就和房东签了合同。

那房东看孟芸这么爽快，对她顿生好感，便随口提醒了几句："这边小区的安保还是很好的，但是如果你们两个女生一起住的话，晚上不要走后街那条路。那边的路灯坏了好几年了，天一黑就看不清路，有安全问题。"她向两人解释了一下那条路的位置，"平时坐地铁是另一个出口，不会走过那里的。"

孟芸和季晓戚连忙一起道了谢。

一件大事敲定，孟芸感觉身上一半的担子卸了下来，稍稍松了口气。季晓戚也为她高兴，两人手挽着手，如大学时那般慢慢地一边走一边闲聊。

“工作有眉目了吗？”季晓戚问道。

“嗯，有两三家在考虑。”

“你要不就来我们这儿吧，虽然是放学后的小班，但工资还是很可观的。”

两人都是学教育学的，也都考了教师资格证，又一同选择了做幼儿教师。季晓戚一毕业就进了一家晚托带班机构，工作比较悠闲，工资也不少，比普通的高中老师都好得多。

孟芸笑了笑，拒绝了她的好意：“我还是比较想去幼儿园。”

“也是，在机构里工作，万一孩子太皮，你这么软绵绵的，可能压不住他们，还不如在学校轻松。”

季晓戚本想趁着周末带孟芸去吃顿好的，哪知道才走到地铁站，就看到孟芸有些抱歉地冲着她笑了笑，说：“不好意思啊，小七，今天晚上约了朋友……”

“是我认识的朋友吗？”

“啊……”

“没事没事，不说也没关系，”季晓戚挥了挥手，“那你去吧，晚上小心一点，不行就打个车回来，或者给我打电话，我去地铁站接你……”

季晓戚习惯了这样照顾孟芸，又怕她三年没回来，不适应这个城市的点点滴滴，便忍不住叮嘱了好一会儿。

孟芸心里有点羞愧，好几次忍不住想将真话脱口而出，但最后都被她悄悄地憋了回去。反正她今天就是去跟陆野说清楚的，也没必要告诉季晓戚，再生事端了。

孟芸耐心地等季晓戚说完之后，轻轻地抱了抱她。

“我知道啦，你放心吧，我很快就回来。”

孟芸到达约定的餐厅的时候，陆野已经坐在那儿了。看到她进门，陆野优雅地站起来，绅士地替她拉开椅子，仿佛他们吃的不是火锅，而是西餐。

孟芸被他的动作弄得有些手足无措，怯生生地坐下之后，头都不敢抬，全程只偷偷地瞟了他一眼。

陆野没穿白大褂，就穿了普通的卫衣和休闲裤，看起来跟大学生一样。但是简单的服装也挡不住他过人的颜值，旁边那桌的女生频频回头，头发都快甩进面前的锅里了。

陆野在菜单上勾了几个菜，然后将菜单递到孟芸手上。

“我记得你最喜欢吃火锅，不过你还在补牙，最好不要吃刺激性的东西，所以就给你点了个清汤锅过过瘾。辣锅嘛，看着我吃就行了。”

孟芸的头都快埋进菜单里了，纵使她脾气再软，听到这话也想冲着陆野欠扁的脸上狠狠地揍一拳。

她本就不是来吃饭的，随手点了几个菜后便直接切入了正题：“陆学长，抱歉，这个牙补完之后，我们也别再见面了……”顶着陆野灼人的目光，她的声音越来越轻，越来越没有底气。

陆野挑了挑眉，一下抓住了她话中的重点，问道：“为什么？”

恰好这时服务员过来上了汤底，孟芸说不出话，脸却一点点烧了起来。

陆野贴心地接过自己的话头：“不就是和我抱着躺了一晚嘛……”他的语气突然严肃起来，“第一，那晚我们什么都没有发生，没必要避嫌。第二，你当任何女人醉得七荤八素扑过来我都会接住吗？孟芸，你敢说，如果当时不是我接住你，你会乖乖地跟别人走？”

“可是……”

“没什么可是。孟芸，你明明知道当时我一直喜欢你，你才觉得没脸见我，没脸见老魏，所以才跑到天涯海角去的，不是吗？现在你既然回来了，我就不可能放你跑了。”陆野说完一段霸气十足的追求宣言，马上又变回了原来那个有点痞痞的、爱开玩笑的陆野，“更何况你还夺走了我的清白。孟芸，那可是我第一次和女生睡一块儿呢，腹肌都被你摸了。”

孟芸只觉得胃疼得要命，明明是最喜欢的火锅，偏偏连筷子都提不起来了。这场面跟她预想中的不太一样，但是要论口才的话，她一辈子都说不过陆野。

“陆学长，当时的事……我很抱歉，刚刚的话也很抱歉，没有考虑你的心情。那……以后我们可以不提那件事了吗？”

陆野勾了勾唇，递给她一碗已经烫好的食物，都是她爱吃的，一边说道：“你以前跟着老魏来聚餐的时候，我看你爱吃这些菜，不知道现在还喜不喜欢了。不喜欢的话，也可以跟我说说现在喜欢什么。”

纵然陆野的表现处处体贴，孟芸还是觉得尴尬又无奈。毕竟两人有那么一段过去，现在像老友一样坐在一起吃饭、聊天，怎么想都觉得奇怪。

好歹熬过一顿饭后，陆野执意要送孟芸回家。

孟芸不想在车上跟他再尴尬地相处几十分钟，拼命拒绝道：“我现在住在朋友家里，那边都是老房子，车开进去就开不出来了，不方便……”

陆野想了想，点了点头，又锁了车，淡定地说 ：“那我送你去地铁站吧。”

孟芸全程都低着头，自然注意不到陆野跟在后面盯着她看了一路。

好不容易到了站，季晓戚家离地铁站也就五六分钟的路程。孟芸不肯让陆野出站再送，只让他赶紧回去：“我朋友在出站口等我呢。陆学长，你先回去吧，今天谢谢你的晚餐……”这顿饭成功地让她消化不良了。

陆野被她纠结的表情逗笑了，也不再勉强她：“那我看着你出去。走吧，周三见。”

被这样的故人见面一闹，晚上孟芸又难免想起了过去的事情。

第一次厚着脸皮去倒追男生，好像已经是很久很久之前的事情了。

孟芸费劲地想了想，发现记忆里魏宋词的五官都已经模糊，似乎快要想不起来了。倒是和魏宋词同寝室的陆野，因为长得实在太帅，又一直和魏宋词同出同进，和她见过太多次，又发生了那次意外，这几年来都一直面目清晰。

孟芸还记得季晓戚问过她，为什么喜欢魏宋词，明明旁边就有更帅的陆野。她想了想，发现已经忘记当时是怎么回答的了。

凌晨两点多的时候，陆野突然发来消息。

乌漆墨黑的房间里，孟芸被手机轻微的震动吓了一跳，条件反射地去看身后的季晓戚，发现她没有被吵醒的迹象，这才轻手轻脚地跑到客厅里去看消息。

陆野："家里有没有健胃消食片？我看你好像吃得不太舒服，应该是太撑了，还是要小心一点哦。"

孟芸被他气得手抖，差点把手机扔出去，好一会儿才平复下来。

世界上怎么会有人这么厚颜无耻？

而陆野似乎算好了她冷静下来的时间，又发来一条新的消息。只看文字，都能感受到他语气嚣张得要命。

"你陆野学长，目前未婚，工作稳定，有房，有车，无女友，宜嫁娶，宜恋爱，望你知。"

/ 2 /

虽然发生了"回国没几天就偶遇了陆野"这样的意外，孟芸的生活还是要简单地过下去。

她的本科学校名声在外，她又在国外研读了两年儿童心理学，所以简历往外一发，立马就有好几家幼儿园找上门来。

虽然现在公立幼儿园比较稳定，孟芸还是偏向选择私立学校。

一是她自己要生活，需要比较可观的工资；二是要还她大妈的钱，她大妈家不算富裕，又供她留学两年，她总是得还回去的。

孟芸和季晓戚讨论后，在两家私立幼儿园中挑选了一下，很快做了决定，敲定周四入职。

这是孟芸在国内的第一份工作，她免不了心情激动，只是这种激动在想到周三下午还得和陆野碰面之后，就像是气球一样一戳就漏气了。

陆野并不知道孟芸心里的想法，虽然上班要穿白大褂，但他还是精心挑选了内搭，正好从白大褂里露出一截领子。

“陆医生！今天晚上一起去聚餐吗？”

陆野在医院里人缘特别好，只要一闲下来，就会有漂亮的护士跟他搭话。他心情好，便笑眯眯地回答道：“今天不行呢。”

护士小姑娘立马就苦了脸，问道：“陆医生是有事吗？”

陆野勾了勾唇，歪过头轻声答道：“要去追女朋友呢。”

孟芸也没想到会在电梯里碰到陆野。她站在离电梯门最近的地方，门一打开，就看到陆野在和小护士调笑聊天。

孟芸愣了一下，打招呼道：“陆医生，你好。”

陆野一看到孟芸就露出满脸惊喜，等她走进电梯，他就挤到她旁边，冲着后面的小护士挑眉，介绍道：“就这个，我未来女朋友。”

不要脸！孟芸在心里暗骂一声。

电梯里的人挤得满满当当，应该都听到了陆野这不着调的话。孟芸只觉得脸快要烧起来了，恨不得立刻挖个洞把自己埋进去。

那小护士却没注意到孟芸的表情，撇了撇嘴道：“陆医生，你别开玩笑了。”

陆野耸了耸肩，也不说话了。

好在很快就到了牙科的楼层，陆野跟着孟芸一块儿走出去，不紧不慢地走在她旁边，笑眯眯地跟她搭话：

“今天来得这么早呀，是想快点见到我吗？

“这几天有牙疼吗？

“工作找好了吗？”

孟芸简直不堪其扰，终于忍不住停下脚步，冲着陆野低声道："陆野，你干吗呀！"她的声音听起来软软的，好像谁都能欺负一下，尾音也特别人畜无害。

陆野的心一下就软了，也不再逗她，清了清嗓子，说道："那最后一个问题，问完我就不说了。"反正还有几步路就到诊室了。

孟芸却很认真地问道："什么？"

"今天晚上可以一起吃饭吗？上次看你心情不好，很多话都没来得及说。"陆野眯起了眼睛，一字一句说得严肃，"这次不吃火锅了，真的。"

孟芸此时的表情完美演绎了一个表情包——气成河豚，她真是没见过陆野这样的人。虽然他们大学时有些交集，但是当时她的目光全部放在了魏宋词的身上，对陆野的了解比较表面，竟然没有发现他隐藏的这一面！

不过这里是医院，孟芸也不是能在大庭广众之下跟人置气的人，只是低声一字一句地开了口："不可以。"

陆野叹了口气："那下次有机会再一起吃饭。今天还要我轻一点吗？"

不管之前开了多少不着调的玩笑，等到孟芸真躺上治疗台，陆野戴上口罩，又恢复成了那个严谨认真、医术高明的陆医生。

补牙的时候，其实闭着眼睛会更害怕。因为未知，所以会感到恐惧。孟芸明明快要怕死陆野手里的那些钻子、长钩之类的工具了，却依然固执地睁着眼睛，目不转睛地看着陆野的动作。

陆野的动作很快，而且很细致。虽然孟芸心里害怕得要命，但是看到陆野专注的眼神，又觉得稍稍不那么害怕了。

这次的复诊只是换药腐蚀神经，不到半个小时，孟芸就听到陆野说了声"好了"。她捂着没知觉的侧脸，从治疗台上坐起来。

陆野摘了手套扔到一边，转过身去写病历，同时嘱咐道："还是像上次一样，前三天吃消炎药，到疼得受不了了再吃止痛药。不要用这边牙咬东西，平时都用另一边……下周三这个时间再过来。"他耐心地交代注意事项，语气里也没有了痞里痞气的感觉。

孟芸很认真地点了点头，应道："知道了，谢谢陆医生。"

陆野等孟芸交完费回来才把病历还给她，又看了一眼时间，说："我送你回去吧？"

孟芸被吓了一跳，连忙摆手拒绝道："不用了！我家很近的。"

她家是真的很近，她昨天就搬到了自己租的房子里，坐地铁到医院也不过二十分钟的路程。

陆野的脸上有点倦色，还没来得及说话，下一个病人就走了进来。于是，他没再多说什么，而是耐心地给下一个病人看诊。

孟芸一直到回到家才收到陆野的短信。

"路上小心一点，到家了给我发消息。"

孟芸盯着这条短信看了好一会儿，忍不住深深地叹了口气，整个人都瘫在了沙发里。

陆野这是真的要追她的架势啊。

孟芸的新工作单位是一家私立的幼儿园，所以上班第一天她就感受到了工作的压力。

院长是个看起来很严厉的中年女人，看到孟芸说话做事都比较软，人也乖巧，便忍不住指点了她一番："我们学校里有很多孩子的家庭出身都比较好，家里会比较疼爱，所以对他们不能太严厉，也不能太放纵，师生之间的关系要维护好。最重要的是，千万要保证孩子们的安全。"

孟芸在国外也没有做过正经的幼儿教师，虽然大学就拿了教师资格证，但她还是第一次带学生上课，便非常仔细地把院长的话都记下来。

按照学校的规定，新老师一般先从副班主任做起，辅助班主任管理班级。孟芸被分配到比较好带的大班，带她的班主任是个挺年轻的女老师，看起来也就二十七八岁的模样。

"你好，我叫张清，你可以叫我张老师。"

张老师很和善，趁着学生午睡的时候，仔细地给孟芸讲了一遍这个班级的带班要点。

“班上有几个小男孩很皮，平时一定要看好他们，别让他们受伤了。有一个小女生不太爱说话，小孩皮的时候会欺负她，你要制止他们……”张老师交代完班级事务，又笑着问孟芸，“孟老师，你有男朋友吗？”

孟芸被这个问题吓了一跳，愣了一下才轻声答道：“没有……”

“没有最好了。做我们这一行时间久了，脾气会变差。工作压力很大，不方便交男朋友。”

新工作才适应了两天，孟芸就已经觉得有些辛苦了。

想象是挺美好的，现实实在是太过于骨感了一些。

好不容易到了周末，有了喘息的时间，季晓戚约她吃饭，孟芸便收拾收拾出门解压。

“挺累的吧？”听孟芸说完工作的事，季晓戚给她烤了一片肉，夹到她的盘子里，“熊孩子家长不管，做老师的是很难管好的，不过有的时候也要讲方法。

“有些小朋友吃软不吃硬，你就对他们软，讲道理；有些小朋友吃硬不吃软，不到黄河心不死，你就得狠狠地训，训到他们不敢再做为止。孟芸，我记得你最擅长这个啦。”

孟芸苦笑了一下，说：“理论知识擅长有什么用，真的实践下来还是很难的。”儿童心理学虽然教会她如何理解儿童的思维，却没有教她怎么应付各种不同款的“小魔头”啊。

季晓戚被她的表情逗笑了，还想再说什么，孟芸的手机突然响了起来。

孟芸放下筷子，看到屏幕上“陆野”的字样，生怕被季晓戚看到，二话不说立马接了起来：“喂？”

陆野的声音里带着笑意，透过电磁波传到她的耳边，似乎都带上了灼热的气息：“我看到你了。烤肉，B29 桌，对吗？”

孟芸吓了一跳，条件反射地转头四处搜寻着陆野的身影。

“别找了，看左边。”

孟芸转向左边。

陆野在玻璃墙外冲着她挥了挥手，对着电话说道：“咬肉的时候注意一点，知道了吗？”

“知道了，谢谢你。”

“顺便帮我跟季晓戚问好。之后她会经常见到我的。”

“为什么？”孟芸愣了一下，问道。

陆野大笑起来，说：“因为我在追你啊。没听过一句话吗？想搞定一个女孩子，搞定她的闺密就等于成功了一半。”他的语气里满是志在必得，“我喜欢你，不许你装作看不见，我得昭告天下才行。你先和季晓戚打个预防针吧！”

孟芸的脸终于不可抑制地红了起来，她忍不住喊道：“陆野，你神经病啊！”

孟芸难得骂人，耳朵根都红得快要滴血了。她没等陆野再说什么，就干脆地把电话给挂了。

陆野站在烤肉店外面，看着她低着头气恼的模样，忍不住闷闷地笑了起来，伸手摸了摸耳垂。

孟芸实在是太可爱了。

骂人只会用“神经病”，骂完人还会红脸的那种可爱。

陆野透过玻璃深深地盯着她看了一会儿，这才转身离开。

孟芸并不知道陆野已经走了，只当他还在外面，便故意不抬头，不想看到他的表情。

然而对面的季晓戚已经听到了她刚刚生气时说的话，皱着眉头问道：“谁？陆野？”

“啊……对……他不是我现在的牙医嘛……”

“怎么回事？你们又开始联系了？”季晓戚一脸担忧，“芸芸，你不是说已经不在乎魏宋词了吗？怎么还和陆野扯上关系了呀？”

上大学的时候，孟芸眼里只有魏宋词。她追魏宋词的时候经常能碰到那个作为全校女生话题中心的陆野，但季晓戚从来没听她提起过。

只有当别人问起陆野时，孟芸才会轻飘飘地答一句跟他有关的话：“陆学长呀，不是特别熟，但是人挺好的。”

“你们已经这么熟了？”

孟芸扛不住季晓戚探究的目光，手一抖，筷子从指间滑了下来，落在地上。她手忙脚乱地捡起筷子，又问服务员要了一双新的，余光扫到旁边的时候，发现玻璃外已经没有那个高大帅气的身影了。

“芸芸，你真的没事吗？”季晓戚担心得语气都有些着急起来。

孟芸抿了抿唇，心里的愧疚被无限放大，只觉得自己对不起好友的一片赤诚之心。她挣扎了好一会儿，终于还是轻声地开了口：“陆野说……他要追我。”

“什么？”季晓戚结结实实地被吓了一跳，表情都有些变了，“所以……不是魏宋词，而是陆野？”

孟芸想着反正到时候也瞒不住，季晓戚又不是大嘴巴的人，便将实话一股脑儿倾诉出来——其实压根没什么大事，就是她喝醉了，跟陆野在宾馆抱着睡了一宿而已。

但是小姑娘脸皮薄，觉得这算是天大的事，她说得磕磕绊绊的，头都快要垂到桌子底下去了。

季晓戚的嘴巴却越张越大，满脸的惊讶，忍不住惊呼出声：“所以说，那天你去参加他们的聚会，把陆野睡了？！”

“不是不是，不是睡了，哎呀，只是个意外……”孟芸轻声辩解道。

季晓戚也没心思烤肉了，放下手上的东西，坐到孟芸旁边，轻声跟她咬耳朵：“就因为这事儿，你就不声不响地跑出国了？”

孟芸苦笑了一下。

哪是不声不响啊，她当时只觉得天都塌了。她从小就是乖乖女，恋爱都没谈过，人生中做过最出格的事情就是勇敢地倒追魏宋词。结果那天早上起来，发现自己衣衫不整地躺在一个男人旁边，这让她怎么接受得了呢？

“也不是马上就出国了，我先回了老家，再从老家走的……”

“不不不，这不重要。”季晓戚一脸探究，“你当时清醒吗？真的什么都没发生？”

季晓戚知道孟芸不是那种能分享这种事的女生，所以对她把秘密瞒了几年这件事也没有多少责怪。

孟芸已经开始后悔告诉季晓戚了，她没想到季晓戚连这种细节都会关注：“其、其实朦朦胧胧有点知道……”

只不过没力气睁眼而已，那天是她初恋宣告失败的一天，她实在是太累了。

“所以，你当时是有意识的？清醒的？芸芸，我当时就奇怪了，陆野这样的大帅哥在旁边，你居然能心无旁骛地喜欢魏宋词？你说，是不是早就已经偏心了？”季晓戚撇了撇嘴，“魏宋词这种臭石头一样的男人，也得亏是你才能坚持这么久……”

之后不管季晓戚再怎么问，孟芸都不肯再说了。而季晓戚感叹了一会儿，也没再问以前的事。

“那怎么办啊，你去医院碰到陆野岂不是很尴尬？他现在是什么意思？要继续追你了？怪不得呢！我说怎么你出国之后，陆野跟疯了一样到处打听你的消息……”

孟芸深深地叹了口气，说：“反正再去两次就补好了，之后应该也不会再碰到了吧。”他若是再发奇怪的消息，她也不会理了。

要赶紧把这段孽缘斩断啊。

季晓戚看了她的表情一眼，有些犹豫道：“我觉得，其实……或许你也可以考虑一下陆野。你是没看到，当年陆野找你真跟疯了一样，我们班所有人都被他骚扰了好多次，反复问反复问，还找了辅导员打听你的消息。当时我们以为是魏宋词后悔的讯号，但是今天想想，可能他真的挺喜欢你的吧，以为终于有机会了，哪知道你这么狠心。”

孟芸垂着头，没说话。

一转眼又到了复诊的时间。

在知道陆野和孟芸有一段过去之后，季晓戚本来是打算陪着孟芸一起去医院的，但下午是她工作最忙的时候，她走不开，只能让孟芸一个人去了。

孟芸这次学乖了，等确定电梯里面没有陆野后，才跟着人群一起进去。直到挂完号，她才深吸一口气，走进了诊室。

陆野正表情严肃地看着电脑屏幕，注意到孟芸过来，他扭了扭脖子，轻声笑道：“来了啊。”

“嗯……你、你好……”

陆野笑得眼睛都眯了起来：“还这么怕我啊？”

孟芸咬着唇不说话，也不去看他，自顾自地躺到了治疗台上。

陆野拆了一副新手套，一边戴一边说着话：“说真的，我哪儿不好了呀？看在老同学一场的分上，你给个机会呗。”

孟芸简直无语了：“陆医生。”

“嗯？”

她一字一句咬牙切齿道：“你再这样，我要去投诉你骚扰病患了。”

兔子逼急了还咬人呢。

陆野一愣，轻声笑了起来：“对不起，不逗你了。孟芸，如果我什么时候让你觉得不舒服了，你就告诉我，我会改。”

半个小时的治疗时间，孟芸一直没有从这句“我会改”里回过神来。且不说陆野的声音多么有杀伤力，只这份语气里表达出来的心意，就让她感受到沉重了。

陆野就像是一团光，不讲道理地突然闯进了她的世界，似乎是铁了心地要照亮她。

孟芸突然有些后悔，早知道她就不听季晓戚的话回这个城市，而是直接去老家待着，或许就不会有这后面一连串的事儿了。

或许两人一辈子都不会再见了。

之后陆野没有再说其他的，只是照例嘱咐她："不要用这边咬，吃东西的时候注意一点……下周就能结束了，填充好封起来……"

孟芸很耐心地听着，等他说完才突然想到了什么似的，问道："明后天还会疼吗？"

"不怎么会了，炎症都消了。你是有什么事吗？"

她"嗯"了一声："要出门，所以牙疼会不太方便。"

"应该不会，你带着消炎药，不放心的话就再吃两天。"

孟芸也没什么别的事，就是幼儿园要组织春游。她第一次参加这种活动，有点紧张，生怕孩子们出什么意外。如果她状态不好的话，可能会有疏忽。

陆野也没有追根究底，倒是晚上季晓戚打电话来问了这件事。

"春游啊，我都没去过呢。"

孟芸被她语气里的羡慕逗笑了："带小朋友们去玩，又不是我自己去玩，有什么好羡慕的呀？"

季晓戚赞同道："确实，估计会很辛苦，还不如我在家里打游戏来得舒服呢。"最近她沉迷于手机游戏，每天一睁开眼睛就开始玩。

孟芸轻笑，两人又聊了一会儿，她便挂了电话早早地去睡了。

春游在周五，幼儿园安排大班的学生去市里的水族馆。中班和小班的孩子年纪太小，校领导担心看海豚表演的时候出事，所以安排他们去了别的地方。

四个大班的学生和老师坐着两辆大巴就出发了。

孟芸第一次体会这种带班的气氛，即便两个班的小朋友们吵吵闹闹得像是要用声波震爆地球，她也觉得很激动。

张老师坐在她旁边，看到她的表情，忍不住叹了口气道："孟老师，看来你还不清楚发生了什么情况。"

"嗯？什么情况？"孟芸茫然地问道。

"每年学校的春秋游就是我们班主任的年度噩梦。去年春游的时候，刚毕业的那个班里有个小女孩在动物园走丢了，他们班的副班主任去找了两个小时才找回来，结果那小孩一直哭回家，呜呜咽咽又说不清楚事儿，她妈妈就跑来学校把那个副班主任骂了个狗血淋头。"她嗤笑了一声，"本来是做了件分内事，也没犯错，小孩自己不听话偷偷摸摸跑掉了，最后老师还要被迫道歉。后来那女老师就辞职走了，听说直接转行了。私立学校里什么奇葩事儿都有，孟老师，你也小心一点吧。"

孟芸听得咋舌，心绪起伏了好一会儿才平静下来。

这下她的压力更大了，从下车开始就恨不得自己有十几双眼睛，把每个小朋友都盯得死死的。因为要带队看好学生，她也没法参观水族馆，更没心思看海豚表演。

因为精神紧张，一天的春游顿时变得无比漫长。

好不容易熬到参观结束，只要把小朋友们送回学校就算是胜利，没想到还是出了事——孟芸班上的一个小女孩下楼梯的时候不注意，崴到了脚。

小女孩坐在地上愣了一会儿，眨了眨眼就哭了。

后面的孟芸被吓了一跳，连忙上去把小女孩扶起来，关切地询问："吴佳佳，受伤了吗？"

吴佳佳已经哭得说不出话来，看起来是挺严重的。

张老师替她检查了一下，说："没什么大事，不过还是送她去医院检查一下吧，不然出事儿了就麻烦了。"她压低了声音，"吴佳佳就是我之前跟你说过的那个小女孩，在班上会被那几个调皮的孩子欺负。不过小女孩很乖，家长也比较明理。你路上哄哄她，基本没事。"

孟芸感激地看了张老师一眼，点了点头，带着吴佳佳打车去了医院。

吴佳佳长得瘦瘦小小的，看起来跟小中班的孩子一样，抱着她也不费力，孟芸不敢让她走路，便一直抱着她。

挂了号，她带着吴佳佳上了电梯。这次电梯很空，里面几乎没人，她便小声地和吴佳佳聊天。

"还疼不疼啊？"

小女孩奶声奶气地回答："还有一点点。"

"乖，我们看完医生就没事了哦……"

电梯升到四楼的时候，从外面走进来一行人，为首的就是穿着白大褂的陆野。陆野本来正和同事说着话，一抬眼就愣了一下："孟芸？这么巧啊……"

接着他的声音突然卡了壳，目光凝在了吴佳佳的脸上。过了好一会儿，他才转过目光看向孟芸，调侃道："我的？"

孟芸怀里抱着吴佳佳，愣愣地看着陆野，一时半会儿没反应过来他的意思。等她理解了陆野的想法之后，脸顿时涨得通红，又气又急，连在公共场合的形象都顾不得了，破口骂道："陆野你神经病啊！"

一直到诊室门口，孟芸还没有缓过气来。

吴佳佳倒是已经不哭了，好奇地看着这个漂亮的年轻女老师："孟老师，你生气了吗？"

孟芸做了好几次深呼吸，这才压住了丢脸到想要吐血的心情，勉强笑着说："没有啊，老师没有生气。"

"那老师刚刚怎么不说话呀？"小朋友最敏感，也最不好糊弄。

孟芸想了想，摸了摸吴佳佳的头发，说："因为老师刚刚遇到猪了。"

吴佳佳的眼睛亮了起来："是粉红色、圆圆的那种小猪吗？我奶奶家以前也养了，后来妈妈说没用，就卖了……"说着，她的情绪又低落下来。

好在正巧轮到吴佳佳检查，孟芸也没再接茬，只是在心里辩驳小朋友的推测——她奶奶家养的应该是小香猪，而陆野完全就是一头大笨猪！

陆野戴口罩的时候突然打了个喷嚏。

病人已经去缴费了，只有护士小姑娘路过，冲着他笑了笑，问道："陆医生感冒了？"

"没有，应该是女朋友在想我了呢。"陆野眯着眼睛笑了起来，刚刚随口的一句玩笑应该是把她惹恼了，毕竟她这么容易害羞。

他第一次追求女生，没有经验，万事都想做到最好最特别，却发现自己好像有些用力过猛了。

或许……孟芸还是喜欢魏宋词那样的男人？

他叹了口气，摸出手机，给孟芸发微信道歉："对不起，刚刚不应该开玩笑的。你们在哪里呢？我送你们回去好不好？"

可惜并没有得到孟芸的回复。

孟芸其实没有看手机，她在来医院的路上就已经联系了吴佳佳的家长，现在确定孩子没事之后，她本打算带着吴佳佳回学校的，结果家长已经赶到医院来了。

吴佳佳早就已经不哭闹了，小孩子忘性大，转眼就忘记了摔倒时的痛，蹦跶着扑进她妈妈的怀里："妈妈！"

孟芸小心地跑在后面照顾她，一抬头就看到一个长相温柔的女人，正满脸担心地抱着吴佳佳。

确定小朋友没事之后，那女人冲着孟芸笑了笑，说："你就是孟老师吧？你好，我是吴佳佳的妈妈。详细的情况张老师已经跟我说了，孩子不懂事，麻烦老师了。可以请老师吃个便饭吗？不然我也不知道该怎么表达我们的谢意了。"

孟芸连忙摆了摆手道："没事的，这也是我的分内之事。佳佳平时很乖的，这次也是意外。回去家长要好好安慰一下小朋友，她应该也受到惊吓了。"说完，她笑着摸了摸吴佳佳的头发，跟小朋友道别，"那佳佳同学，我们周一见啦？”

送走了学生和家长，孟芸松了一口气。她看了一眼时间，早就过了放学时间，再回家自己做饭就太晚了，于是便打算自己出去吃一顿，一会儿再带点好吃的去看看季晓戚。

哪知道一转头，她就看到穿着便服的陆野站在侧边的台阶上，也不知道他在那儿站了多久了。

陆野见她注意到自己，笑着冲她打招呼：“孟芸。”

孟芸瞪了他一眼，什么话都没说，转身就走。陆野似乎早有预料，耸了耸肩，不紧不慢地跟在她身后，一边走一边念叨。

“晚上我请你吃饭好吗？刚刚那个小朋友是你的学生吗？长得好可爱啊。抱歉啊，我刚刚瞎说的，你不要生气好不好？”

孟芸被他吵得头疼，跺了跺脚，站在原地不动了，隔了几秒才转身，颇有些无奈地开口：“你……”

话音未落，她的手机突然震了起来。孟芸看了一眼来电显示，明显踟蹰了一下。

陆野默默地往后退了几步，直到听不到她说话的声音，才默默地看着她。

孟芸犹豫了好一会儿，才深吸了一口气，接起了电话：“大妈。”

“芸芸啊，你在忙吗？”

“没有，已经下班了。”

电话里的中年女人温柔地笑了起来：“已经找好工作啦？芸芸真棒，跟你爸爸妈妈说过了吗？”

孟芸抿了抿唇，低下了头。她算是半个留守儿童。在她初三的时候，她爸妈带着弟弟去了别的城市发展，却把她留在了老家。

孟芸爸爸的姐姐没有孩子，就主动提出要照顾孟芸，所以孟芸从初三开始就住到了这个温柔的姑姑家里。

高中的时候，孟芸开始管姑姑和姑父叫“大妈”“大爸”。论关系，他们比一年回来一次的亲生父母亲得多，甚至连她出国留学的钱都是大妈家给的，而她亲生父母知道了这事却只当作不知道。

“还没说。”孟芸低声答道。

大妈叹了口气，说道：“还是要跟爸爸妈妈说一下的，不然他们会担心的。”

孟芸素来听话，也不想惹大妈伤心，纵然心里不赞同她的说法，却还是乖巧地应了声：“好的，知道了。”

和大妈聊了几句后，孟芸的心情就变得有些低落起来。

陆野一直远远地看着，眼见着孟芸神色低落地挂了电话，他便蹦下台阶，三两步走到她旁边，双手合十眨了眨眼，故意逗她道：“孟芸，你要怎么样才能接受陆野的道歉呢？可以大发慈悲让帅气的学长请你吃个晚饭当道歉吗？”

被他这样一打岔，孟芸的思路居然真的被他带跑了。她抬起脸来，深深地叹了口气，她的声音很轻，却带了一丝松动：“那……”

陆野的眼睛都快要放光了，一脸期待地看着她，等着她的下半句。

孟芸想了想，说：“那给你一句话的时间说服我。”

这个梗还是当年的陆野想出来的。

当时孟芸刚拿了市里的奖学金，想请魏宋词吃饭，哪知道魏宋词彻底无视了她，将她一个人晾在教室门口。她当时觉得尴尬得要命，又气又委屈，眼圈都红了。

哪知道魏宋词还没走出去几步，就被旁边的陆野一把拽了回来，拉到她面前，笑嘻嘻地给她解围。

“魏大帅哥，别这样嘛。小学妹，你说一句话夸夸帅气的学长，我就请你跟我们一起吃饭去。”

孟芸其实什么都说不出来，她只觉得魏宋词的眼神里充满嫌弃，让她伤心又下不来台。她紧张得连脖子都红了，结结巴巴地应付了一句“学长你很帅”，便转身想走，结果陆野一勾手就拉住了她的书包背带。

“说得很好啊！走吧，学长请你吃饭去。”

现在倒像是场景重现，只是身份换了换。

陆野也想到了过去的事情，挑了挑眉毛，说：“真的吗？说一句就让我请你吃饭吗？”

“嗯。”孟芸点点头。

陆野想了想，还没来得及说出口，自己就先笑出了声。他清了清嗓子，低下头说：“我觉得你今天有点奇怪。”

“什么？”

“怪可爱的。”陆野的眼睛里是一片深情，只是嘴角的弧度实在有些夸张。

孟芸无语地抿着唇看了他一眼：“说完了？说完我回家了。”

“哎！别别别——”

/ 3 /

陆野一直追着孟芸跑了几条街。

孟芸简直要被他气笑了，一路上的注意力都放在身后那个人搞怪的话语和动作上，居然忘了自己接下来要去做什么事。等她停下脚步的时候才发现自己已经饿得不行，而且早已远远地错过了车站，似乎一副准备一往无前直接走回家的架势。

陆野说了一路的废话，连气都没喘一下。这会儿看到孟芸停下来，他便两步跨到她旁边，笑眯眯地看着她道：“走了这么久，饿了没？”

附近没什么大商场，好在孟芸不是讲究的人，也无所谓吃点什么。陆野拿手机搜了搜，找了家附近好评最多的店。

自重逢以来，两人难得和睦地走在一块儿，倒真像是多年未见的老友。

陆野不耍宝的时候还算正常：“孟芸，你会不会觉得我很烦？觉得我有病？”

孟芸看了他一眼，没说话，心想他还挺有自知之明的。

陆野挠了挠头，露出一口白牙："我从来没追过人，你教教我吧。"

"教你什么？"

"教我怎么追你啊……啊，到了。"

陆野带着孟芸走进店里，也把孟芸想要脱口而出的托词全都堵了回去。

他们挑选的是家本帮菜餐馆，据说大厨是正宗的当地人。

孟芸喜辣，这件事陆野一直记着，要不是她牙齿里放了药怕刺激，他一定会带她去吃遍本市所有的川菜馆——那都是他三年来从各处打听到的口碑好的店。虽然是无意识的，他却一直默默记了下来。

"只许点微辣的、软一点的东西，硬壳的不准咬。"陆野把菜单递给孟芸，叮嘱道。

孟芸无语地看了他一眼，随手勾了几个菜，然后把菜单塞了回去："陆学长，你以前好像不是这样的。"

这话说得实在是戳心窝子。陆野一想到以前的自己傻乎乎地走默默守候路线，就觉得自己一定是太纯情了。如果当年他主动点的话，指不定两人的小孩都老大不小了。

陆野无意识地玩着筷子，只觉得错过的时光实在可惜。

等他抬眼的时候，发现孟芸已经被墙上的挂壁电视吸引了注意力。电视在他身后的墙上，因为他个子高，孟芸看的时候就得侧一点点头，不然有一部分会被他挡住。陆野默默地站起身，把位子换到了旁边，和孟芸坐成了一个直角。

电视里正在放最近上映的一部大热电影的片花。陆野扫了一眼，问孟芸："晚上有时间吗？"

于是，孟芸迷迷糊糊地又被陆野骗去看电影了。

附近没有电影院，陆野的车停在医院没开出来，他们就乘出租车去了市中心新建的影院。

周五的晚上，影院里几乎满座，而且有不少情侣。

孟芸看到旁边一对情侣头抵着头在窃窃私语，只觉得尴尬得要命，一瞬间就对看电影的决定后悔起来。

陆野摸了摸鼻子，去外面买了爆米花和可乐回来，放到孟芸的手上，还不忘叮嘱道："吃爆米花小心一点，用另一边的牙齿咬。喝完可乐一会儿出去记得漱漱口。"

虽然是牙医习惯性的老生常谈，孟芸心里却一点点地暖了起来，好像尴尬也减少了几分。

陆野说话的语气很温柔，眼神也很专注。

孟芸不敢与他对视，急匆匆地接过可乐和爆米花，垂下头道："快点坐吧，要开始了。"

电影是搞笑电影，电影院里的气氛一直很热烈。孟芸和陆野都很长时间没有进过电影院了，愣是被气氛感染着笑出了声。

陆野不经意地转过头，看到孟芸撑着脸在笑，虽然环境昏暗，她的眼睛却异常地亮。他只觉得心尖仿佛被羽毛扫过，瞬间变得酥麻。

剧情进行到中间的时候，电影里的男主角为女主角请来了她的偶像给她现场表演，帅气的歌手弹起钢琴的瞬间，全场的女生都欢呼起来。

孟芸听到旁边的女生感叹了一句"好浪漫啊"。陆野也听到了，他看了一会儿，突然凑到孟芸耳边，低声问道："你也喜欢这样吗？"

孟芸被吓了一跳，条件反射地转过脸，两人顿时就四目相对。陆野勾出一抹笑："看来是挺喜欢的。"

孟芸的脸都红了，一把将他的脸推开："不喜欢，一点都不喜欢。"

她是真的不喜欢。

孟芸曾经在大学里见过魏宋词弹钢琴，当时她带着严重的"男神滤镜"，只觉得魏宋词弹钢琴的样子帅到无法用言语形容，季晓戚评价说"弹得一般"时，她还忍不住有些生气。后来她就不喜欢任何男人弹钢琴了，只觉得弹钢琴的男人寡淡冷漠，难以靠近。

陆野几乎是一瞬间就知道她在想什么了。但是他从来不会去揭孟芸的伤疤，他怕孟芸想起以前觉得难过，便只是笑了笑就一笔带过了。

直到电影散场，两个人都没有再说什么。

走出电影院的时候，孟芸的脸上还带着意犹未尽的笑意。她余光扫到陆野勾着唇认真地看着她，一时间只觉得脸上火辣辣的，立马就收了笑意。

“已经这么晚了，今天谢谢……”

陆野摇了摇头，突然插话：“等等。”

孟芸被他打断了话，也不知道他说要等什么，就被他拉着手腕走进电梯下了楼。

这里是市中心新建的购物大楼，一楼大厅里有一个小型的舞台，周五和周末的晚上会有乐队现场演出。

现在已经是晚上九点半多，乐队结束了表演，正在收拾东西。

陆野将她带到正对着舞台的地方，自己则去旁边和乐队的工作人员交涉。孟芸看到陆野和一个小姑娘说了几句，那小姑娘就红着脸点了点头。陆野朝着她露出一个笑容，看口型应该是说了声“谢谢”。

孟芸暗自撇了撇嘴，不知道为什么想到了“恃美行凶”这个词，又觉得这想法实在有点滑稽。陆野虽然长得帅，却是帅得阳光的那类男生，和形容女生用的“美”还是差距很大的。她笑了笑，连忙把这种想法甩到一边。

陆野和人家沟通好后，冲着孟芸挥了挥手，把她的注意力吸引过去，这才不急不缓地坐到台上的钢琴前。

这个时间点商场即将打烊，顾客和工作人员正准备离开，陆野在最靠近门口的舞台上实在是显眼。他才随便按了几个音，就已经有不少人驻足围观了。

孟芸听到身后的两个女生在议论。

“哇，这是在拍视频吗？这个男的长得好帅啊！”

“应该是哪里的主播吧？”

这时，陆野突然转头看了过来。

“啊呀，他在看我们这里！是有人在录像吗？”

孟芸有点尴尬，恨不得立刻挡住自己的脸。陆野在人群中找到她，对她笑了笑，将双手放到了钢琴的黑白键上。

流畅的乐曲声从钢琴里传了出来。表演时连接的音响已经被拔掉，只剩下钢琴本来的声音，听起来更有感觉。

孟芸听了一段，听出了他在弹什么。

是刚刚电影里那个帅气的男歌手弹的那首歌。

没有了电影的画面，只是这样看着陆野，她居然也被迷了眼，觉得他真是挺帅的。

陆野弹完整首曲子，收获了巨大的掌声，还有人在旁边欢呼叫好。他也没客气，自然地冲着台下鞠了一躬：“谢谢，谢谢，献丑了，献丑了。”

孟芸忍不住叹了口气，心想这人果然不能说话，一开口就形象尽毁。

陆野三两步走下台，快步走到孟芸的身边，冲着她笑道：“我帅吗？”

孟芸目瞪口呆地看着他。

陆野似乎也有些不好意思，摸了摸耳朵，说：“好久没弹了，都有点手生了。”接着又轻声嘟囔了一句，“早知道你喜欢这样的，我就应该多练练……”

孟芸愣了好一会儿，看着他有些纠结的表情，突然忍不住扑哧笑出了声：“陆野，你可真是……”

话没说完就卡了壳，她好像找不到形容词来形容他。

就在此时，旁边突然走来一个女人，很惊讶地喊了一声：“陆野？”

孟芸顺着声音的来源看过去，只见一个梳着高马尾的女人已经走到了陆野的身边。

“真是你啊，陆野。刚刚我在旁边看着就觉得像，过来一看果然是你！好巧啊！有两三年没见了吧？”女人的语速很快，紧接着视线一转，又转到了孟芸身上，“咦？这个小姐姐也有点眼熟……我想想……”

陆野突然往前跨了一步，挡在了孟芸面前，将她娇小的身子完完全全地挡住，然后开口道：“好久不见了，耿莉。”

耿莉似乎完全没有明白陆野动作里的含义，依旧执着地思考着：“我想起来了！你是不是那个追了我们‘三百首’很久的学妹？叫什么来着……啊，孟芸是吧？你们俩怎么会在一起啊？‘三百首’也在吗？”

陆野的眉头已经紧紧地蹙了起来。

他不说话皱着眉的样子很有杀伤力，只是耿莉完全不会看人眼色，继续喋喋不休道：“不是说去国外了吗？哦，对哦！‘三百首’后来也去留学了，是不是追到了？”

“耿莉！”陆野彻底沉下脸，出声呵斥道。

耿莉被他的厉喝吓了一跳，终于止住了喋喋不休。

孟芸在陆野身后，拉了拉他的衣服，小心翼翼地往外站了一小步，冲着耿莉笑了笑，轻声说：“没有，我没有和魏学长联系过。”

陆野听到她温软的声音，顿时觉得心疼得要命，于是伸手勾住她的背包带，冲着耿莉一挑眉：“没什么事的话，我们就先走了。有事的话，我们也先走了。再见。”

耿莉目瞪口呆：“啊？”

孟芸都没反应过来，就被陆野扯着背包带，踉踉跄跄地带跑了。

一直到走出商场，陆野才松开她，皱着眉说：“你干吗这么好脾气？”

“什么？”孟芸一脸茫然。

“她这种人就应该骂一顿，要她多管别人的闲事。”

孟芸被他义愤填膺的语气弄得有点哭笑不得：“她也没说错嘛……不过为什么你没骂她一顿？”

她不好意思说，这不正应该是他表现的时候吗？

陆野挑了挑眉，理直气壮地说：“我不骂女生。”

“哦。”

“当然，如果是为了你的话，我可以破例。”他笑了起来，“就怕她跑去宣传一下，到时候把你传得不好听了。或者你直接承认我是你男朋友也行，这样的话，我就有立场指着她怒吼，‘在我女朋友面前提别的男人干吗？你什么意思！’是不是很酷？”

孟芸愣了好一会儿，忍不住夸道：“陆野，你可真是个奇才。”

一个心细如发又特别能诡辩的人，她以前怎么没有发现他是这样的人呢？

陆野坦然地接下孟芸的“夸奖”，说：“谢谢，谢谢，能得到组织的夸奖，今天洒家真是值了！”

“我回去了。”

今天发生了很多事，算是典型的“黑色星期五”，孟芸却没有觉得这是糟糕的一天，回家的时候心情还挺不错。可能是受陆野的影响，她也开始变得有些神经兮兮了。

“这么晚了，我必须得送你回去！”陆野说道。

“不用了，谢谢……”

“不行！”陆野拽住了她的背包带，不让她走，“现在已经没地铁了，要么我打车送你，要么你陪我回医院拿车，我开车送你。”

“陆野！你脸皮怎么这么厚呀！”孟芸有些气急，却也无法再拒绝了。

周三是孟芸根管治疗的最后一个疗程。由于下班之前被班上的小朋友缠了一会儿，她到医院的时候比预约时间晚了十几分钟。

她匆忙挂完号，赶紧大步走进了诊室，嘴里不停地道歉：“不好意思，不好意思……”

陆野那儿还有病人在。孟芸看到陆野回头，意识到自己刚刚情急之下声音有些大，脸顿时有点发红，连忙小声道：“不好意思啊，陆医生，我迟到了。”

陆野“嗯”了一声，隔着口罩轻声道：“我先看下面一个病人了，你去外面坐着等一会儿吧，一会儿我喊你。”

孟芸连忙应了声“好”，转身退了出去。路过护士台的时候，她突然停下了脚步。

这会儿已经快到牙科的下班时间了，两个小护士也有些松懈，似乎并没有发现孟芸站在不远处，还在热火朝天地聊着自己的话题。

“陆医生今天没出错吧？”

“你在开玩笑呢，陆医生从进我们医院开始，什么时候出过错啊？”

“哇，那也很厉害了！听张主任说，陆医生早上来的时候都烧到三十九度多了，还能坐诊一整天哎！”

“不然怎么办？今天是复诊日，总不能让病人全都白跑吧。”

听到护士们的对话，孟芸咬了咬唇，拿着包坐到旁边的长椅上。

陆野生病了。

她突然有点迷茫，为什么她的第一反应居然是担心他呢？

孟芸坐了几分钟，终于还是起身下了楼。

陆野看完手头的病人，松了口气，缓了一阵才按了铃，结果按了两遍都没见有人进来。他皱了皱眉，刚想起身，就有小护士走进来说：“陆医生，你这边还有个复诊的病人挂号了。”

“对，她人呢？”

“不知道啊，喊了几遍，没看到有人啊。”

陆野皱了皱眉，疲惫地靠在椅背上，摸出手机给孟芸打电话。

铃只响了一声就被接了起来，电话那头传来了轻轻的声音：“喂？”

陆野刚想说话，突然感觉嗓子难受得不行，便将手机拿远了一些，咳了几声，才用有些沙哑的声音问道：“人呢？”

孟芸顿了一下，说：“电梯里，马上到了。”

五分钟后，孟芸又一次站在了诊位前。

陆野上下扫视了她两眼，笑了笑，说：“躺下吧。”

孟芸没动。

“怎么了？”陆野问道。

犹豫了好一会儿，孟芸才有些紧张又小心翼翼地从包里摸出一盒药和一瓶矿泉水，放在陆野的桌上。

陆野看了一眼，冲着她挑了挑眉。

孟芸似乎有些纠结，结结巴巴地开口：“那个……我听说你生病了，看你脸色也不太好……这是我放在包里的备用药，你……一会儿吃点药吧。”她犹豫了一下，又伸手想把药塞回包里，“算了，你还是下班后去挂个急诊看看吧，药不能乱吃的。”

她刚刚也没想到这茬儿就跑下去买药，现在倒是有点后悔了。

哪知道孟芸的手才放到药盒上，陆野就突然伸手压住了她的手背。孟芸吃惊地抬起头，就见陆野笑眯眯地和她对视着，眼神相当犀利，手上的动作也没放松。他的手掌很大，像是把她娇小的手扣在了掌心一样。

“孟芸，要不是医院有规定，上班时间要和病患保持距离，我马上就想和你谈恋爱。”

孟芸顿时窘得说不出话来。

陆野戴着口罩，也看不出他到底是还在发烧，还是已经退烧了。他的动作还是一如既往地快，很迅速地就给孟芸封上了牙，仔细地打磨咬合面。

等孟芸说没感觉了，他才用沙哑的嗓音说：“之后去修复科挂个号，装个套子……不过你旁边几颗牙也有龋病的情况，下周再来一次吧，我给你把里面所有能补的地方都补了。”

孟芸本来以为都已经结束了，听他这样一说，又有点害怕起来：“别的牙也会很疼吗？会不会有什么问题啊？”

陆野瞟了她一眼，答道：“当然了。”

“啊？什么？”

“接吻的时候肯定有点问题。”他笑了起来，“牙口不好，会影响接吻时的愉悦程度哦。”

这一刻，孟芸突然无比后悔。

特地跑去给他买药做什么？直接让他烧死得了！

等孟芸治疗结束时，诊室里的其他医生几乎都走完了。

陆野看了一眼时间，冲着孟芸点点头，说："走吧。"

"啊？"孟芸没反应过来。

陆野停下脚步，回头看了她一眼，说："你去付钱，然后在那边等我一会儿，我换完衣服马上出来。"

孟芸差点脱口而出"我为什么要等你"，但是一想到陆野还是个病患，觉得他有点可怜，便默默地把话咽了回去。

陆野出来的时候，孟芸正靠在墙边玩手机。他看着她抿着唇乖顺的样子，轻轻地笑了一声，走到她旁边，说："真在等我啊？真乖。"

孟芸一时间无话可说。

陆野从口袋里摸出了一片冰宝贴，撕开包装之后潇洒地贴在了自己的额头上，还对着孟芸的瞳孔照镜子般地捋了捋头发。

"是不是看呆了？觉得陆野哥哥就算再惨也这么帅？"

孟芸刚想骂他不要脸，手上的手机突然震动起来。她看了一眼来电显示，是张老师的电话。

"张老师？这么晚了有什么事吗？"孟芸接起电话问道。

张老师的语气非常着急："孟芸，你在哪里？方便来一趟学校吗？"

"方便是方便……"

"吴佳佳的妈妈打电话给我，说吴佳佳不见了！就在学校门口不见的！"

闻言，孟芸的脸色一下子严肃起来，连忙应了声，挂了电话就准备往外跑去。

陆野一把将她抓回来，问道："怎么了？"

孟芸急得都快哭了，解释道："我的学生不见了！上次来医院的那个小女孩走丢了，我得回学校去帮忙找人……"

其实也不见得真能帮到什么忙，但那毕竟是自己的学生，她觉得自己非得去出点力不可。

陆野拍了拍她的肩膀，安慰道：“你先冷静一点。”

他的手仿佛带有魔力，安抚了她几下，孟芸居然真的冷静了下来。

陆野看到她的表情就知道她又恢复理智了，便带着她快步下楼往停车场走去。

孟芸迷迷糊糊地跟着他走到车边才意识到不对劲，怎么都不肯上车，着急地说：“今天真的没法和你吃饭，我有急事……”

陆野嗤笑了一声：“喂，在你心里，我是饭桶吗？”

“那……”

陆野伸手一把将她抓进副驾驶席，又替她扣上安全带。尽管额头上贴着滑稽的浅蓝色冰宝贴，却依然无损他出众的外貌。陆野轻轻松松地把车开出车库，飞快地驶上街道。

“你都说我的‘小女儿’不见了，我还不得陪你一起去找呀？”

这种时候，孟芸也没心情和陆野开玩笑了，只是安静地坐在副驾驶席上，两只手紧紧地握在一起。

陆野开车很稳，余光瞟了她两眼，发现她一直咬着嘴唇，便开口说道：“孟芸，你还没告诉我你们学校在哪儿呢。”

孟芸回过神来，连忙报上地址。

陆野笑着点了一下头，从储物柜里掏出一颗糖，飞快地塞进她嘴里，命令道：“不许咬嘴唇。”

孟芸呆呆地应了一声，嘴里含着糖，低着头，也不知道在想些什么。

陆野深深地叹了口气，安慰她：“放心吧，不会有事的，可能只是小朋友……呃……偷偷跑出去玩了……”

他没带过小孩，也没怎么接触过小孩子，安慰的话也比较贫乏。

只是对于孟芸来说，他的话就像是一块浮木，被她这个溺水的人紧紧地抱住：“真的吗？”

陆野信誓旦旦地答道："真的。"

孟芸沉默了一会儿，突然毫无征兆地轻声说起了吴佳佳的事。

"上次我带来的那个小女孩叫吴佳佳，是个特别可爱的小姑娘。她是单亲家庭的孩子，也不知道班上那群小孩是怎么知道的，就一直取笑她。

"小朋友们都只是打闹开玩笑，老师也不能真的严肃教育，这样反倒会伤了吴佳佳的心，让她觉得没有爸爸这件事是需要别人来同情、可怜的。这种情况下，老师能做的事实在是太少了。

"大人都喜欢说小孩懂什么呢。其实小孩什么都懂，而且大人的一切陋习、特质都会完完全全地甚至放大地体现在小朋友的身上。"

她就这样不急不缓地说了一大段话，好像在做什么学术讨论，却让陆野有点……说不出的心疼。

车子转过一个弯，孟芸的学校已经近在眼前。陆野逐渐放慢车速，然后稳稳地把车停在路边。

"孟芸，这不是你的错。你只是个老师而已，你做的工作是引导他们往好的方向发展，但也仅仅只能引导。如果老师真的能把所有的孩子都教好，那世界上哪来的坏人呢？"

孟芸轻轻地"嗯"了一声，勉强冲着他笑了一下，麻利地下了车，快步往学校里跑去。陆野锁了车，也飞快地追了上去。

天色已经暗下来，但学校里依旧灯火通明。

孟芸快步跑进教室，看到张老师站在一个女人旁边，正是她上次在医院见过的吴佳佳的妈妈。

张老师看到她之后，连忙朝她招了招手："孟老师。"

孟芸应了声，又和吴佳佳妈妈打了招呼，这才急急忙忙地问道："怎么回事？怎么会不见的？"

吴佳佳妈妈听了这话，顿时失声痛哭起来。

张老师叹了口气，将孟芸拉到一边轻声解释道："吴佳佳是自己跑丢的。”

“啊？”

“放学的时候我已经把她交到家长手上了。家长说，走出去的时候，吴佳佳看起来不太高兴，她就多问了两句，然后吴佳佳趁着她不注意，自己跑掉了。”

“报警了吗？”

“已经报了，保安大叔还有其他还在的老师都出去帮忙找人了，就是在学校外面的马路上跑丢的，小孩子应该跑不远。”张老师回头看了吴佳佳的妈妈一眼，继续说道，“本来不想叫你来的，只是想到吴佳佳平时挺黏你的，就想找你来帮帮忙，想想她可能跑到哪里去。”

孟芸点了点头，仔细回想起来。

今天吴佳佳和平时没什么两样，她走的时候也没觉得她有什么不高兴的。最重要的是，吴佳佳真的是非常听话的孩子，并不是那种因为任性、生气就自己跑掉，让老师家长担心的孩子。

张老师一直拿着手机在联系人，却一直没有得到好消息。孟芸的思绪急成了一团乱麻，最终还是决定自己也出去碰碰运气。

她才到走廊门口，便看到消失了好一会儿的陆野快步走进来，外套上都是水，额头上还贴着那个滑稽的冰宝贴。

孟芸一愣，脱口问道：“外面下雨了？”

陆野点了点头，将外套脱了拿在手上，低着头问她：“你们保安室放学以后就没人了吗？”

“不是，平时也会有人的，现在保安大叔应该是出去找人了……”

“那，能看监控吗？”

孟芸看了一眼陆野，领悟了他的意思，立刻严肃起来。

小朋友的想法很简单，特别是像吴佳佳这种单纯的小孩，她是在学校门口跑掉的，肯定跑不远，说不定也只是临时起意——这种情况下，他们就会往熟悉的地方走。说不定趁着保安出去找人的这段时间，她已经偷偷地溜回了幼儿园。

幼儿园是私立民办的，校区比普通的高中还大，设施也是样样齐全，指不定小姑娘躲在哪个犄角旮旯里呢。

孟芸点点头，带着陆野去了监控室。

监控室在隔壁楼，从他们这边过去要走过一片空地，虽然就十几步路的距离，但是现在外面的雨下得又大又急，冲过去多半会被淋湿。

孟芸这会儿顾不得这么多，跺跺脚就准备往外跑，却被陆野一把抓回来。

“你也想生病？”他的语气有点严肃，“这么大了，总得好好照顾自己呀。”

说着，他将自己的长外套披在孟芸身上，将她从头到脚牢牢地裹住，连帽子也戴了起来。然后他直接将人一把抱起，把娇小的孟芸压在自己的怀里，快步跑了出去。

陆野人高马大的，步子也大，几步就到了对面楼。

孟芸从他怀里下来，轻声道了谢，看到他头发上有水，又担心地补了一句：“卫生间有热水和纸巾，你先去擦擦吧，一会儿我拿伞给你。”

陆野笑着应了声“好”，却还是跟着她去了监控室。

孟芸进了监控室，陆野为了避嫌便没有进去，只是站在外面的走廊上等她。冰宝贴已经不冰了，他试了试自己的体温，又从口袋里摸了一片出来贴上。

孟芸这一查就是半个多小时，这期间应该也联系了张老师，而后张老师带着家长一起过来帮忙看监控。

外面的雨越下越大，陆野在门口等了四十分钟，却没有丝毫不耐烦。

直到监控室里有人发出了一声惊呼：“找到了！”接着，孟芸打开门走了出来，脸色看起来轻松了不少。没等她有什么动作，吴佳佳妈妈已经跑了出去。

孟芸想追，却被陆野拉住了，他质问道：“我刚刚怎么说的？”

她“嗯”了一声，从房间里拿了一把伞出来，撑开，说：“刚刚张老师给我带过来的。”

陆野笑了起来，从她手上接过伞，和她一起往吴佳佳妈妈离开的方向快步走去。

吴佳佳一直躲在学校外面的花园里，躲了一会儿之后发现下雨了，就趁着没人注意溜回了学校，此时正在运动器材室里玩球呢。

孟芸刚走近器材室，就听到吴佳佳妈妈尖声怒吼：“吴佳佳！你想气死我啊！”接着就是小朋友的哭泣声。

孟芸赶紧三步并作两步走进器材室，见张老师已经在旁边劝阻道：“家长要冷静一点，别吓到孩子了……”

吴佳佳妈妈像是受到刺激的河豚，嘴巴一鼓一鼓的，瞪了吴佳佳好一会儿，突然就和孩子一起哭了起来。

“佳佳，你要是出事了，妈妈可怎么活啊……”

总算是没什么事。

孟芸松了口气，上前耐心地哄了哄吴佳佳。张老师也劝好了家长，让家长带着小朋友回家了。

等吴佳佳母女走后，张老师才松了口气，笑道：“还好没事，不然我们俩都要惨了。”

私立幼儿园里丢孩子可是大事，带班老师指不定得负什么责任呢。

孟芸点了点头：“小朋友没事就好。”

直到这时，张老师才注意到旁边的陆野。她的表情有点诧异，目光在两个人之间打转了好一会儿，把孟芸看得脸都红了，才挥了挥手道：“你有朋友在就先走吧。这边也没什么需要帮忙的了，到时候我去警察局走一趟就好。”

“我还是……”孟芸还想说什么。

“回去吧，回去吧。明天早上别迟到了。今天闹到这么晚，我明天要请假。”

张老师都这么说了，孟芸也不再坚持，跟着陆野一起离开了。

伞足够大，把两人都完完整整地罩了进去，令这少见的倾盆大雨也显得不那么骇人了。

孟芸咬了咬嘴唇，眼睛盯着外面的雨幕，轻声开了口："陆野，今天谢谢你……"只说了一句话，她就有点说不下去了。好像自从重逢以来，她就一直在对陆野说谢谢，显得有些没有诚意。

陆野笑眯眯的，伸手摸了一下她的头发，替她把刘海拨正，然后说："孟芸，我刚刚在想个事儿。"

"什么？"陆野的套路太多，一说这种话，她就免不了有点警惕。

陆野的语气里充满了认真："我在想，你赶紧做我女朋友吧。以后我们俩的孩子，我一定好好教育，让他从小牢记'五讲四美三热爱'，熟读并默写'八荣八耻'，绝不给老师添麻烦……"

果然又说奇怪的话了。孟芸本想好好跟他说道说道，可是她一转头就看到陆野的唇色发白，嘴唇干得都起皮了。她吓了一跳，惊呼道："陆野！你得去医院！"

这是体温太高了，不然嘴唇不可能干成这样。

孟芸想起他刚刚跑出去淋了雨，又没有及时处理，语气里满是自责，劝道："去医院吧。"

陆野本想说没事的，他感冒发烧回家睡一觉就会好，但是看到她的眼神，他叹了口气，说："我其实想说没事的，但是又想多享受一会儿你的关心，所以你就当我有事吧。"

孟芸不搭理他的耍宝，也不让他开车了，两人就在学校门口等出租车。

好在就算下着暴雨也有空车经过，他们没吹多久的风就钻进了车里。

孟芸报了医院的地址，然后就安安静静地坐在了陆野身边。陆野瞟了她好几眼，终于忍不住笑了起来，问道："孟芸，你在担心我吗？"

孟芸不理他。

“你跟我说说话嘛。”陆野轻轻地拽了拽她的衣袖，“不然我要睡着了，一会儿你背我下车哦。”

“说什么？”

“就说说‘小女儿’的事情好了。”他抱着手臂，做出洗耳恭听的表情。

孟芸刚刚就在想这件事，没想到陆野居然能猜透她心里的想法，不由得愣了一下。过了好一会儿，她才清了清嗓子，低声开了口：

“吴佳佳今天的情绪非常反常，刚刚她跟她妈妈走的时候，频频回头看我，我在想她今天到底发生了什么事。”

陆野点了点头。

“今天我是下午三点二十分走的，四点半幼儿园就放学了，一个小时也不至于出什么大事。吴佳佳的表现应该是她对她妈妈起了不信任的感觉，她这样的家庭，她对母亲应该是非常依赖的，会产生这种感觉，一定是发生了什么事情。”

说起自己专业的事情，孟芸的语气中有种难掩的自信，整个人看起来都像在发光。

陆野眯着眼、歪着头看着她一张一合的嘴唇，渐渐地，就连呼吸都仿佛安静了下来。

好一会儿，他才牛头不对马嘴地开了口：“孟芸，我这三年来……不对，是从五年前开始，就一直在幻想现在这一刻——你坐在我身边，对我轻声细语地说着什么话，然后冲着我笑。我一直在幻想。”

陆野说完，眨了眨眼睛，自嘲地笑了一声。孟芸一时间难以完全理解这句话里的信息量，好一会儿没有做出回应。

陆野说五年前——那是真的很久了，应该是……她刚认识魏宋词的时候吧？或者说是刚认识陆野的时候？

想到以前，孟芸心里就有种说不出的酸涩。

车窗外面雨下得很大，雨幕让街上的可见度非常低，只能朦朦胧胧地看到一些残影。

孟芸的心情也变得奇怪起来，语气里有难掩的低落：“那你怎么不早点来追我呢？”

如果当时有陆野的话……

如果陆野真的来追她，或许她也不会深陷在“魏宋词”的魔咒里不可自拔了。

陆野叹了口气，说：“我一直在追你啊，但是你的眼睛被‘三百首’牢牢地蒙住了，再也看不见旁人。否则你以为，那天晚上我怎么会好巧不巧地出现在那里？我是怕你做什么傻事，在旁边等着你撞过来。”

孟芸突然沉默下来。

“过去的事情就别再说了。孟芸，现在没有别人了，你总能看到我了吧？”

陆野的病不是很严重，就是普通的流感而已。医生给他开了吊针，让他输液退烧，然后回家休息就好。

因为输液需要好一会儿，陆野怕孟芸太辛苦，不想让她在医院陪着，就让她先回去。但孟芸怎么都不愿意，坚持道：“你的病是为了陪我才越来越严重的，我怎么能先走呢？”

陆野简直要被她愁着脸一本正经的模样逗笑了：“可是你不回家的话，一会儿输完液，我还要送你回去呢。”

“那你也可以不送啊！”

陆野想了想，点了点头，说：“也是，那你就陪我一会儿吧，现在你先走我也不放心。”

孟芸发现，这个人可能听不懂人话。

陆野年轻力壮的，直接把输液器调到了快速，让它滴得飞快。可即便如此，输完液也已经十点多了。他看了一眼孟芸，她已经蜷缩在旁边的椅子上睡着了。

陆野有点心疼，她的姿势看起来很不舒服。虽然他刚刚已经稍微帮她调整了一下姿势，还问护士拿了毛毯，可是椅子就那么点地方，再怎么样也不会舒服的。等会儿起来说不定就要脖子疼了。

陆野盯着她的侧脸看了一会儿，按铃喊来护士，让护士帮他拔了针头。然后他起来走动了几步，才到孟芸面前蹲下身，轻轻地拍了拍她的手臂，喊道："孟芸，醒醒。"

孟芸迷糊了一会儿，还以为是早上要去上班了，问道："几点了……"结果眼睛一睁开，就看到陆野正笑着看她。

"我还在想，小懒猪要是再不醒，我就偷偷地把她抱回家去藏起来。"

孟芸愣了一会儿，终于发出了今天面对陆野的第一句怒吼——碍于他们在医院里，还得压低了声音吼。

"你才是猪！"

< 第二章 >

故事从不说再见

/ 1 /

周末的时候，孟芸跟季晓戚说了吴佳佳的事情。

季晓戚在晚托班工作了三年，见过的小朋友没有一千也有八百，对这种事相当不以为然。

“这种单亲家庭的小朋友心智还没有成熟，遇到像你这样的好老师还能好好引导，给她讲讲道理，要是遇到那些不负责任的……啧啧，那估计就是个熊孩子了。”季晓戚叹了口气，“不是我夸张，小时候遇到的事情、受过的欺负，那真是一辈子都磨灭不了的伤痕啊。”

孟芸皱着眉说：“可是我也不能时时刻刻去保护她。听班主任说，她在班上还是会受欺负的。”

“还打架啊？”

“不是打架，就是小朋友之间语言上的那种……嗯，那种。”

实际上比打架更让老师觉得无奈。

季晓戚点点头，表示了解：“那就管不了了，越管越出事。老师越压迫禁止，他们私底下越变本加厉。”

孟芸也是担心这个，所以一直不敢过多干涉。她带班几周，也算是把班上的小朋友都认全了，大致也看出了各人的性格。

大部分小朋友都比较单纯，没有什么自主判断力，说不定是在家里听到有人议论类似的事情，才把大人的话学来调侃同学。他们也许自己没觉得有什么，但是他们的行为对于吴佳佳来说，却是非常恶劣的行为。

孟芸没遇到过现场，再加上吴佳佳平时没什么特别的表现，她也不能突然提起这件事，只能再等等。

这几天本城的雨下个没完，季晓戚是坐地铁过来看孟芸的。两人也不乐意再出门去吃饭，便搬了小桌子和电磁炉到窗边，对着雨幕吃火锅。

季晓戚调了一碗蘸酱，拿筷子抿了抿，试了一下味道。筷子还没放下，她的脸色却突然垮了下来：“芸芸，我好像……”

孟芸：“嗯？”

季晓戚难得扭捏起来：“我好像喜欢上了一个人……”

孟芸吓了一跳，条件反射地抬起头，看她的表情不像是在开玩笑，便笑道：“谁啊？我认识吗？”

“是我打游戏的时候认识的朋友……”

“网恋？”

季晓戚放下筷子，抬手把旁边的窗开了一条缝。雨水打在地上的声音清晰地传了进来，她便以此作为背景音乐，红着脸向闺密倾吐自己的少女心事。

“……大概就是这样。”

孟芸费劲儿地把菜叶子咽下去，问道：“也就是说，他带你玩游戏，你就一点点对他生了好感？连对方是男是女、多大年纪都不知道？”

“那还是知道的，我们俩一直连麦的，而且也听他说过工作很辛苦什么的……”

孟芸皱着眉，轻声评价道："我觉得……有一点点不靠谱。"

季晓戚把话说出来后倒是一下子豁达了许多："上网不网恋，纯属浪费电。哎呀，没事，我也就随便说说，说不定人家还觉得在带小学生玩呢，可能就是我想多了……说说你呗，陆野怎么样了？"

在季晓戚目光炯炯的凝视下，孟芸一点一点地红了脸，说话也开始结结巴巴起来："就、就那样啊……还能怎么样……"

季晓戚笑了："看来是有情况了。"

孟芸抿着嘴不说话了，假装专心致志地烫菜。

其实说什么她都觉得有些不好意思。她曾经那么认真地追过魏宋词，可陆野是魏宋词的室友，如果她真的和陆野有点什么的话，岂不是显得她曾经的真心很可笑？

汤底咕嘟咕嘟地冒着水泡，倒是有点像她起伏不定的心。

也是这样的大雨天，陆野的额头上贴着滑稽的冰宝贴，带着一脸笑意，撑着伞远远朝她走来。

她却不知所措。

周三下午，孟芸如约再次去了医院。这次她没有迟到，陆野却因为前一个病人拖了太长时间，喊她号的时候已经晚点了。

孟芸走进诊室，远远地就看到陆野带着笑和旁边的小护士在说话。不知道为什么，她心底有种奇怪的异样感。

孟芸甩了甩头，把这种不舒服的情绪甩出去，低着头走到诊位前，轻声喊道："陆医生。"

陆野笑了起来，冲着旁边的小护士挑了挑眉，说："你不是好奇我会追什么样的女人吗？看见没？就这样的！"语气里是满满的自豪。

孟芸一愣，听清他的意思之后，她的脸猛然红起来，低声道："陆医生，你不要开玩笑了……"

小护士上上下下把她打量了好一会儿，玩笑道："陆医生，咱们院这么多好姑娘你都看不上，居然对病人下手，小心主任骂死你哦！”

陆野见孟芸快要找地缝钻进去了，也不再开玩笑，示意了一下那小护士：“我坐诊呢。”然后他就让孟芸躺到治疗台上，拆了一副手套，“一会儿全补完之后你再去拍一张全口片，我看看还有没有别的问题。”

孟芸一听还要拍片，顿时就有些不乐意：“我不想再补了。”

陆野一愣，扭过头看着她：“下次还能碰到像我下手这么‘轻’的医生吗？”

“轻”字他咬得很重，似乎是带了什么暗示。

孟芸瞪了他一眼，喊道：“陆野！”

“真的，没跟你开玩笑。”陆野一边跟她说话，一边已经开始磨牙齿表面了，“会有点酸，你别想就没感觉了。”

孟芸听他这么说，整个人都快要紧张死了，这怎么可能不去想啊！

陆野看她的眼神就猜到她在想什么了，忍不住笑了起来，说：“所以我说让你在我这儿一起看了嘛，下次哪还有医生会高兴哄你呀，大家都赶时间呢。也就只有我了，贴心又温柔……”

孟芸真的非常想反驳他，但是搜肠刮肚都找不到合适的话怼回去。

陆野虽然语气不正经，但说得确实没错，他确实是孟芸遇到过的最好的牙医，耐心又细致，减少了她不少的痛苦。

就在孟芸寻找措辞的时候，陆野已经磨好了龋齿部分，开始往牙齿上的洞里塞填充物。他仔细地盯着自己镊子的位置，口罩里含含糊糊的声音却没停下：“我‘小女儿’最近怎么样了？有没有不开心啊？”

孟芸无法开口。

“看来是没有。挺好的，周五我去看看她可以吗？”

孟芸嘴巴微微地张着，不敢说话影响他的动作。

“啊呀，孟老师好像不怎么愿意让我去看。没关系，那孟老师能代为赏光，代替我‘小女儿’来赴约吗？”不着边际地扯了半天，陆野已经飞快地补好了两颗牙，给她开了单子去拍片，“去吧。别怕，如果还有问题的话，也能多来看我几次呀。"

孟芸对自己的牙齿非常不自信，生怕被他说中，眼睛里开始冒火，嗔怪道："陆野！你别再胡说了！"

陆野敷衍地应了一声。孟芸没再说话，拿着单子气鼓鼓地离开了诊室。陆野默默地盯着她，直到她的背影消失在门口。片刻之后，他低低地笑了一声，背靠椅子，视线无意识地凝视着天花板。

"这次我得做第一个啊……"

要说陆野有什么后悔的事，那就是大学的时候下手晚了一些，最后和孟芸"差之毫厘失之千里"了。

他其实比魏宋词更早认识孟芸，只是当时他还太年轻，又有点傲气，就一直憋着。等孟芸开始轰轰烈烈地追求魏宋词，他才知道自己晚了。

这次两人之间没了别人，他可不能再给第二个"魏宋词"横插进来的机会了。

只是陆野对孟芸的邀约依然失败了。

孟芸的大妈来看她了。她连夜收拾了房间，买好菜，周五一下班就打车去高铁站接了大妈。

孟芸的大妈叫徐琴，跟孟芸的亲妈年龄差不了几岁，但是看着不显年纪，温温柔柔的。孟芸从来没和她大妈顶过嘴，两个人不是母女却胜似母女。

孟芸一回国就到了市里，本想等这边都安排好了再回老家，没想到徐琴先来了。

孟芸有点不好意思，接过徐琴的行李，轻声道："大妈，对不起，我应该先回去看您的。"

徐琴笑了起来，摸了摸她的头发，柔声说道："跟大妈说话不用这么客气的，知道了吗？"

孟芸咬着嘴唇，点了点头。

只是徐琴来了，孟芸便避不开那个话题。既然躲不开，就只好老老实实地承认。

徐琴看着孟芸秀气的脸，叹了口气，说：“芸芸啊，你也别怪你妈妈，她当时也是没办法……总归是生了你的妈妈呀。”

徐琴温柔，也总是把别人都想得善良。

孟芸不怨她爸妈，毕竟在那个年代，又是在小县城里，重男轻女也不算是什么要命的错处。只是再让她去亲生父母那儿表演父慈子孝的乖巧模样，她也演不出来了。

她不怨，也不亲了。

但是徐琴一直希望她能当一个知恩图报的人，她不愿意让徐琴失望，便在徐琴的注视下，乖乖地给亲妈打了个电话。

电话接通后，孟芸小声地喊了一句“妈”，孟芸的妈妈却有些不耐烦：“没钱了？去问你大妈要，我可没钱让你在国外生活。”

孟芸只觉得尴尬得想跳楼：“我已经回国了。”

“哦，那挺好啊。”孟芸还想再说什么，那边传来了嘈杂的声音，一阵大呼小叫的背景音过去之后，她妈妈喊了一句，“没什么事的话我先挂了，你弟弟又惹事了。”

然后电话就被挂断了。

孟芸咬了咬嘴唇，勉强冲着徐琴笑了笑，说：“她说她知道了。”

徐琴和蔼地笑了笑，说：“那最好了。之后有时间还是要多去看看爸爸妈妈，知道了吗？”

“嗯。”孟芸只能答应。

徐琴这才满意，又参观了一下孟芸的单人套间，然后洗手去厨房帮孟芸做晚饭了。

一顿饭吃得没什么意思。孟芸因为电话的事情一直有些提不起劲儿，但也没表现出来，徐琴问什么她就乖乖回答，看起来就像是普通的母女一样。

只是晚上睡觉的时候，孟芸回想起她妈妈那几句冷漠敷衍的话，就翻来覆去睡不着。她想到小时候被丢在县城里，抓着大妈问什么时候能去找爸妈和弟弟。

这下是彻底睡不着了。

孟芸轻手轻脚地从沙发上爬起来，拿了外套和手机，偷偷地出了门。

半夜十二点多，老旧的小区里已经没了声儿，只有少数几户人家还亮着昏黄的灯光。

孟芸想到房东之前的交代，有点紧张地搓了搓手臂，低着头快步跑出小区，走到了地铁站旁边。

这里是大马路，即便在这个时间点，来来往往的车辆依旧很多。她放心地在路边的长椅上坐了下来，低着头玩手机。

打开朋友圈，微信好友都有各自的夜生活。孟芸刷新了两下，看到了季晓戚在十分钟前发的朋友圈。

“这城市慷慨整夜光，如同少年不惧岁月长。”

配图是一条马路，马路很宽，路灯很亮。

孟芸看了半天也没明白季晓戚想表达什么意思，以为她是看了什么鸡汤文，随手配了个图。孟芸犹豫了一会儿，给季晓戚发了一条消息，结果等了好久都没有收到回复。

孟芸笑了笑，只当好友睡了，刚想退出微信，便看到了陆野的消息。

陆野的头像是纯黑色的底，上面有一个手写的白色单词。

孟芸没急着看消息，退出去查了查单词的意思。

镇痛剂？怪不得她不知道。

她忍不住笑了起来，只觉得陆野颇有些黑色幽默的意思。她点开消息，就看到他发了好几个表情包，拖到最后是关键一句：

“去吃小龙虾吗？”

孟芸回了句“不吃小龙虾”，发出去之后又有点后悔。她犹豫了一会儿，又补了下一句：“但是可以吃点别的。”

二十分钟后，陆野的车停在了她面前的马路上。

陆野潇洒地关门下车，手上还滑稽地拿了瓶花露水，他边走边说：“快喷点，要被蚊子咬死了。”

孟芸一愣，扑哧笑出声来：“陆野，你怎么这么逗啊？”

陆野看她不动，直接开了瓶盖，替她从上到下喷了一遍，这才合上盖子，将她从长椅上拉起来，塞进了车里。

一直到关上车门，他才笑着开了口：“以前你跟着我们去吃宵夜的时候，我看你一晚上腿上能被叮一排包，还装作没事的样子，真的特别能忍。我当时就在想，这姑娘厉害，女中豪杰啊！”

孟芸却没笑，愣愣地看着他好一会儿，默默低下了头。

陆野挠了挠脑袋，问道：“咦？不好笑吗？怎么不开心了？”

“不好笑，一点都不好笑……无聊死了……”说着，孟芸的声音里带上了哭腔。

她本来不是爱哭的人，虽然胆小又怕疼，却最是坚强，什么事都特别能忍，因为知道没人会在意，哭也没用。

可是陆野来了，她就觉得心里委屈得要命了。

陆野从后座翻出一盒纸巾，轻轻地放在她的大腿上，说：“别哭了。”

“为……为什么呀……还不让人哭了吗？”

“我会心疼。”

这话一出，孟芸哭得更起劲了，眼泪不要钱似的往下掉，但是一点声音都不发出来，看起来可怜极了。

陆野叹了口气，抽了纸巾，轻轻地给她擦眼泪：“孟芸，我给你讲个笑话吧？”

“不要……不要听土味情话……”

陆野被她噎了一下，顿时觉得什么气氛都没了，他弯了弯嘴角，说：“不是土味情话，是大学时候发生的事情，挺好笑的事情。”

“那你说吧……”孟芸被他的话吸引了注意力，连哭都忘了，愣愣地瞧着他的脸，傻傻地任由他给自己擦眼泪。

陆野擦了一会儿，忍不住伸手轻轻地捏了一下她的脸颊，说道：“有一次你不是打电话给‘三百首’哭了……我不小心听到了。”

孟芸一扁嘴：“这是什么笑话啊？你是故意来笑话我的吗？”

“不是不是！”陆野连忙摆手，帅气的脸上挂着紧张的表情，“就是……我那天晚上想到你哭得这么惨，也躲在被子里哭了，结果被室友当成梦游了，早上起来发现他们把我绑在了床栏上。”

孟芸瞪大了眼睛：“真的假的？你哭了？为什么哭？因为我吗？”

其实这件事她已经有些不记得了，还是被陆野提醒了才想起来有这么回事。但是纵然过去万般难过，到今天也早已忘得一干二净，是真的没再放在心上。

比起她当时的心情，她现在更关注陆野是不是真的傻兮兮地哭了。想到那个画面，她突然觉得有点好笑，这好像不是很符合系草的形象。

陆野看她已经不哭了，知道自己把人哄好了，挑了挑眉，说：“当然是假的，我是女生吗，还躲在被子里哭？”

孟芸无语。

“不过，我一个人跑出去喝酒了，就我们学校后门那儿。结果不小心喝醉了踩酒瓶上摔了一跤，大腿上扎了碎玻璃，去缝了七针。”陆野笑了笑，发动了车，“所以别哭了，我会心疼。如果不开心了就来找我，我来给你讲土味情话逗你开心，知道了吗？”

孟芸被他看似深情实则搞笑的话弄得破涕为笑，自己胡乱地抹了一把脸，假装生气道：“气氛都被你破坏了，怪不得没女朋友。”

陆野笑了笑，没有接话。

现在已经是凌晨一点多了，陆野开着车在路上转了一圈。

孟芸现在不是很饿，也不想吃油腻腻的烤肉、火锅当夜宵。

最后两人商量了一下，找了家二十四小时营业的便利店，买了各种各样的零食和关东煮、烤肠，坐在便利店里闲聊。

孟芸方才哭了一场，现在只觉得全身无力，眼睛也有些睁不开，只能一只手撑着下巴，一只手无意识地搅动着关东煮的木签子。陆野看了她两眼，又去买了支冰棍，冰冰凉凉地贴在她脸上。

孟芸被冰了一下，忍不住轻呼了一声。

陆野把冰棍放到她手上，说：“敷一下眼睛，不然明天肿了就不好看了。”想了想，他又拿着冰棍缩回手，“算了，还是丑点吧，我喜欢就行了。”

孟芸瞪了他一眼，劈手夺过冰棍。陆野见状，闷闷地笑了一声。

便利店里只有一个店员在货架那儿点数理货，便利店外几乎没有来往的行人，整个世界安静得仿佛只剩下对坐着的两个人。

孟芸是个极怕尴尬的人，如果是在大学的时候，这样的气氛会令她感到手足无措。

只是和陆野重逢后，她对陆野又有了不一样的情绪。她和陆野的相处，从一开始的尴尬拘谨，渐渐地变得自然了不少，就算这样坐着不说话，也不会有什么特别的感觉。

当然，也有可能是因为她宁愿陆野别说话，至少他不说话的时候，脸还能欣赏一下。

像陆野这种一开口就让人想吐槽的人，果然还是不说话更好一点。

陆野却一点自觉都没有，见孟芸小口小口地吃完了一杯关东煮，顺手就给她拆了一包果冻，一边说道：“孟芸。”

孟芸抬起头，问：“怎么了？”

“今天是有朋友来了吗？居然放陆野哥哥的鸽子？”

孟芸抿了抿唇，顿时就不说话了。

陆野看着她的表情，叹了口气道：“你知道我不是故意想让你想起不开心的事情，但是我想了解你啊……不管是你开心的事情，还是不开心的事情，我都想知道。”

“为什么？”孟芸愣了一下。

陆野笑了起来，说："因为想进入你的生活啊。"

孟芸这样的人，拿陆野这种厚脸皮一点办法都没有。

三年前，她曾经鼓起勇气大声质问魏宋词，问他为什么不能像陆野一样，问他为什么要这么冷漠，让人下不来台，让别人的自尊心在他面前全部碎光。

孟芸抿了抿唇，没有再说什么，拆了个果冻放到陆野手里："陆野，今天谢谢你了。"

果冻是便利店里最常见的荔枝口味，只看样子就觉得很甜。陆野还没吃，就觉得果冻的甜味已经一直甜到了他的心里。

他说不上这是什么感觉，只觉得自己半夜从床上蹦起来，又飞车赶到孟芸身边这件事，是他一生中做的最正确的一件事了。

陆野的语气听起来有种说不出的激动，甚至还带了一丝丝的手忙脚乱："那、那你就记得感谢我吧……别忘了啊。"

孟芸纳闷儿地看了他一眼，似乎不能理解他在激动个什么劲儿："哪有你这样的……"

怎么听她刚刚的话都只是普通的客套啊，陆野怎么就顺杆爬了呢？

两人在便利店里闲扯了半天，虽然没有如陆野所愿谈到孟芸今天发生了什么事，但是孟芸把她留学时的一些事告诉了陆野。

陆野本来是有些介怀的，他三年前疯了一样地找她，从愤怒、急切到死心、绝望，现在想来都百感交集，而孟芸却在享受她的留学生活。只是再多的介怀，在孟芸真诚分享的语气里，都化为了酸酸的情绪。

陆野盯着她的脸，在心底叹了口气。他想，就这样吧，就这样听着，也当作是分享她的时光了。

一直到天蒙蒙亮的时候，陆野才把孟芸送回家。他看着她上了楼，楼道里的声控灯一盏一盏亮起，又在楼下站了好一会儿，才开车离开。

相比之下孟芸就比较紧张了。徐琴一般醒得很早，孟芸怕自己一推开门，就看到徐琴在等她，那就真的解释不清了。

好在徐琴还没有醒，孟芸小心翼翼地把外套放在一边，在厨房里刷了牙，这才躺到沙发上睡了。

这一觉就睡到了下午。

虽然周末孟芸不需要上班，但徐琴对她的家教很严。早上徐琴原想把孟芸喊起来，可一想到小姑娘刚回国没多久，找工作找房子肯定忙了好一阵子，周末难得休息，便叹了口气随她去了。

孟芸一醒来就暗道要糟，手忙脚乱地收拾了一下自己，觑了旁边在洗菜的徐琴几眼，小声地开口道："大妈，对不起，我睡过头了……"

徐琴"嗯"了一声，温柔地说道："周末没关系，平时上班要注意定好闹钟，不能迟到，给小朋友做好表率……"

徐琴说了一会儿，突然问道："大妈都没来得及问你，有男朋友了吗？"

孟芸一愣，脑海中条件反射地浮现出陆野那张帅气的脸。她吓了一大跳，连忙摇了摇头，耳朵尖都有些红了："还没有呢。"

徐琴叹了口气，说："你也毕业好几年了，和以前的同学还有联系吗？芸芸，你别怪大妈多事，你爸妈忙，大妈就代为关心你……"

这话题就扯远了。孟芸已经习惯了，低着头默默地听着，只是她脑海里的那张欠打的脸却依然没有消失。徐琴说老同学，那她和陆野真是天大的缘分才能这么巧合地相遇。

恰好的医院、恰好的时间、恰好的医生……一切都是刚刚好。

孟芸突然有些不知所措，无意识地停了手上的动作，脑子里一片混乱。

是真的缘分，还是只是巧合呢？

如果是缘分的话，为什么这个缘分来得这么晚？

还没等她理出个所以然来，茶几上的手机突然响了起来。

徐琴停下了说教："芸芸，电话。"

孟芸"嗯"了一声，蹬蹬蹬两三步跑过去接电话："喂？你好？"

电话那头传来一个有点熟悉的声音："打扰了，是孟老师吗？"

孟芸看了一眼来电显示，是之前交换了联系方式的吴佳佳妈妈。

孟芸“嗯”了一声，问道：“佳佳妈妈你好，是有什么事吗？”

徐琴听出来是谁之后便避去了厨房，把客厅留给孟芸。

佳佳妈妈的语气有点尴尬，似乎并不习惯说这种话：“是这样的，孟老师，明天我……有事情要出去，不能带着佳佳一起，真的没办法带着她……”她犹豫了一下，继续补充，“您看，可以麻烦您帮忙下午带一下佳佳吗？我、我可以给钱……”

孟芸一愣。她之前听张老师说起过，私立学校会有家长私下找老师接私活。她刚刚工作，并不图那些私下带小孩的钱，只是单纯地喜欢孩子。而且她也心疼吴佳佳的遭遇，再加上佳佳妈妈说只要几个小时就好，所以她犹豫了一会儿便答应下来。

徐琴周日一大早就要回去，孟芸早早地起了床，把她送到高铁站。

到底是自己一手带大的孩子，徐琴握着孟芸的手，细细地关照了她很多，然后又从包里摸出一张银行卡塞到她手里。

“芸芸，你一个人在大城市里，也不要太节省了，平时也要买买衣服，出去玩玩，不能亏待自己。找男朋友的时候，要睁大眼睛，别因为一些小恩小惠就被人骗了……”

孟芸怎么都不肯接银行卡，她婉拒道：“大妈，我有钱的，我现在也有工作，怎么还能一直拿家里的钱呢？”

她在心里计算着徐琴为她出国留学花了多少钱。她本就准备慢慢地攒钱，一点一点还给二老，哪能之前的钱还没还上，现在又收他们的积蓄呢？

推拒了一会儿，孟芸还是拗不过徐琴，只能默默地把卡收了起来，准备以后一起还给她。

徐琴轻轻地摸了摸孟芸的头发，语气温柔地说道：“芸芸，不要太辛苦了，有什么委屈就回家来跟我们说，不要自己忍着。你一直都是我们的宝贝，知道了吗？”

送走徐琴之后，孟芸坐地铁去幼儿园接吴佳佳。

孟芸远远地就看到了在幼儿园门口等待的佳佳妈妈。佳佳妈妈一脸焦急，直到看到孟芸出现才松了口气，招呼道：“孟老师！”

孟芸笑了笑，接过吴佳佳的小手，蹲下身摸了摸她的脸：“佳佳，去孟老师家写作业好不好？”

吴佳佳很乖，软软地应了声，奶声奶气道：“好，孟老师。”

孟芸笑了起来，对佳佳妈妈说：“佳佳妈妈，你就放心吧。”

佳佳妈妈点了点头，声音有点哽咽：“我真的不知道该怎么感谢孟老师才好……”

“没事的，你先去忙吧，忙完了来接佳佳就好。”

孟芸带着吴佳佳挤地铁的时候特别小心翼翼，生怕把孩子弄丢了。好在周末的这个时间点，地铁上的人也不是很多，一大一小并排坐在一起，倒像是一对姐妹花。

孟芸见吴佳佳的兴致不太高，就跟她说话逗她，但是她一直没什么反应。于是，孟芸轻声问道：“怎么啦？佳佳为什么不高兴呀？是因为妈妈把佳佳放在孟老师这里吗？”

吴佳佳扁了扁嘴，乖巧地回答道：“不是的，是因为妈妈不愿意带我去看爸爸。”

“啊……”

“我听到妈妈打电话说今天要去见爸爸了，我想一起去，妈妈就不高兴了，也不让我一个人在家了。”

原来是这样。怪不得佳佳妈妈今天这么反常地找她帮忙。

“佳佳平时会一个人在家吗？”

“会的，妈妈有事的话，会让我一个人在家玩。”

孟芸点了点头，这毕竟是学生的家事，她也没有再对小朋友多说什么。

一大一小两个人顶着大太阳好不容易回到家，还没进楼，孟芸就听到吴佳佳喊了一声："大哥哥？"

孟芸被吓了一跳，条件反射地回过头，就见陆野正蹲在车边冲着吴佳佳招手。

"呀！是我的'小女儿'！"

孟芸愣愣地张大了嘴："陆野，你、你怎么来了？"

陆野三步并作两步走过来，一把将吴佳佳抱了起来，冲着孟芸挑了挑眉，说："今天去了一家很好吃的店，想着给你送点尝尝，免得你想起我的时候不是清汤火锅就是关东煮。"

这理由真是让人哭笑不得。

孟芸看了他一眼，叹了口气，轻声嘟囔："真不该让你知道我住哪儿……"

陆野只装作没听见，笑眯眯地逗吴佳佳："小佳佳，你还记得我呀？"

吴佳佳点了点头："很帅的大哥哥！是孟老师的好朋友！我记得的！"

"真乖！"陆野抱着小朋友走了两步，打开车门，从车里摸了一把糖出来，放到她手上，"看在你夸我帅的分上，本来是给你孟老师准备的糖，今天就给你吧！吃了我的糖，就是我和孟老师的'小女儿'了哦！"

孟芸在不远处听着，只觉得这个人实在是……她脸上又开始发热了："陆野！你跟孩子胡说八道什么呢！"

陆野人都来了，孟芸也不好拿了东西就把他赶走。

孟芸的心思都摆在脸上，看得陆野心里想笑，脸上却是"楚楚可怜"的表情，他委屈地说："芸芸，请老同学去家里喝杯茶又怎么啦？大不了，你明天来我家，我请你喝回来行不？"

孟芸不想说话，拎着一大包东西和吴佳佳的书包，带着后面两个"拖油瓶"上了楼。

陆野自己也没想到，他能这么快就有幸进孟芸家，这多亏了吴佳佳。

有没有进过家门，那就是两个阶段了！

想到这儿，他对小姑娘更加“爱不释手”起来，像个大孩子一样盘腿坐在吴佳佳旁边，两人凑在一起不知道在看些什么。

孟芸给两个人倒了橙汁，然后去拆陆野带来的菜。

几道菜都是红通通的颜色，一看就是按照她的口味点的。最底下还有个冰袋，里面是各式冰淇淋和小蛋糕。天气炎热，冰淇淋都要化得没形状了。

她连忙把东西塞进冰箱里，这才走了出去。

吴佳佳已经乖巧地把作业本拿了出来，但是还没有动笔，整个人趴在茶几上和陆野闲聊。

陆野真的非常讨人喜欢，孟芸只见过吴佳佳乖乖巧巧的模样，却没见过她这么开心，露出符合年纪的笑容。

只是陆野说的话让她实在有些听不下去。

“佳佳，你叫孟老师什么呀？就叫孟老师吗？那你可不能叫我大哥哥，你得叫我叔叔才行。”

“为什么呀？”

“不然差辈儿了，你们孟老师面对我这么帅的‘大侄子’，会不好意思的。”

孟芸忍无可忍，快步走过去，把陆野推到一边，对吴佳佳说：“佳佳，写作业了，明天还要上学呢。”

吴佳佳笑得很开心，乖巧地点了点头。

“你也可以回去了，茶都喝完了。”孟芸平时压根说不出这种赶人的话，但是面对陆野，她就觉得好像没什么是不能说的。

有点像是一种心理上的亲近——比如面对季晓戚的时候，她就会比较随便……这么说来，她难道是把陆野当姐妹了？

想到这种可能性，孟芸自己先笑了场，语气也柔和下来，又对陆野说：“谢谢你的菜了。”

陆野可不理会她的逐客令，耍赖道：“不行呢，我还要陪小佳佳写作业呢，我跟她说好了的。是吧，佳佳？”

吴佳佳在旁边使劲点头。

孟芸没办法，便任由两个人坐一块儿去了。

只是到底她才是被托付的那个人，也不好做别的去，便回卧室拿了书，不远不近地坐在地毯上，让佳佳有什么问题就问她。

一晃两个小时过去了，吴佳佳放下笔，把作业交到孟芸手上让她检查，自己则从小书包里拿出了剪刀和卡纸，凑到陆野身边。

“陆野哥哥，你愿意和我一起做手工作业吗？”

“说了要叫什么？”

“陆野叔叔。”

陆野笑了起来，瞄了孟芸一眼，爽快地点了点头：“好呀。”

孟芸拿着小朋友的作业本，听着两个人稚气的对话，一时之间只觉得自己的心也柔软下来。

陆野应该真的是个很温柔的人吧？

只是孟芸这善感的情绪没一会儿就飞快地消失了。

吴佳佳想让陆野给她讲故事，她从小书包里掏出一本书，放到他手上。陆野看着封面，惊讶道：“《老庄》？现在幼儿园的课程这么难吗？”

吴佳佳摇了摇头，说：“是妈妈给我买的，晚上睡觉前她会给我讲里面的故事。”

陆野感慨不已：“佳佳的妈妈可真是个有哲学思想的人。”说着，他随手翻了一页，“北冥有鱼，其名为鲲……啊，这个我知道。”

吴佳佳的眼睛亮亮的。

孟芸听陆野的语气就感觉他要开始胡言乱语了，还没来得及出声阻止，就听陆野满含笑意的声音在小小的房间里响了起来。

“鲲之大，一锅炖不下。”

于是，陆野被孟芸毫不客气地赶了出去。

他站在门口耸了耸肩，乐呵了好一会儿，才敲了敲门，隔着门冲里面喊："冰淇淋和佳佳分着吃了吧！我在车里等你！"

等了一会儿，眼见着里面没动静，他才闷笑着下楼去溜圈了。

陆野在车上坐了一会儿，又开车去本市知名的川菜店排队买了几个招牌菜，然后才回到孟芸家的那个小区。

车还没停好，他就看到一个女人牵着吴佳佳往外走——她应该就是吴佳佳的妈妈了。

陆野笑了笑，等吴佳佳母女离开之后，拎着几袋食物重新回到了孟芸家门口，伸手敲了敲门。

过了好一会儿，孟芸才在里面小心翼翼地问道："你怎么还没走呀？"

陆野被她逗笑了，说："我得隔着门跟你说话吗？我是这么危险的人物吗？"

孟芸犹豫了一下，也觉得有点不好意思，轻轻地把门拉开一条缝，露出她无辜的大眼睛，一眨不眨地盯着陆野。

陆野大笑起来："孟芸，你也太可爱了吧？"他晃了晃手上拎的东西，"一起吃个晚饭总没事吧？"

孟芸知道今天不吃个饭是没法送走他了，不过人家特意买了晚餐过来，她也做不出太绝情的事，就把陆野放了进来。

吴佳佳已经走了，孟芸刚刚才把房间简单地收拾了一下。

陆野也没闲着，把餐盒全部打开放在小茶几上，等孟芸热了他中午带来的小菜，又煮了饭之后，两人就对坐着开始吃晚饭。

这样坐着不说话的时候，气氛倒是挺温馨的。

陆野觉得今天的孟芸又比之前可爱了一万倍，忍不住闷笑出了声。

孟芸抬起头看了他一眼，说："这个铁锅炖大鲲，你还挺喜欢的吧？"

陆野愣了一下，大笑出声："孟芸，你可真是……"太可爱了。

话还没说完，孟芸家的门铃又一次响了起来。

两人对视了一眼。

孟芸跑过去，从猫眼里往外看了一眼，顿时脸色就白了："小七来了，怎么办？”

陆野挑了挑眉：“什么怎么办？当然是开门啊！”

孟芸瞪了他一眼，还没来得及说话，门外的季晓戚已经开始敲门了：“芸芸？不在家吗？”

“在的！”孟芸一狠心，红着脸伸手拉开了门。

季晓戚还没等人看清她的脸呢，就一下扑到了孟芸的怀里，哀号道：“乖乖，我失恋了！”

孟芸抱住好友，轻声道：“你先起来……”

“怎么办啊？我人生中第一次被男人拒绝……我不想活啦……”

孟芸替季晓戚觉得尴尬，余光瞟了一眼陆野，发现他已经很绅士地望向了窗外，装作没有在听的样子。

她凑到季晓戚耳边，说：“小七，家里有别人在……”

季晓戚一下子弹了起来，惊呼道：“哪里？人在哪里？”

陆野扭过头来，冲她招招手，说：“季学妹，好久不见了。”

两个人的晚餐顿时变成了三个人的晚餐。

季晓戚坐在中间，视线像是雷达一样扫射着陆野和孟芸，好久之后终于下了判断，沉重地开口道：“乖乖，你怎么都不告诉我，你们俩已经在一起了呢？”

孟芸目瞪口呆地看着她，脸一点一点红了起来，结结巴巴道：“没，没……不是的，是因为意外……”

季晓戚沉痛地皱着眉：“怪不得你现在都不来找我了，果然是……”

“小七……”

陆野则笑得嘴巴都快要咧到耳后了，他认真地冲着季晓戚扬眉，说：“冲学妹这句话，结婚的时候不要你的礼金了。来，加个微信，保持联系。”

“联系什么？”季晓戚疑惑道。

“等我追上孟芸了，马上联系你请你吃饭，你就是我们的红娘！”

/ 2 /

陆野回去之后，季晓戚决定留下来和孟芸挤一晚，说说悄悄话。

等两人收拾好关灯躺下的时候，季晓戚已经憋了一肚子的问题。

“你跟陆野发展到哪一步了？他怎么都到家里来了？陆野是怎么追你的？你别是不好意思拒绝才让他来的吧？”

孟芸被她问得哭笑不得，柔声道：“你一个一个问嘛。”

季晓戚叹了口气，说：“其实我就一个问题——你喜欢陆野吗？芸芸，你不是那种会随便让男生到家里来的人，你喜欢上陆野了？”

孟芸被她问得蒙了一下，一下子说不出话来。

一片黑暗中，只有窗外传来的独属于夜的声音，风声、树叶摩擦的沙沙声、隔壁楼里的私语声，还有后街摊贩收摊的碰撞声。

孟芸在国外待的那个城市里没有这样的声音，一到深夜就安静得像墓园。

这是独属于这座城市的声音。

季晓戚的声音清晰地从耳边传来：“芸芸，你真的忘了魏宋词了吗？你真的是因为喜欢陆野这个人，才允许他靠近你的吗？”

孟芸想了好久，轻轻地“嗯”了一声。

“我真的完全不喜欢魏宋词了……至于是不是喜欢陆野……”她抿了抿唇，犹豫着，像是在反问自己一样，“我现在还不知道。”

孟芸觉得自己不是容易被别人打动的人，但她允许陆野一点一点靠近她，允许他在她身边晃悠、卖傻、体贴，允许他稍微离她的伤痕近一些。

季晓戚还挺惊讶的，不过她得到了答案，也没有多说什么，只是感叹了一句：“如果大学的时候你喜欢的是陆野的话，多好啊。”

至少孟芸就不会这么辛苦了。

季晓戚沉默了一会儿就带过了话题：“我失恋了，你快安慰我一下吧，你这个有了新欢就不要旧人的狠心女人！”

孟芸翻了个身，挽住季晓戚的手臂，问道：“怎么了呀？我都不知道你有男朋友了，这就失恋了？离我们上次见面才过了多久呀，你这速度也太快了点……”

季晓戚哼唧了一会儿，最后还是把事情说了出来。她本来就是来找孟芸吐槽的，要不是被陆野打断了思路，早就说了一万遍了。

“所以，你去找他了？那个你想要网恋的对象？”

孟芸有些难以置信。她这样胆子小的人，追魏宋词算是一生中做过的最勇敢的一件事了，她实在难以想象季晓戚居然会追一个游戏里认识的朋友。

季晓戚难得扭捏，说：“那不是……正好在同城嘛，我就想也一起玩了几个星期的游戏了，见一见也没关系。”

“几个星期？”

“哎呀，这不重要啦！刚认识他的时候，我其实就有种感觉，这人就是我命定之人了！”

孟芸被她逗笑了：“然后呢？”

“然后，他请我吃了顿饭，当面拒绝了我，说他暂时不想谈恋爱。”

季晓戚的语气一如既往地夸张，让人听不出她是不是真的伤心。但是孟芸与她一起生活了四年，自然非常了解她，于是伸手搂住了她的腰，轻轻地拍了拍她的后背。

季晓戚的声音里带着笑意：“这么温柔的芸芸，我舍不得给别的臭男人啊……”只有尾音里露出了一点点哭腔。

温柔的夜色里，两个女孩子紧紧地拥抱在一起。

只是生活还要过下去。

季晓戚在孟芸家赖了一整晚，孟芸早上去上班的时候，她还在床上睡觉。孟芸笑了笑，轻手轻脚地关上了门，乘坐早班地铁去了学校。

等孟芸到教室的时候，吴佳佳的妈妈正在教室门口等她。

孟芸看到她就笑着打招呼：“佳佳妈妈。”

吴佳佳的妈妈穿着一身白色的长裙，看起来素雅又有气质。她轻声说道："昨天真是谢谢孟老师了。小朋友在旁边也不方便说，所以今天特地过来，想来问问孟老师的银行账号……"

孟芸摆了摆手，拒绝道："不用客气的。"

"要的要的，到底是占用了老师的私人时间。"佳佳妈妈面露难色，似乎有些尴尬，"昨天佳佳也没闹，还是要谢谢老师的。之前几次，每次我回家她都要哭闹一晚上，吵着要去见爸爸……唉。"

孟芸抿了抿唇，没有说话。她用余光瞄了一眼教室里，吴佳佳正坐在小板凳上玩积木，脸上挂着笑。

孟芸其实是有点羡慕吴佳佳的，至少她还有这么爱她的妈妈。

"真的没关系，昨天也是我朋友帮了忙。佳佳妈妈，你真的不用太客气。"孟芸笑了笑，冲着佳佳妈妈挥了挥手，转身进了班级。

吴佳佳的妈妈在原地站了一会儿，才转身离开。只是她还没踏出去几步，就听到孟芸的一声厉喝，紧接着吴佳佳的哭声就传了出来。

"妈妈！"

也就是一眨眼的工夫，吴佳佳已经从小板凳上摔到了地上，她身后有几个男生正凑在一起哄笑。

孟芸第一次亲眼见到吴佳佳被欺负，整个人都有点愣住了，听到笑声才回过神来，立马跑到小姑娘身边，抖着声厉喝道："陈熙！你们干什么？"

吴佳佳已经扁了扁嘴，开始大哭起来。

吴佳佳的妈妈飞快地冲了进来，看到吴佳佳坐在地上哭，尖叫了一声："佳佳！"

还没开始正式上课，孟芸先带着四五个男生进了办公室。

今天张老师也在。比起孟芸，那几个男生更怕张老师，看到张老师就垂下了头，只有那个叫陈熙的小男孩很不屑地撇了撇嘴。

张老师看见这情况，表情就变了，把孟芸叫到一边说悄悄话："到底是怎么回事？”

孟芸把事情说了一下，顿了顿，说：“佳佳当时坐在小凳子上，不是很高，摔下来应该没受什么伤，但是她被吓到了，我就让她妈妈先带她回家了。”

张老师了然地点了点头，无奈地说：“不是第一次了。”

孟芸的手到现在还在不自觉地颤抖。

他们专业的同学大部分去做了中学老师，只有几个人选择了幼教，主要因素就是喜欢孩子。

孟芸一直把幼教事业畅想得很美好。

教书育人，他们教小朋友还不能算是教书，更多的是育人，听起来就是非常伟大的职业。一个孩子长大后会变成什么样的人在幼儿时期未必会定型，但孩子是善良还是调皮，是奋发努力还是低沉自卑，却是从小就需要引导的。

孟芸的研究生导师曾经说过，他们做的不是教育孩子如何成功，而是教育孩子如何做人。

孟芸从小到大，别说欺负人了，连跟别人吵架都很少发生，所以小朋友当着她的面欺负别人，她实在有些难以接受。

这背离了她的初衷，她也对自己的无能为力自责不已。

张老师见到孟芸的样子，叹了口气，拍了拍她的肩膀，安慰道：“这事不是我们不想管，确实只算是打打闹闹。小朋友之间磕磕碰碰总是难免的，每次陈熙都说是不小心撞到的，一点办法都没有。”

孟芸咬着牙根说：“看他那表情可不像撞到的……为什么陈熙老是欺负吴佳佳呀？”现在单亲家庭并不少见，哪至于被这样排挤。

“陈熙的妈妈跟吴佳佳的妈妈以前是同学，听说之前就不对付。”张老师轻声道，“吴佳佳是中班才转过来的，当时陈熙的妈妈到学校里来大肆宣扬了一番，每天一下课就等在校门口和其他家长聊天，把这事儿闹得人尽皆知。估计小朋友也是听了家里大人嚼舌根，所以跑来欺负人。”

闻言，孟芸吃惊地瞪大了眼睛。

张老师说完八卦，就把陈熙叫了过来，严肃地道：“陈熙，你今天做什么了？好好说，我已经听孟老师说了！”

陈熙一副小霸王的模样，傲慢地说：“不小心撞了一下吴佳佳。”

“是多不小心？还能把人从椅子上撞下来？”

陈熙不说话了。到底只是小孩子，被老师三两句一问，他就有些紧张地抿起了嘴唇。

张老师严厉地训了他两句，又把他的几个小伙伴叫来训了两句，接着就放人回教室去上课了。

孟芸看着，心里觉得很憋屈，不甘心地说：“这样不行啊，至少得让他们好好跟吴佳佳道个歉才行，要让他们认识到自己的错误。”

张老师摆了摆手，无奈地说：“孟老师，这事儿你可能不太清楚，陈熙的妈妈不是那么好搞定的家长。他家里很有势力，他从小就被宠惯了，所以现在无法无天的。如果你让他道歉，转头他妈妈就能冲到学校里来。”

“但是也不能这样……”

孟芸觉得很憋屈。因为这种憋屈，她连午饭都吃不下去。在办公室走了几圈之后，她在心底下了决定。

孟芸去班上把陈熙喊了出来。

看到孟芸，陈熙的表情和对着张老师时完全不一样，他似乎一点都不害怕这个又软又好说话的新老师。

孟芸蹲下身，跟陈熙面对面，轻声问道：“陈熙，你跟老师说，你讨厌吴佳佳吗？”

陈熙不说话。

“今天这样的事情，老师知道不是第一次发生了，”她的语气严肃起来，“你有没有想过，万一吴佳佳摔到了脸或者哪里受伤了怎么办？

以后她就不漂亮了。陈熙，你也是大孩子了，老师知道你听得懂，你能对别人负责吗？”

陈熙低着头说：“我没推她，是不小心撞到的。”

“陈熙！”孟芸被陈熙死不认错的模样气得眼睛都红了。

“孟老师，不是我推的！你诬蔑我，我要去告诉妈妈！”

孟芸回到办公室时，恰好张老师要出去带班，看到她进来，喊了她一声：“孟老师，你的手机一直在响。”

“知道了，谢谢张老师。”孟芸的声音在发抖。

张老师在原地停了一下，好久之后才深深地叹了口气，欲言又止：“孟老师，你……我先去看着他们睡午觉了。”

孟芸其实压根没听到张老师说了什么，她也没心思看手机。下午她还有一节隔壁班的美术课，一直到上课之前，她才勉强收拾好了情绪。

另一边，陆野一直联系不上孟芸，只当她又开始闹别捏了，也没生气，准时准点换衣服下班，开车去幼儿园找孟芸。

幼儿园下午四点半放学，孟芸放班要放到五点左右，如果遇上有学生家长没来接，还要待得更晚一些。就算五点能结束，她也会到五点二十左右再离校。

陆野早早地就打听好了，他五点准时下班的话，开车过去也就十五分钟，刚好能接到孟芸。

一想到她看到自己的表情，陆野就想笑，又想着要怎么开口说那件事——他昨天就想跟孟芸说的，但是因为气氛太好了，他心底又自私地想着还是再拖拖吧。他也是个普通人，没那么大方。

只是再拖就会失去先机，如果孟芸先一步知道了，陆野就无法掌控她的情绪变化，也没法做些什么了。所以他要提前告诉她，为自己争取更多说话的机会。

只是陆野没想到，他才下车就看到校门口闹哄哄地挤了一圈人。他不是喜欢凑热闹的人，于是绕开人群，拿出手机给孟芸打电话。

电话响了好久也没有人接。

陆野皱了皱眉，刚打算去保安那边登记一下进去找人，就听到人群里传来一声中气十足的喊声："我不管你是老师还是什么，今天你必须给我儿子道歉！"

陆野一愣，扭过头。他个子很高，很快就找到了人群中心的那个人。

是孟芸。

陆野想都没想，直接拨开围观的人群，三步并作两步挤到孟芸身边，把低着头的可怜小姑娘牢牢地护进怀里，然后才顺着声音看向了前面那个女人。

那个女人不过四十来岁的模样，打扮得非常时尚，只是法令纹很深，看面相就觉得戾气很重。

看到突然跑出来一个人高马大的小伙子护住了孟芸，那女人也愣了一下，嚷嚷道："你谁啊你？我跟孟老师说话呢，你干吗？"

陆野冷笑一声，居高临下地看向那女人，反问道："你是不会好好说话吗？"

"你！"

孟芸在他的怀里发抖。陆野心疼得要命，轻轻地拍了拍她的背，不再和那女人多纠缠，带着她挤出了人群。

而一直没找到机会的保安终于挤出来，直接把闹事的女人和围观者通通挡在了校门外。

这个时间，幼儿园里几乎已经没人了。

陆野带着孟芸在滑梯旁坐下，将她抱在自己怀里，让她的脸埋进他的胸口。他已经很久没有看到孟芸这小可怜的模样了，他现在只觉得从心底里冒出戾气，恨不得把欺负她的人通通教训一遍。

可他们都不是孩子了——不是他能跟"三百首"打一架，替孟芸出气的年纪了。还是得换个方式。

陆野在心里盘算了一万种方法，甚至忘了考虑到底发生了什么事。

不管是什么事，总之就是孟芸受委屈了。

陆野一直没说话，过了好一会儿，孟芸才自己调节好情绪抬起头，睁着红红的眼睛看着陆野。

“陆野？”

“嗯，是我，别怕了。”

孟芸咬了咬唇，声音里带着哭腔，却语气坚定地说：“我要出去。”

“什么……”

“那是我学生的家长，我要出去解决这件事。”她斩钉截铁地道。但一说完，她的脸色就白了，一副摇摇欲坠的可怜模样，憋着一口气硬撑着往外走。

孟芸胆子小又不擅长说话，面对这种场面第一反应就是慌了，慌得话都说不出来——如果她跟季晓戚一样就好了，有的时候她甚至会这么想。但是她不能退缩，也不能逃避，把事情解释清楚就是她的义务和职责，不然这件事会越闹越大的。

陆野看到孟芸握着拳头的背影，心疼得都快炸了，三两步就追上了她：“孟芸！”

孟芸抬起头看了他一眼。

陆野跟她对视了一下，立马就换了态度，也不拦她了，说：“好吧，那你至少得告诉我发生了什么事，我才能保护你啊。”

孟芸一愣，刚想说“不用你保护，又不是什么大事”，心却先一步软了下来。她犹豫地开了口，把事情大致说了一遍：“……我承认是我着急了，没想到陈熙会这样……”

现在是不是陈熙动手推的吴佳佳已经不那么重要了，重要的是，孟芸该不该向陈熙认错——陈熙说孟芸诬陷他，他妈妈就不依不饶的，叫了一群家长来围观，说学校老师暴力压制学生，还栽赃陷害。

陆野的脸色沉了下来。

孟芸却没有发现，她低着头，深深地叹了口气：“我去跟陈熙妈妈好好谈谈吧。”说完，她转身就要离开。

陆野却突然伸出手，一把抓住了她的手，用力握了握。

“别怕。”

“我不怕……”

“孟芸，你别怕。”陆野很执着，“我站在你身后。”

孟芸突然发现，陆野严肃起来的时候，好像又有了不一样的魅力。他一眼看穿了她的勉强、她的软弱、她的不知所措。

其实现在她真的很害怕，害怕到想躲在他身后。可她不能这样，这是她必须面对的。

孟芸心中百转千回，被陆野牢牢握住的手指忍不住动了动，她张了张嘴，最后还是什么都没说，只轻轻地应了下来：“嗯。”

陈熙妈妈果然还没走。但是校门口的围观人群已经散去了不少，只剩陈熙妈妈和两三个熟识的家长站在一块儿聊天。

孟芸还没走到他们旁边，就听到了陈熙妈妈的大嗓门。

“我家小孩啊，今天一下课就一副不高兴的样子，真是……他真是委屈死了，他们那个老师是把小孩子当犯人了吧？恶意欺负同学的帽子盖下来，小朋友以后还怎么做人啊？我家小孩我还能不知道？皮是皮了点，欺负小女生，嗨呀，不至于的！”

孟芸皱了皱眉，加快了脚步。

“反正这件事啊，没完！我们家出了这么多钱，把小朋友送到私立学校来，可不是让他来受欺负的！”

孟芸握紧了拳头。

陆野就跟在孟芸身后两三步的地方，听了这话，忍不住嗤笑了一声：“这女人好厉害。”

孟芸没理他，三两步走到陈熙妈妈的跟前：“陈熙妈妈。”

那女人一看到孟芸出来，立马就指着她的鼻子骂道：“哟，这不是孟老师吗？我听说孟老师还是高才生呢，在我看来啊，一个人的人品有问题，上再多的学也救不了！”

孟芸在心底咬牙切齿，只是表情依然温和：“陈熙妈妈，我可以理解您的心情，这件事肯定要处理的……”

“处理？怎么处理？除非你跟我们熙熙道歉，否则别的都免谈！我明天就来找你们校长，我还不信了，这天底下还没有王法了！”

孟芸好说歹说，任由陈熙妈妈指着自己的鼻子骂了一顿，总算把人请到了办公室。

陈熙在自家的车上，由司机陪着。孟芸想了想，还是让陈熙妈妈把小朋友一起带过来。陈熙妈妈以为孟芸要道歉，磨蹭了一会儿便答应了。

没一会儿，陈家的司机把陈熙送到了孟芸的办公室。

此时办公室里已经一个老师都没有了，倒是隔壁办公室还有几个老师。他们应该也听到了校门外的喧闹，走出来看了好几眼，其中一个还悄悄拉住了孟芸，关心道：“孟老师，没事吧？”

孟芸摇了摇头，冲着那老师笑了笑，轻声道了谢。

陆野就站在办公室的窗外凝视着孟芸，自然也看到了这个笑。他此时觉得焦躁不已，伸手摸遍全身想找一支烟出来抽，突然又想起来，他已经戒烟五年了。

陆野深深地叹了口气，拿出手机，点到家里的电话上。他犹豫了很久，最后还是没有拨出去，默默地锁上了屏幕。

如果动用家里的关系，他自然可以出面替孟芸搞定这件事，但是如果孟芸知道了，应该会不开心吧。

陆野想了想，还是什么都没有做。他决定相信她。

孟芸等陈熙妈妈拉着陈熙坐下之后，给两个人各倒了一杯水，然后坐到了两个人的对面。

陈熙妈妈冷笑了一声，似乎很看不上她的样子。

“孟老师，我听说你是新来的老师吧？哎呀，新老师更加要注意言行呢，可不能随便瞎说啊，不然这样下去，工作都要没了呢！你可别不高兴，我这是过来人的提议……”

孟芸抿了抿唇，不想跟她纠缠这个，而是扭过头去盯着陈熙，温和地问道：“陈熙，老师再问你一次，现在妈妈也在，不能撒谎知道吗？”

陈熙低着头不说话。

“你是不喜欢吴佳佳同学吗？”

“吴佳佳”三个字一出，陈熙还没来得及说话，他妈妈就直接炸了：“哎呀，我说怎么老师这么关心呢，原来是吴佳佳啊！儿子，妈妈不是跟你说了嘛，别跟这种同学玩！你怎么又惹上这种人了？吴佳佳她妈呀……”

“陈熙妈妈！”孟芸抬高了声音，“您的一言一行都会影响到孩子，希望您说话的时候注意一点，不要给孩子说一些……”

“谨言慎行？”陈熙妈妈一拍桌子，直接站了起来，“小姑娘，你搞没搞清楚你在跟谁说话啊？别说废话了，我晚上就跟你们校长说，你明天别来了！老师都没有老师的样子，孩子放在你们学校让人怎么放心？”

说完，陈熙妈妈也不再听孟芸说什么，拉着陈熙就离开了办公室。

孟芸的肩膀一下子垮了下来。

等孟芸走出教学楼的时候，天色已经渐渐黑了下来，晕成了钢笔墨水一样的蓝色。

已经六点多了。

陆野靠在墙边，看到孟芸走出来，立马走上前去，摸了摸她的头发，低声问道：“饿了吗？”

孟芸已经忘了吃饭这回事，被他这样一提醒，立马觉得饥肠辘辘的，身心俱疲。

“饿了。”

她的语气很轻，陆野却听出了一丝撒娇的味道，心立马软得一塌糊涂。

“走了，陆野哥哥带你去吃好吃的。”

陆野带着她上了自己的车，替她系好安全带。

看着她乖巧的模样，他忍不住笑了：“天气挺热的，吃烤肉去吗？出一身汗，心情说不定会好一点哦。”

“嗯，好。”孟芸抬起头冲着他笑了笑。

车像离弦的箭一样飞了出去。陆野带着孟芸去了一家炭火烤肉店，一进门就是扑面而来的热浪，连空调都压不下这样的温度。

坐下来之后，孟芸要了几听啤酒。

陆野看到她的样子，登时就笑了：“我记得你以前的酒量很不好，现在有长进了吗？”

孟芸没说话，心里却摇了摇头。如果喝酒不是为了喝醉，那就毫无意义。既然是为了喝醉，喝多喝少也没什么差别。

啤酒和肉是一起上来的。

陆野挡着孟芸，先给她烤了一盘子肉，让她垫了肚子之后，才允许她开啤酒。

果然，才喝完一听啤酒，孟芸的脸颊就泛起了不正常的红晕，在灯光下看起来无比动人。

陆野握着烤钳，忍了又忍，终于忍住了想去亲亲她的欲望。

孟芸却没有意识到对面的男人在想些什么，她已经有些迷糊了，又觉得心里难受得要命，忍不住开口轻声抱怨起来。

“我只是替佳佳委屈。听别的老师说，佳佳从转学过来开始就一直被明里暗里地排挤，但是小姑娘听话，知道她妈妈为了让她上好学校，花了很大的力气，所以不跟她妈妈说学校里的事情。听话……听话就得受委屈啊……”

陆野耐心地听着，手上的动作也没有停，给她把肉放在盘子里，又点了汤饭放到她面前，让她能喝汤解渴。

“为什么这个世界上有这么多不公平的事情呢？”孟芸迷迷糊糊的，又想到了自己小时候，立马就更加委屈了，“我弟弟……我真的太羡慕了……弟弟的人生。”

陆野抬起头，深深地看了她一眼。他还有很多不了解她的地方。

孟芸就算是发泄都带着乖巧的意味，胆子小的人就怕惹事，说话也不敢大声说，委屈的模样特别招人心疼。

陆野等她说得没力气了，也吃得差不多了，便去结了账，将她半搂半抱地拉到自己车上。

“别……我要去小七家……我失业了，没地方住了……没钱，钱要还给大妈……”

陆野握着方向盘的手指动了动，扭过头，笑了一声，循循善诱道：“那你来住我家好不好？我可以不要房租接济你哦。我家很大，空房间很多……”

孟芸没有答话，眯着眼想了好一会儿，好像又清醒了一些，突然问道：“陆野，你今天来找我，是……要跟我说什么来着？”

陆野愣了一下。

两件事的跨度很大，陆野本来还准备逗逗孟芸——毕竟她现在这样子实在是可爱，只是她这问题一问，陆野却笑不出来了。

陆野想到今天来找她时心里下的决心。他深吸一口气，神色凝重起来，难得带了一些不自信的犹豫。

孟芸还是有些迷糊，看起来就是那么随口一问。

陆野的心却像是在油锅里翻腾了几遍，最终，他严肃地给了她回答：“‘三百首’回来了。”

/ 3 /

孟芸傻傻地看着陆野，什么都没说。

陆野跟她对视了好一会儿，心都揪了起来：“你……要去见他吗？”他似乎想压住心中令自己害怕的起伏情绪，假装自然地笑了笑，“要一起吃个饭吗？到底是同学一场……”

这话说得轻松，只是内里有多少真情实感，也就只有他自己知道了。

孟芸还是没说话。

陆野顿时就有些手足无措了："抱歉，你是不是……不开心了？"

结果等他酝酿了好一会儿，再抬头的时候，孟芸已经靠在车窗上睡着了。

陆野愣了老半天，突然就无声地笑了起来。搞了半天，她压根没听见，也不知道自己傻乎乎地在那儿患得患失个什么劲儿。

孟芸喝醉了也很乖，一点都没有要耍酒疯的意思，靠在那儿自顾自地沉沉睡去。

陆野本想将车停在路边让她睡一会儿，又怕她着凉，便把车里的备用毛巾毯盖在她身上，然后才发动了引擎。他的车开得平稳，一直到在孟芸家楼下停下，她还没有要醒来的迹象。

陆野将车熄了火，靠在方向盘上，侧着头凝视她。

车里只开了一盏小小的顶灯，光线调到了最暗，但是外面的路灯依旧明亮。

孟芸的脸一半清晰一半昏暗，在这样的光线下，似乎能看到她脸上细小的绒毛。她皮肤很好，五官虽然不算多么出众艳丽，却非常协调，温柔又没有攻击性，看起来就是个娇娇的小女孩。

只是这样的外表下，谁也不知道她的身体里蕴藏着多大的能量。

陆野见识过这个小姑娘的固执，即便如此，也觉得她非常可爱。

总归是每一分都让他喜欢，一分不多一分不少。

陆野盯着孟芸看了很久，终于忍不住，解开安全带凑了过去。

就亲一下脸的话，算是占她便宜吗？

鬼知道他有多喜欢孟芸。

他胡思乱想了一会儿，在即将碰到孟芸脸颊的一瞬间停止了动作。

还是等她醒来吧，不然说不定她不高兴了呢。

陆野自嘲地笑了笑，刚想退开，余光却扫到孟芸已经睁开了眼睛。

两个人四目相对了好一会儿，陆野才小心翼翼地开了口："你醒了？"

孟芸的眼神还在发直，顺着陆野的声音转了一下，突然就深深地叹了口气："陆学长，我怎么办呀……"

陆野立马什么纠结都忘了，心疼地将人搂进自己怀里，拍了拍她的背，说："有我在呢。"

孟芸头晕脑涨地被陆野抓进怀里，连反抗都没反抗一下。背上的轻拍像是抚进了心脏，温柔的触感四通八达，让她全身都暖了起来。

这样坐在车里也不是办法，陆野松开孟芸，将她从车里背了出来，慢慢地往居民楼走去。

孟芸其实喝得不多，只是心情不好更容易醉。睡了一会儿后，她现在已经恢复了六七分清明。

夜色很美，她趴在陆野宽阔的背上，心情突然就明亮了一些。

"陆野。"

"嗯？"陆野将她往上颠了颠，让她能趴得更舒服一些。

"你为什么喜欢我？"

这件事困扰了孟芸很久——甚至可以说从大学就开始困扰她了。

她虽然追魏宋词追得疯狂，却也不是白痴，陆野对她那些明里暗里的照顾，她一开始或许还当是他有风度，时间长了便渐渐地琢磨出味道来了。

陆野可能……是喜欢她吧？

这种预感孟芸对谁都没说，甚至连季晓戚都没告诉。

当时的陆野是全校女生的梦中情人，家世好，长得帅，最重要的是人很好，并不是那种高不可攀的形象。尽管他没有那么出色的学习成绩，但他的受欢迎程度是谁也比不上的，不管在哪个专业，只要说到他的名字，都会有女生暧昧一笑道："哦，陆野啊……"

孟芸一直想不通，这样的陆野为什么会喜欢一个疯狂追求他室友的女孩呢？

陆野被她问笑了，反问道："那你为什么喜欢'三百首'？"

孟芸抿嘴想了想，含糊道："惊鸿一瞥？"

"我也是惊鸿一瞥啊。"

孟芸不乐意了："不想说就算了。"

"喂，惊鸿一瞥的别名就叫一见钟情！你这个不解风情的女人！"

时间已经不早，两人第二天都要上班，但是陆野不放心孟芸，所以把她送回家之后，就和她约好了明天早上开车过来送她去学校。

孟芸本来还在揉眼睛，听他这么一说，立马瞪大了眼，拒绝道："不用了，你过来还要绕一圈，我又不是没长脚……"

陆野看着她睡眼惺忪的样子，心里蠢蠢欲动，想要去捏捏她的脸。可他只是动了动手指，并没有真的上手。他坚持道："不行，万一那个家长找人来欺负你呢？"

孟芸叹了口气，说："什么欺负我呀，多半我明天去露个面就收拾东西回家了。"

张老师早就偷偷跟她通过气，让她最好别惹陈熙，让他安安稳稳地毕业就算了，也没剩几个月了。

陆野静静地看了她一会儿，说："那就更不行了。"

"什么？"

"你不想保护吴佳佳吗？不想把陈熙的错误纠正吗？你要是走了，就什么都没法做了。"

孟芸愣住了，她没想到陆野会说这样的话。

说实话，有点……感动。

孟芸的声音很小，脸色也是白白的，看起来有点可怜："可是我也没办法。"

"不，你有办法的。"陆野捏了捏她的肩膀，"去做你想做的事，去说你想说的话，就算失败了，你还有我。你想做什么，我都会支持。"

因为陆野的话，孟芸犹豫了很久，最终允许他在她家的沙发上将就一晚上。毕竟如果让陆野开车回家，他睡不了三四个小时就又得绕城半圈过来接她，实在是有些折腾。而且他陪了她一晚上，估计也很累了。

想到陆野明天还得去工作，孟芸在心底说服自己，不是因为心疼他奔波，只是替他明天的病人担心。万一他打瞌睡了，一个不小心把人家的牙肉给磨破了呢？

反正绝对不是因为心疼他！

陆野笑着玩笑道："舍不得我走啊？"

孟芸满脸通红，像是又喝上了头："陆野！你再胡说八道就马上走！"

只是这一晚经历了太多的事情，两人关了灯之后也没什么睡意。

陆野躺在沙发上，心里乱七八糟的，也不知道自己在想些什么。等了好久，直到卧室里没了动静，他终于拿起手机，发了一条微信过去。

"魏宋词回来了。"

哪知道孟芸回得飞快，一看就是还在玩手机。

"知道了。刚刚就听到了。"

陆野愣了一下，乐了："咋地，咋一点反应都没有呢？"

"要有什么反应？"孟芸停顿了一会儿，"说了不喜欢了，就是普通同学而已，你干吗这么紧张？"

没想到孟芸一句话就点破了他的心思。

陆野好久没有回复，孟芸倒是在房间里无声地笑了起来。

看来陆野是真的紧张了。

囫囵眯了几个小时，陆野一大早就起床去买了早饭，然后喊孟芸起床。原本他七点五十分就要上班，却请了半个小时的假，送孟芸去学校。直到目送着孟芸走进学校，又在校门口等了好一会儿，陆野才一步三回头地离开了。

孟芸的心里也紧张得要命，一直紧紧地握着拳头，嘴唇都快咬破了。

才到办公室放下包，张老师就走到了她旁边，把她喊到没人的教室，问道："孟老师，昨天放学之后陈熙妈妈来了？"

看来她已经知道了。

孟芸一直非常信任张老师，便将事情从头到尾给张老师说了一遍。

张老师叹了口气，说："孟老师，你还是太年轻、太冲动了。你先问问我就好了。"

孟芸低下了头。

"现在被陈熙这个小魔头抓到了把柄，他妈妈应该不会善罢甘休的。你只是出气筒，她实际上是要给吴佳佳的妈妈难堪……也不知道哪来的深仇大恨，连小孩都不放过……"张老师抱怨了几句，拍了拍孟芸的肩膀，"走吧，去校长办公室。我跟你一起。"

事到如今，孟芸也不怕了。大不了就是失业嘛，凭她的学历还怕找不到工作吗？但是这件事，她非得好好说道说道不可，绝不能这样憋着气走！

想到昨晚陆野说的话，孟芸居然真的多了些勇气。

"嗯，走吧。"

到校长室这短短几步路的距离，孟芸愣是走出了上刑场的感觉。她倒不是害怕被开除，就是生怕自己一着急，想说的话却说不清楚。

等走到校长室门口，孟芸深吸一口气，抬手敲了敲门。

"进来。"

门一推开，孟芸就看到坐在校长室里的陈熙妈妈。

看到孟芸走进去，陈熙妈妈撇了撇嘴，冲着校长发火道："赵老师，你说这还有没有道理啊，小朋友都快委屈死了！我看啊，你们招人的时候还是得注意点，太年轻的老师不行啊，没经验……"

孟芸不理她，冲着尴尬的校长点点头："校长，找我有什么事吗？"

"孟老师啊，"校长冲着张老师使了个眼色，等张老师关门出去之后，才开口道，"是这样的，有同学家长反应你的言语不恰当，让小朋友产生了不好的感觉……"

“我道歉。”孟芸轻声打断了校长。

这话一出，在场的另外两个人都愣了一下。

孟芸看了陈熙妈妈一眼，不紧不慢地说道：“对于我没有证据就质问小朋友的这件事，我道歉。但是陈熙同学平时在学校里的行为，我认为如果不好好纠正的话，会影响小朋友的判断……”

陈熙妈妈气得鼻子都歪了，用手指着她质问：“你这意思就是我教坏我儿子？”

孟芸抿了抿唇，没有否认。

陈熙妈妈冷笑一声，转头对校长说：“赵校长，我们家介绍了多少生源过来？我也不求你们感激了，只要我儿子快乐成长，我们做家长的什么事都能积极去做。我就一句话，今天你要不把她开了，我让你学校都开不下去！”

眼见着要吵起来，校长连忙去哄陈熙妈妈，对着孟芸摇了摇头，说：“孟老师，你先回家去休息一下，改天我们再聊。”

孟芸点了点头。

等她走出校长室，外面的张老师连忙迎了上来，关切地问道：“没事吧？我听里面……”

孟芸冲着她勉强笑了一下，说：“没事的，谢谢张老师。我先去教室里看看同学，这几天就辛苦你了。”

张老师听懂了她的意思，长长地叹了口气，拍了拍她的肩膀。

现在是运动时间，不少孩子在户外跳绳、拍皮球，剩下的孩子则在教室里玩过家家之类的游戏。

孟芸在教室里转了一圈没找到陈熙，便去了外面。

陈熙和他的几个小伙伴都在拍皮球，似乎早就忘了昨天的不愉快。

孟芸心里突然百感交集，出神了好一会儿，才走到陈熙面前，蹲下身跟他对视：“陈熙。”

陈熙也看到了孟芸，喊道：“孟老师。”

小朋友还没有经历变声期，即便是小男孩，也是软软的声线。

旁边几个小男生也注意到这边的动静，都停下手里的动作看了过来，还有几个人叽叽喳喳地喊“孟老师”。

孟芸一一应了。

等所有人都安静下来，孟芸才站起身，非常严肃认真地对陈熙说道：“陈熙，昨天的事情老师跟你道歉，不应该没有问清情况就胡乱猜疑你。”

陈熙愣了一下，孟芸摸了摸他的头，继续说道：“到底发生了什么，应该只有你自己知道；你到底有没有做错，也只有你自己知道。陈熙，你是大孩子了，老师觉得应该给你尊重，给你自己判断的权利，所以老师今天跟你道歉。对不起。”

说完，她松了口气。

孟芸不觉得自己作为老师去教育孩子有什么问题，但她确实急躁了一些，用词和语气都不够客观。她是个能正视自己错误的人，所以就算觉得不好意思，也认真地向小朋友道歉了。

放下了心中的大石头，孟芸回办公室拎了包，和老师们打了招呼，轻松地离开了学校。

孟芸看了眼时间，才刚十点出头，于是给季晓戚打了电话。

“小七，你有空吗？要不要来我家吃饭？”

季晓戚还没睡醒呢，听到她的话，迷糊地“嗯”了一声，接着突然清醒过来：“这个点？今天不是周二吗？你不上班吗？”

孟芸苦笑了一声：“嗯，回家休息了。”

季晓戚一听就知道出事了，毫不犹豫地翻身下床：“我马上来。”

孟芸到家没十分钟，季晓戚就风风火火地赶来了。

“这么快啊，那陪我一起去买菜吧？”

于是，两个人亲亲热热地手挽着手下楼去买菜。

只用了路上的几分钟，孟芸就把前因后果都跟季晓戚说了一遍。

季晓戚的脸色很不好，似乎是挣扎了很久，最终长长地叹了口气，说："芸芸，你受委屈了。"可她没有办法替孟芸出头。

"这种不讲理的家长，我见得多了，所以……唉，你别怪我狠心，同学之间有矛盾，我们只要没看见有打架的动作，都当作看不见的。"

季晓戚的语气难得低落，显然也曾经在这上面吃了亏。

反倒是孟芸拍了拍她的肩膀，安慰道："没事的，这次是我的问题，我太着急了。因为一直听说小女孩被欺负，所以说话冲动了一些，下次肯定会注意的。"

"芸芸……"

"你别这种表情嘛，说不定……"孟芸想了想，宽慰季晓戚，"说不定校长觉得我是个人才，没有把我开掉呢？"

这话题实在过于沉重，孟芸有种无能为力的感觉，所以也不愿意继续讨论下去，很快就转了话题。

"听说魏宋词回来了。"

季晓戚还沉浸在纠结之中，乍然听到这个重磅消息，吓得差点跳起来："他联系你了？"

"没有没有，是陆野跟我说的。"

季晓戚松了口气，恶狠狠地点了点孟芸的脑门，警告道："不许去见他！不许再犯傻了！知道了吗？"

孟芸乖乖地应了声。

只是季晓戚最近也陷入了情感矛盾之中，以前替孟芸指点迷津的底气都快没了："我也没资格说你，唉。"

"你还在追那个网友吗？"

季晓戚被孟芸问得不好意思，扭捏了好一会儿，才"嗯"了一声："不过他现在连游戏都不玩了，像是怕我缠着他一样，男人没一个好东西……"

孟芸被她咬牙切齿的语气逗笑了，安慰道："小七，不要伤心。"

不然跟她走了一样的老路，伤筋动骨不说，还连带着周围好友都一起心疼。

下班后，陆野又开车去接孟芸下班，结果在学校门口等了很久也没等到人。他看了看时间，有些着急，生怕孟芸出了什么意外，赶紧打电话过去。

铃声才响了两三下，孟芸就接了起来，语气里听不出有什么异常：“陆野？”

陆野急急地问道：“你在哪里？”

“我在家呀。”

他沉默了一下：“你别出去，我马上过来。”

“哎……”

孟芸还没来得及拒绝，就听到电话那边有汽车发动的声音，然后陆野就挂了电话。

季晓戚已经上班去了，孟芸本来打算看会书就睡觉，哪知道陆野登门登成了爱好，已经这么晚了都不放弃。

孟芸嘀咕了几句，心里却有些暖意。

应该是担心她吧？

应该是担心她。

很快，门口就响起了敲门声和陆野的声音：“孟芸。”

孟芸拉开门，还没来得及说话，就被陆野抱了个满怀。

“陆野你……”

陆野牢牢地将她按在怀里：“今天受委屈了？不然怎么这么早就回家了呢？”他的手指动了动，已经开始想着要怎么替她出气了。

孟芸用力地拍了一下他的背，着急道：“你松开，门都没关呢，被邻居看见像什么样子……你再这样，下次不给你开门了。”

虽然是指责的语气，偏偏听起来还是软软的。

陆野勾了勾唇，笑着问：“下次？这是在邀请我吗？”

生怕孟芸不高兴，陆野非常懂点到即止的道理，立马将人往门里抱了一步，又反手关上了门。

孟芸被他的动作气到了：“陆野你不要得寸进尺哦……”

陆野已经摸透了孟芸的脾气，看她的眼神就能分辨她是真生气还是假生气。但是不管怎么样，人还是要哄哄的，所以他只用力抱了一下怀里娇软的人，便飞快地松了手。

孟芸其实有点感动——陆野到这时候才来，应该是等了她很久，又担心她才跑来的。

只是陆野这动不动就随便到女人家里的毛病……

孟芸给他倒了杯水，严肃地说道：“陆野，你以后不要随便到我家来，有事给我打电话就行。”

只是她又不好意思对一个关心她的人说重话，所以目光也有点飘，看起来没什么杀伤力。

陆野看到孟芸不安地绞了绞手指头，突然意识到自己的行为冒犯了她。孟芸这么胆小的人，目前又是一个人独居，自己的行为确实有些不够尊重她。

陆野一时之间就有些坐立难安。

生活不是小说，他们俩就算有过一些过往，那也不能作为他堂而皇之随意来去的理由。他不是电视剧里的霸道男主，对自己心爱的人，他希望能给予的是快乐和对她足够的尊重以及重视。

陆野拿着钥匙站起身，退回到了门边，清了清嗓子：“嗨，冒昧登门，我可以厚脸皮地邀请孟老师跟我一起共进晚餐吗？”

孟芸被他夸张的动作逗笑了。虽然陆野的表情看起来不太正经，但她就是莫名地感觉到，陆野把她的话听进去了。

“嗯，我请你吃饭吧，这几天都麻烦你了。”

于是，陆野带着孟芸去吃寿喜锅。

虽然孟芸在国外待了三年，但比起西餐来说，她还是更喜欢中餐，也喜欢这种没有负担的店。不过，陆野口口声声说着要追她，也不表现得浪漫一些，总让她觉得有点不真实。

她感觉更像是和好朋友一起寻找各种好吃的，并不是与追求者一起的氛围。

孟芸能想到的事情，陆野当然是方方面面都考虑过了。

他是想着两人的关系从一开始就有些尴尬，玩浪漫也不是不行，但是孟芸脸皮薄，可能会让她更加尴尬，所以才走了能很快熟悉起来的路线，又是各种外卖又是火锅烤肉的，只看店里的氛围就觉得两个人的关系能亲近不少。

再加上孟芸今天应该心情不是很好，冷冰冰的西餐有什么好吃的。

等热腾腾的寿喜锅端上来的时候，孟芸露出了真心实意的微笑。她跟季晓戚聊了一天，其实现在情绪已经平复了不少，只是季晓戚一走，她一个人回想这两天的点点滴滴，又觉得有些心冷。

但是陆野来了，还带来了火热的寿喜锅。

陆野给她打了生鸡蛋，又挤了芥末酱放在一边，假装随意地问道："有人来找你麻烦了？"

孟芸夹了一块滚烫的牛肉，在酱油里搅了搅，点了点头，又摇了摇头。

"没有，其实我今天挺爽的。"

"哦？"陆野放下筷子，"怎么了？怎么爽了？"

和季晓戚交流的感觉完全不一样，面对不是业内人士的陆野，孟芸能说得更加贴近自己的真实情感，而不需要考虑对不对，是不是做错了，是不是激动了，是不是显得不专业等问题。

"我给陈熙道歉了。"

陆野沉默了一下，耐心地等着她的下一句。

"我觉得，陈熙妈妈是怎么想怎么做的并不重要，重要的是陈熙。我不是多在乎工作能不能保住，我只是觉得，陈熙如果能不跟他妈妈一样，能更优秀地长大，就算是达成我的初衷了。

“我确实不应该那么着急就把陈熙叫过去谈话，至少也应该等吴佳佳回来，问问她，问问其他同学，不应该主观臆断。就这方面而言，我觉得有点对不起陈熙，如果这次真的不是他故意推的呢？我这样做是不是算伤害他了？”

孟芸的声音很软很温柔，音调不疾不徐，听起来就让人觉得舒服。

陆野以前一直觉得，孟芸这么软的脾气其实并不适合做老师，因为老师还是得强硬一些，学生才会怕你，才能带好班级。

但是现在，陆野又觉得，没有人比孟芸更适合了。

“小孩子哪有什么判断力啊，他们太小了，受家长的影响很大。我只是觉得，能向他表达出一些善意的情绪就最好不过了。”

就在两个人聊天的时候，孟芸的手机响了起来。

孟芸看了一眼来电显示，冲着陆野抱歉地笑了笑，起身去店外接电话：“佳佳妈妈，这么晚了，有什么事吗？”

佳佳妈妈的声音听起来很紧张，还带着深深的歉意：“孟老师，我今天下午送佳佳去学校的时候听说……陈熙的妈妈去学校里闹了，您这几天都不能带班……”

孟芸顿了一下，笑了起来，说：“这事啊，没什么的，您不用放在心上。”

“是这样的，我知道这件事是佳佳给您添了麻烦，我们真的很抱歉，明天我会让佳佳去给陈熙小朋友道歉，我……也会跟他妈妈说一下……您是个好老师，不能莫名其妙被我们连累了。”

“说什么连累不连累的……”孟芸想了想说，“佳佳妈妈，方便让我和佳佳说几句吗？”

“方便方便。”

很快，电话那头就换了人，传来软软的声音：“孟老师，您好！”

“佳佳晚上好呀。”孟芸笑了起来，“吃饭了吗？昨天的事吓到了吗？”

“吃了，没有吓到，谢谢孟老师。”

孟芸“嗯”了一声，问道：“佳佳平时和小熙的关系好吗？”

吴佳佳不说话了，过了很久才应声：“我很喜欢小西的。但是他们‘东南西北’都不是很喜欢佳佳呢。”

“东南西北”是班上捣乱四人组的昵称，陈熙就是小西。用张老师的话来说，他们就是“四个熊孩子，只是熊的程度和表现不同罢了”。

吴佳佳这童言童语一出，孟芸心中就有了底。她也不再多问什么，安抚了佳佳和她妈妈之后，转身回了店里。

陆野坐着也是笔挺的模样，不玩手机，也不低头，远远看过去就很端正，仪态非常好。

餐桌上方有一盏小灯，光线非常集中，让孟芸体会了一把灯下看“美人”的感觉。

陆野像是有预感一般，突然就扭头和孟芸四目相对了。孟芸有些不好意思，低着头坐回去。

“是佳佳的妈妈。”

陆野“嗯”了一声，把烫好的肉菜推到她面前：“孟芸，我觉得你还是很喜欢这个学校这个班级的，对吗？”

孟芸没有做声。

“你不会被开的。”陆野严肃地说完这句话之后，突然笑了起来，“万一你换工作换得远了，我还得绕更大的一圈才能去接你下班呢。”

孟芸并没有把陆野的话放在心上，只当他想得太简单了。陆野也没再多说什么，只跟孟芸闲聊起了别的事情。

最后，陆野也没有给孟芸请客的机会，早在她出去接电话的时候，他就把单买了。

只是这样免不了被孟芸抱怨了一通：“你老是这样的话，以后就不要来找我了。”

她虽然不比陆野有钱，但是让她整天白吃白喝，她也不愿意——哪怕真的是男女朋友的关系，她也不喜欢一直让男生买单。

陆野乖乖地应了声，又哄了孟芸半天，指天发誓下次一定让她买单。

等两人走出店，才发现外面下起了雨，雨势还不小。

最近几周的天气本来就比较多变，孟芸出门都随身带伞，只是陆野习惯了开车，并没有拿伞。

孟芸拿着伞犹豫了好一会儿，终于红着脸，低着头撑开了伞。她的声音也像蚊子叫一样，带着不好意思："那一起撑吧。"

陆野看到她这样就心里泛痒，自然把那句"可以把伞借给我，我把车开过来接你"的话给咽了回去。

孟芸的伞不大，两个人一起撑本来就有些难度，再加上陆野又高，孟芸撑得十分费力，还把自己的袖子给弄湿了。陆野看着她努力的样子笑了起来，轻轻松松地接过伞，一伸手将她往自己怀里一勾。

"这样就都不会淋湿了。"

孟芸的脸红得像快要爆炸了一般，挣扎道："你快放开我啦，这是在路上，像什么样子……"

陆野挑了挑眉，淡定地说："就普通的样子啊。"

"……"

"你这么漂亮可爱，我又这么帅，别人看了只会觉得'这也太像样子'了吧！才不会觉得我们不像样呢！"

孟芸被他的胡言乱语说得毫无反驳之力。

"陆野，我以前可没发现你这么会说……"

"现在发现也不迟嘛。"

< 第三章 >

我的生命分你一半

/ 1 /

晚高峰的时段，陆野和孟芸不出所料地被堵在了路上。

陆野非常享受这种安静的共处时光，他一点都不着急，将车开得稳稳当当的，恨不得把油门拔了，一直踩刹车才好。

孟芸倒是没发现他的小心思，她脸上的温度还没有完全退去，也不敢再说什么做什么，就默默地看着外面。

雨幕里的夜色确实别有一番风味。

孟芸脑子里在想事情，一不小心就入了神。

陆野在路口踩了刹车。

孟芸的目光无意识地跟着前面马路上飞驰的车流晃了一会儿，然后凝固在一个地方，整个人猛然惊醒过来。

“小七？”

雨越下越大，路上的能见度很低，但是孟芸对季晓戚非常熟悉，只凭一个侧脸就能确定那个站在马路边的人就是季晓戚。

陆野也顺着她视线的方向望了过去。

不远处，季晓戚拿着一把黑色的大伞，正费力地踮起脚给她身边的高大男人撑伞。那男人穿着交警的制服站在雨幕中，应该是在指挥交通。

季晓戚的个子在女性中已经算很高了，只是那交警显然更高，大概有一米九。季晓戚的动作看起来十分费力，风雨太大，她又不能和那男人靠得太近影响他的工作，所以两人的衣服基本都湿透了。

就在陆野等红灯的这段时间里，季晓戚和那男人说了些什么，表情一点点垮了下来，却依然固执地举着伞。

孟芸看得不忍，拿着伞就想下车。

陆野一把抓住她的手腕，劝阻道："别去。"

"小七在淋雨啊……"

陆野牢牢地按着她，眼色深沉，继续劝道："不要去。她不会想让你看到她这么尴尬的时候的。"

"可是……"

孟芸眼圈红了。她不傻，这画面她很熟悉，季晓戚现在的模样跟当年又傻又执着的自己何曾相似。求而不得又不甘放手，恨不得掏心掏肺地对他……

孟芸想到季晓戚陪着她打电话给魏宋词的那天晚上，听到魏宋词冷漠的"对不起"三个字，季晓戚的眼睛都红了，抱着她像个霸气的大姐大一般发话："芸芸，不要再理那个人了！他一点都不好，他只会让你难过！别再理他了，知道吗？"

当时孟芸的心情就是尴尬又失落，一句话也说不出来。所以她很清楚，陆野说得对。

就算是再好的闺密，也有不能分享的事情——并不是因为嫌隙，而是单纯地只想把生活中美好的一面分享给好友，单纯地希望彼此能够过得幸福罢了。

陆野没给她犹豫的机会，红绿灯一跳，就一脚踩下了油门，驶离了这个路口。

孟芸好不容易提起来的心情又降到了低谷。

第二天，孟芸试图去季晓戚那里探探口风，却也没有探出什么消息来。季晓戚跟往常毫无二致，显然不打算把事情说出来。

孟芸叹了口气，也没有再多问什么。

在家休息了几天，一周还没有过完，孟芸就接到了校长的电话。

校长的语气里带着微妙的热切："孟老师，这几天在家里休息得怎么样了？有空吗？"

孟芸愣了一下，以为校长是要找她去办离职手续，便认真地答道："随时有空。"

"那太好了，下周回来上班吧！我还怕孟老师出去玩了，忘记还要回来工作呢！"

这情形实在是让人摸不着头脑。

孟芸本来都打算重新找工作了，却迷迷糊糊地被校长三两句话搞定，答应下周重新回去上班。

"这一周就当是带薪休假了！孟老师，之后还是要辛苦你了！"

孟芸没想到是这样的结果，在家里犹豫了很久，最终还是约了张老师出来吃饭，小心翼翼地把这事对张老师说了。

张老师似笑非笑地看着她，说："孟老师，我都不知道说你傻好还是单纯好……这话你怎么能随便往外说呢？人家有背景都得藏着掖着，哪有你这样的。"

孟芸脸有点红，苦恼地说："可是我真的没什么背景啊……我还以为是学校里发生了什么事，也不知道校长是怎么个意思，怎么会……"

张老师沉吟了一会儿，也想不出个所以然来："可能是校长转性了吧。"

讨论不出结果来，两人只得就此作罢。不过，张老师给孟芸说了一个八卦。

“听说陈熙的爸爸妈妈和吴佳佳的妈妈都是一个大学的，陈熙爸爸一直喜欢吴佳佳妈妈，后来也不知道怎么就被撬了墙角，吴佳佳的妈妈大学都没上完就嫁人了。”

孟芸听到她的话，顿时瞪大了眼睛。

“我也是前两天才知道的，还是吴佳佳妈妈和陈熙妈妈在学校门口碰到了，眼见着像是要吵起来的模样，才有别的家长偷偷说出来的。”

怪不得呢。孟芸脑补了一下，觉得陈熙妈妈可能是想歪了，所以才这样讨厌吴佳佳妈妈。

和张老师聊完八卦，孟芸的心情也轻松了不少。

不管是什么情况，至少她又能回学校了——她打算再和陈熙道一次歉。也许是因为听了陈熙妈妈的事情，孟芸总觉得陈熙也挺可怜的，她觉得自己有点对不起这个小男孩。

孟芸一路上盘算着下周一要做的事情，顺路又去买了菜，准备回家做晚饭。才走出菜市场，她的手机突然响了起来。

这个时间……是季晓戚？还是陆野？

她的生活寡淡，平时除了外卖快递，几乎没人给她打电话，所以手机一响，她都能大致猜出是谁来电。

结果这次都猜错了。

孟芸静静地盯着屏幕上的“妈妈”两个字看了一会儿。等铃响了好一会儿，她才走到路边接了起来，轻轻地喊了一声：“你好。”

“孟芸？怎么这么迟才接电话？”

孟芸刚想解释，电话那头的人却没有要听的意思，很快就接着自己的话说了下去：“你弟弟要去你那个城市买房子，用一下你的名字贷款，他还没毕业没工作，不好弄……”

天气已经一天天热起来了，孟芸却从来没有一刻比此时更觉燥热。

热到她想狠狠地淋一场雨。

“我说的你听到没？”

孟芸的声音很轻，听起来有点虚弱：“可是大妈家的钱我还没有还清，现在不能背贷款……”

“又不用你还，用你的名字而已，我会还的！用不着你！”

快点下雨吧。孟芸有些无力地想。

她听了一会儿，一句话都没说，轻轻地挂了电话。

孟芸摸了摸自己的脸，一片湿淋淋的。

唉，为什么不下雨呢？

陆野终于和魏宋词约见了一面。

魏宋词回国之后看起来更加不好接近了。

陆野夸张地摸了摸胳膊：“冷死了，‘三百首’在的地方空调都不用开啦。”

魏宋词笑了起来：“这几年过得好吗？”

“本来是不怎么好的，最近倒是好了起来。”

“哦？升职了？恋爱了？”

陆野笑了起来：“哥们儿，这事儿我恨不得分享给全世界，但是对你我就有点说不出口了。”

魏宋词愣了一下，眉头一点点皱了起来。陆野的这句话他曾经听过，在大学的时候。

“哥们儿，有件事想跟你说，但是又觉得有点说不出口……呃，我喜欢孟芸，如果你们还没成的话，我就要去追了。”

魏宋词静了好一会儿，陆野也没说话。

“那就别说了……我之后会留在这里，以后经常碰头吧。”

他们宿舍的四个人现在只有他们俩在这个城市，又是同行，总会有很多见面的机会。

魏宋词刚回国没多久，最近也比较忙，还有论文的扫尾工作，所以也没办法多待。

和魏宋词分别之后，陆野开着车习惯性地前往孟芸家。等他意识到的时候，他已经把车停在孟芸家的小区里了。只是他迟迟没下车，就熄了火坐在驾驶座上发呆。

今天是周日……孟芸应该已经收到学校的通知了。

会开心吗？应该会觉得奇怪吧？这时候说不定已经和季晓戚约出去聊天了？

设想了一连串孟芸可能露出的表情，陆野被自己逗笑了。

不管是震惊、惊喜还是疑惑，都是非常可爱的模样。

怎么会有像孟芸这样这么能让他心动的人呢？

陆野坐了一会儿，摸了摸下巴，笑着发动车准备离开。然而就在他路过小区外的公交车站时，他突然一脚踩了刹车。

路上没什么车，急刹的声音引得公交车站上稀稀落落的几个人都抬起头来看了一眼陆野的车。

陆野没时间关注别人的目光，飞快地下车跑到车站下的休息椅边。

“孟芸？”

果然是孟芸。

孟芸本来还在发呆，突然听到有人焦急地喊自己的名字，涣散的眼神一下子有了神采。

“陆野？你怎么在这里呀？是来找我的吗？”

陆野替她把旁边的袋子和包一起拎了起来，另一只手抓住她的手臂将她拉了起来。孟芸没有反抗，顺从地跟着他上了车。

陆野带着孟芸在周围转了一圈，最终停在了黄浦江边。陆野扣着孟芸的手腕，将她拉到面对着黄浦江的休息长椅上坐下。

这会儿正是太阳落山的时间，大部分人都回家准备开饭了，周围倒是非常安静。

陆野偷偷地瞄了孟芸一眼，问道："不开心吗？"

孟芸一顿，摇头道："没有啊，很开心，我明天就要回去上班了。"

虽然她已经尽力使自己的语气放轻松，但是陆野还是觉得她有心事。

孟芸虽然胆小寡言，但并不阴郁，总体来说还是一个比较积极阳光的人，不像是会坐在路边发呆的类型。而且刚才陆野路过的时候，第一反应是她在哭，所以才那么着急地停车下去。只是此时孟芸的脸颊一片干燥，表情也非常自然，似乎刚刚那一幕只是他的错觉而已。

陆野摸了摸她的头发："不愿意说也没关系……嗯，晚上一起吃饭？"

孟芸刚想笑着说什么，手机铃声又一次响了起来。

这是今天的第二个电话了。

她看了陆野一眼，也没有起身，直接接起了电话。

"大妈。"

徐琴的声音还是一贯的温柔和蔼："芸芸啊，妈妈给你打过电话了？"

"嗯。"

"怎么直接挂了呢？这样很没有礼貌。"

孟芸轻轻地"嗯"了一声，垂着头不说话了。

陆野看了她一眼，轻轻地握住了她的手心，似乎是想安慰她。

徐琴似乎并没有听出孟芸语气里的低落，继续说道："你弟弟买房的事情你能帮就帮一下吧，到底是你亲弟弟呢。"

自从被徐琴带回家的那天起，孟芸就没有对徐琴大声说过话，没有红过脸，甚至没有拒绝过徐琴的要求。只是此刻，陆野似乎给了她无穷无尽的力量，让她鼓起勇气去反抗这种令人崩溃的要求。

"我不愿意。"

徐琴似乎不太满意："芸芸，这并不是什么大事，只是借一下你的名字而已……"

"大妈，我不愿意。"孟芸说得心平气和，"我才二十几岁，背不起几百万的贷款。"

房价一天天水涨船高，不管他们买什么样的房子，只要是在这座城市里，付完首付至少需要还贷百万元。

她好不容易回国稳定下来，工作也是运气好才保住的，又要生活，又要租房，还要存钱还钱，绝对不能再背负任何别的东西了。

“你这孩子，又不是让你还，你爸妈会……”

孟芸的手指蜷缩起来，似乎用了很大的力气才把她的心里话说了出来：“我爸妈？大妈和大爸才是我爸妈，我也没有弟弟。我甚至都不记得他们的长相，为什么要帮这个忙？”说完，她叹了口气，“大妈，我要吃饭去了，再见。”

挂了电话之后，孟芸有种松了口气的感觉。

这时候她才想起来，陆野还一直握着她的手，立刻红着脸甩开了他的手。

“你……”

陆野在一边笑得形象全无：“孟老师，你好可爱啊。”

江边的风有些大，他这样一笑，刘海也顺着他的动作被风吹了起来。陆野连忙摆弄了一下自己的刘海：“哎呀，形象不能坏了。”

这是哪来的活宝。

这样的气氛却让孟芸觉得轻松，很多压在心里的沉甸甸的东西都能倾泻而出了。

“陆野，你刚刚有没有觉得很奇怪？”

“嗯？”

“你不想知道我刚刚在说什么吗？”

陆野收了笑，一下子严肃起来，认真地盯着孟芸的眼睛。

“我很好奇，非常好奇。与你有关的一切我都好奇，好奇得心里发痒，恨不得立刻撬开你的脑子看看你在想什么，有没有被别人欺负了。但是我不会这么做，因为我希望有一天，你愿意主动与我分享你的人生，而不是被我逼着问出来，或者是从别人那里听来。我不愿意这样。”

孟芸低着头，握着自己的手机，没有作声。

陆野又笑了起来："怎么样？是不是发现我这样的男人特别真诚、特别可靠？哎呀，我也发现了，我真是太完美了，你要不要考虑一下……"

"我从小是大妈带大的。"

孟芸一开口，陆野立刻闭了嘴，做出洗耳恭听的姿态。

孟芸看起来有些焦虑，说话也不是很流畅，似乎在克服什么心魔。

"我爸妈在我十来岁的时候就把我丢下，带着弟弟去别的城市工作买房了。这么多年，我的吃穿住行和学费都是大妈家出的。大妈是个特别好脾气的人，对谁都会往最好的角度去想，所以经常被骗。我从小感激她，怕她不高兴，所以她说什么话，我都会顺着说，不会反抗。"

陆野犹豫了一下，还是轻轻地揽住了她的肩膀。

"我跟亲生爸妈已经很多年没有联系了……如果不是大妈要求，我是不会联系他们的。在他们眼里，我找他们就是想去要钱，想去和弟弟分家产，所以他们对我很不好。"孟芸的声音开始有点哽咽了，"十年里，我妈第一次主动联系我就是今天下午。她来问我借名字，想用我的名字贷款在这个城市替弟弟买房子。陆野，你要想清楚，我这样的家庭，你真的要追我吗？"

他们都不是小孩子了，谈恋爱就是谈婚论嫁了。

她什么都不能给他，只会成为他的累赘——谁知道她亲妈又会想出什么事呢？

陆野有更多更好的选择，他这样的长相、工作和家庭，找一个门当户对的女朋友，一点点培养感情过一辈子岂不是更好？

这一瞬间，陆野的心疼达到了顶峰。

他甚至感同身受，能感觉到那种灭顶的孤寂与难受。

这一刻，陆野只想抱抱这个姑娘。

他也确实这么做了。

陆野将孟芸搂进自己怀里，一下一下地拍着她的背，将她的情绪安抚下来。

孟芸难得没有反抗，而是很乖巧地把脸贴在他胸口。

陆野有种心悸的感觉，心跳不自觉地加快了不少。

他实在是太心疼了——他恨不得穿越到十几年前，去抱抱那个十来岁的小孟芸，去陪着她一起长大，让她不要活得那么小心翼翼、那么难过。

“喂。”

“啊？”

孟芸听到陆野的声音，想抬头去看他，却被他牢牢地按住，保持着被他拥抱的姿势，无法动弹。

“我说，你耳根子这么软，脾气又这么好，怎么看得住钱啊。我觉得你需要一个像我这样的老狼狗替你守财，赶紧把我带回家吧，你觉得呢？”

“陆野，”孟芸终于破涕为笑，“我真没见过你这样脸皮这么厚的‘老狼狗’。”

陆野有点挫败，叹气道：“你怎么一点都不感动啊，你这个女人。”

“我很感动啊。”

陆野对她的敷衍很不满：“你表现一下。”

孟芸伸手抓住了他的衣服，轻声道：“那你跟我回家吧。”

话一出口，两个人都愣住了。

孟芸似乎意识到自己刚刚说了什么，结结巴巴地试图解释：“我的意思是……呃……你今天可以跟着我回家吃饭……呃，我正好要下厨做饭。”

陆野眯着眼笑了起来，将她抱得更紧了一些。

孟芸有点紧张，生怕他说些什么让她接不了的话——她快后悔死了，自己一定是疯了，才胡言乱语说什么要把人带回家的话……

结果陆野什么都没提，只笑着开口道：“好呀。”

孟芸松了口气。

她心里有点害怕打破现在这样的平衡。最关键的是，陆野带给她心动的同时，他的存在就会让她想到过去的事。孟芸怕自己没有做好准备，贸然地接受他，反倒是侮辱了他的一片真心。

自己家的这点破事要先解决，工作要稳定下来，等一切都步入正轨了再谈情说爱……或许也不迟吧。

回去的路上，陆野一直带着奇妙的笑容，时不时扭头看孟芸一眼，把孟芸看得都不好意思了。

“我脸上有东西吗？”孟芸问道，但不等陆野回答，突然又补了一句，“如果是土味情话，就别说了。”

她的语气相当严肃正经，似乎是被他劣迹斑斑的黑历史给吓到了，所以才时时刻刻提防着他的奇言怪语。

陆野愣了一下，忍不住大笑出声：“你是为了防止我说，所以去把所有土味情话的套路都了解了一下吗？没有，不是的，你脸上没东西，我就是想看你。太可爱了，看不够啊。”

孟芸的脸颊快要烧起来了，她用一只手挡住半边脸，整个头都扭向旁边，装作饶有兴趣地看窗外的风景。

陆野也不在意，耸了耸肩，心情非常好。

很快就到了孟芸家的小区。

陆野拎着孟芸买的食物，兴致勃勃地跟着她上了楼。

孟芸拿出钥匙，回头看了他一眼，忍不住嘟囔：“又不是第一次来了……”这是在兴奋个什么劲儿啊。

“那不一样嘛，这次是你主动邀请我的呀，之前都是我突袭——孟芸，之前是我没礼貌了，以后你要是不邀请我，我就不上来了。”

孟芸“嗯”了一声，心脏忍不住飞快地跳动起来。

如果说有什么事最能让人心动，那一定是体验被人珍视又尊重的感觉。

陆野真的很好。她不止一次在心里感叹。

因为这份感动，孟芸非常认真地下厨做了一顿大餐。

她一个人生活了很多年，还去国外待了三年，厨艺虽然算不上多高，至少什么都能做一些。

陆野本来要给她打下手的，只是厨房太小，他这么大个人杵在那里非常碍事，所以还没洗完菜就被孟芸赶了出来。他也不生气，远远地坐在茶几边的地毯上，目不转睛地看着孟芸忙碌的背影。

不到一个小时，孟芸就端了四菜一汤出来，放到了小茶几上。

一个金枪鱼炒蛋，一个蟹肉海蜇皮，配上土豆咖喱鸡和炒三鲜，加上小排冬瓜汤，荤素搭配均衡，色彩也丰富，看得人食指大动。

陆野认真地看了一圈，一边起身替她摆筷子盛饭，一边冲着她点头："芸芸比以前能干了不少。"

他还记得孟芸曾经拿寝室里的锅给魏宋词做巧克力，结果送到的时候，魏宋词捏了一手的黑色糨糊状液体。

这事儿被他们笑话了好久。

当然，陆野虽然也笑了，只是心里有多少羡慕嫉妒恨就说不清了。

孟芸都不记得这事儿了，自然不知道陆野在想什么，只当成普通的赞美听，谦虚道："本来是做给自己吃的，比较随意……"

陆野坐到她旁边，听了这话，笑着捏了捏她的脸："这还随意啊？"

"都是家常菜。"

"那下周请你到我家来玩好不好？我给你做一桌海陆盛宴。别这样看我啊，我的手艺可是练过的，平时都不展示的，只做给未来老婆吃，'小女儿'都不给的。"

"吃都堵不上你的嘴。"孟芸瞪了他一眼，脸颊泛红，低下头不说话了。

被陆野一打岔，孟芸低落了一整天的心情确实是恢复了大半，晚上睡觉的时候已经把贷款的事儿给忘到了脑后。

舒舒服服地睡了一觉，孟芸再次出发去幼儿园上班。才到幼儿园，她就在门口遇到了吴佳佳母女。

孟芸冲两人笑了笑，摸了摸吴佳佳的头，问候道："佳佳，早上好啊。"

"孟老师好。"

佳佳还是乖乖的模样，孟芸却有种恍若隔世的感觉。她愣了好一会儿，直到对上了小朋友好奇的眼神才恢复过来："嗯，去上课吧，要迟到啦。"

等吴佳佳进教室之后，吴佳佳妈妈才拉住孟芸，犹豫着开口："孟老师……"

"佳佳妈妈你好。"

"您没事吧？我看……"

孟芸摇了摇头，没有让她说下去："没什么的，您别担心了。校长找我还有事，下次聊。"

吴佳佳妈妈局促地点了点头。

孟芸先去教室看了一圈学生，跟小朋友们打了招呼，这才去了校长室。

这次校长室里没有别人，只有校长坐在那里。看到孟芸走过去，校长连忙站了起来，语气似乎有点激动地说："孟老师来了啊。"

孟芸的脚步顿了一下，有点不解，但是依然轻声打了招呼："校长早上好。"

"哎呀，孟老师又要辛苦了。你看要不要换个班级啊？我看孟老师以前是学过幼儿心理的，我觉得可以去带小班嘛，那里的孩子都比较闹，孟老师有经验，可以好好教教他们……"

孟芸有点惶恐，只是她也不知道应该从何问起，于是她便当作没听出校长语气里的殷切，依然非常认真地答道："不了，我的经验还不够，还是想跟张老师再多学一点，校长您看方便吗？陈熙妈妈会不会觉得有什么不妥的呢？之后我会跟家长好好道歉，这次是我鲁莽了……"

“哪有的事！”校长连忙打断了她，“方便！完全方便！陈熙家长也很希望你这样优秀的老师去带他们的孩子呢！”

到最后孟芸也没打听出什么来，一头雾水地回了办公室。

办公室里的老师也对她能回来这件事感到不解，变着法儿地打听。只是她自己也不知道原因，只能苦笑着把问题都轻描淡写地带过，实在解释不了的就求助地看向张老师。

张老师清了清嗓子：“孟老师，一会儿你还有隔壁班的音乐课吧？这几天都是我代课的，我跟你对一下进度吧？”

“好的！”孟芸连忙走到了张老师旁边，感激地看了她一眼。

等到午休前，孟芸又一次找到陈熙，跟小朋友道了歉。

陈熙其实很喜欢孟芸，小孩子忘性大，再加上家里家长又教过了，很爽快地应了下来。

只是孟芸带他回教室午睡的路上，陈熙又开口了：“孟老师，你不要理吴佳佳了。”

孟芸瞪大了眼睛，问道：“为什么呀？”

陈熙其实长得很漂亮，小男孩还没长开，只看五官就显得很精致。只是这天使一样的面容下，清脆的嗓音说出来的话却让人一阵阵发冷。

“我妈妈说，吴佳佳的妈妈是个坏人，所以吴佳佳也不是好孩子。孟老师，你这么好，不要跟坏孩子说话了。”

孟芸只觉得从身上泛起一股冷意。她蹲下身，扶着陈熙的肩膀问道：“这是你妈妈跟你说的吗？”

陈熙点了点头：“对，她妈妈以前欺负过我妈妈，而且还想抢走我爸爸。”

孟芸把陈熙送回教室之后，催促着大家赶紧睡觉，自己则拿了椅子坐在教室门口，皱着眉发呆。

她上学的时候研究的都是一些幼儿异常心理，比如反社会人格、儿童抑郁等等，对于家长诱导所产生的儿童心理问题涉猎不多。可她无论如何也没想到，世界上还有像陈熙妈妈这样的家长，居然会在儿童性格形成初期，对孩子说这样的话。

不管怎么样，就算陈熙他们还有几个月就要毕业了，但她既然做了他们的老师，就得想想办法，至少能教一点是一点。只不过这次她得好好想想，不能太冲动，否则一不小心可能就会酿成大祸。

因为孟芸还没有摸清情况，所以一时间也不敢轻举妄动。

只是陈熙妈妈平时根本不来学校，陈熙都是家里司机接送的，孟芸连试探的机会都没有。

/ 2 /

周五晚上，季晓戚兴高采烈地邀请孟芸周末去她家吃饭。

孟芸想着自己之前在季晓戚家借住，还没有正式向她家人表达过感谢，便一口答应下来，买了水果和蛋糕去做客。

到了季晓戚家，孟芸对季妈妈认真地道了谢，又乖巧地回答了对方的关心，这才被放行，和季晓戚去房间里说悄悄话。

一关上门，季晓戚脸色就垮了下来，拽着孟芸的手，忧愁地望着她。

“乖乖，我怎么办啊？”

孟芸心里大致已经有数，季晓戚说的多半是那个交警的事儿，只是她不能表现出来，只能装作很惊讶地问道：“什么怎么办呀？”

季晓戚转头扑到床上，把脑袋闷进被子里，闷闷地说道：“我是真的没办法了……你可不许取笑我啊。”

得到孟芸肯定的答复之后，季晓戚才把事情的原委说了出来。

“我当时还笑你傻呢，转头报应就来了。唉，你说我好端端的玩什么游戏啊！玩就玩还拜什么师啊！”季晓戚躺在床上自言自语，“季迟这个……棒槌！我真想把他烤了当烤鸡翅吃了！”

孟芸心里其实很感动。

季晓戚愿意与她分享自己的人生、自己的喜怒哀乐，在她面前毫不设防，这是一种对她完全的信任和依赖。

孟芸躺到季晓戚身边，也缩进了被子里，设身处地地替她思考起来。

“我以前追魏宋词的时候，其实没你这么难。上课买早饭是顺路的，下课去隔壁院找他、给他送东西都是因为我们的距离很近。如果真的是追一个千里之外的人，我可能早就放弃了，因为我什么都做不了。”

季晓戚扭过头，认真地看着她。

“你和……季迟？是叫季迟吗？”

“对，就叫鸡翅啊。”

孟芸被这个滑稽的名字逗笑了：“你和季迟虽然在同一个城市，但到底不是同一个单位的。你说他的工作时间没那么固定，地点也不算固定，时不时就有加班什么的，你要是去蹲点，一不符合你女王的气质，二也确实难度比较大。所以我觉得……还是投其所好比较重要吧？”

季晓戚发泄后又恢复了信心，在心里盘算了一番，就准备好了下一轮的攻势。这会儿，她便又有了关心好闺密情感生活的心情。

“你和陆野有进展了吗？”

孟芸早料到季晓戚会问这个问题，只是没想好怎么回答，便犹豫了好久没说话。

“说呀。”季晓戚催促道。

孟芸被季晓戚看得有些不好意思，拿被子盖住脸，小声地问道：“如果我说，我也有点喜欢陆野了，你会不会觉得我很奇怪呀？”

她和陆野认识多年，几乎是认识魏宋词的同时就认识了陆野，可她以前一直追逐着魏宋词，现在知道和魏宋词没希望了，又转头爱上陆野的话……孟芸觉得自己有点奇怪。

季晓戚颇有些恨铁不成钢，隔着被子恶狠狠地点了点她的脑袋，教训道：“你说你是不是傻？你跟魏宋词是‘锁’了一辈子了吗？只是以前喜欢过的人而已，难道喜欢过他之后就不能去喜欢别人了？奇怪？我看你是挺奇怪的，在陆野这样的‘绩优股’面前还犹豫！”

在季晓戚面前，孟芸会说出自己的心里话，但是真面对陆野的时候，她却犹豫不决起来。

陆野自然不知道孟芸在想什么，他只想着孟芸回国之后一直忙忙碌碌的，两个人在一起除了吃还是吃，总是少了些女孩子喜欢的浪漫，便早早地定了密室逃脱的票子，准备带着孟芸去玩乐一番。

“这家密室逃脱刚开没多久就好评如潮，怎么样，是不是挺浪漫的？”

孟芸简直要晕倒了。

她确实从来没玩过密室逃脱，可即便她挺期待的，这个活动跟浪漫也扯不上什么关系吧？

陆野倒是兴致高昂，抓着孟芸的手腕认真地嘱咐道：“你要是害怕，可以像小女孩一样抓着我的手，或者扑进我的怀抱里来也没问题！我肯定牢牢地接住你，或者我背着你走也行？”

旁边的一对情侣也听到了陆野奇怪的话，忍不住转过头来，好奇地看向两人。

孟芸只觉得羞耻到要爆炸，恨不得甩手就走。

但不可否认的是，陆野确实是为这次约会用心做足了功课。这个医院主题的密室逃脱非常有意思。结束之后，孟芸还沉浸在解谜中，一路和陆野讨论着解谜的过程。

陆野倒是没想到孟芸会这么开心，但看到孟芸难得笑得开心，话也多了不少，他只觉得心都化了。

“要是你喜欢的话，以后我们可以玩遍全市所有的密室逃脱。我再去看看有哪些好玩的主题。”

孟芸扑哧一声笑了：“那得多久呀！”

“玩一百年也可以啊。”

陆野的语气太认真了，孟芸条件反射地垂下了眼睑，不敢与他对视。

她突然想到昨天对季晓戚说的悄悄话：“其实我已经快忘了魏宋词的样子了，只是这个名字的烙印太深，而陆野在两年里都是和魏宋词一起出现的，现在要把他摘出来……我总觉得需要一些时间。”

但是现在想想，孟芸觉得其实也没有那么难。

魏宋词就是魏宋词，是她年少时光里的一腔孤勇，是一个不那么美丽却足够珍贵的回忆。但陆野是陆野，是她唾手可得的未来，是给了她很多快乐的意外礼物。

现在，她想到陆野的时候，可以给他很多很多的形容词，幽默、温柔、体贴等等，并不只是“魏宋词的室友”而已。

陆野也没有强迫她做什么回答，只是笑了笑，陪着她慢悠悠地往外走。

哪知道很长时间之后，在陆野以为孟芸不会回答时，孟芸才轻轻地“嗯”了一声。

“一百年……也行吧。”

只一句话，就足够让陆野惊喜了。

“一百年这么长，那不能只玩密室逃脱了，还要去吃好吃的，去黄浦江坐船，去和平公园看烟花，最好还要一起玩迪士尼……”

孟芸简直哭笑不得：“喂，你会不会说点浪漫的话啊。”

怎么整得跟小孩似的，这话说得一点都不符合现在暧昧的气氛。

真是活该单身这么多年。

陆野却一下子深沉起来：“不是，我是怕我浪漫起来你吃不消。”

“……”

“你知道一个牙髓科医生最浪漫的话是什么吗？”

孟芸抬起头，总觉得他要说什么不着调的话，但又确实有些好奇。

陆野笑了起来，牵起她的手，似乎是怕她听完之后转身走掉。

“我能想到最浪漫的事，就是你的每一颗蛀牙都由我为你做修复填充。”

“陆野！你神经病啊！”孟芸气得想甩手走人。

陆野不给她机会，立刻抓着她将她整个人搂进怀里：“我错了，给你抱抱行吗？对不起，我一定会好好保护你的牙齿，绝对不给你再来探班我的机会！”

两人闹了半天，孟芸好不容易把这只“人形大狗”从她身上甩出去，还没来得及说什么，她的手机又不合时宜地响了起来。

“我发现了，每次只要你一出现，我就会接到很多让人不开心的电话。”

孟芸叹了口气，冲着陆野晃了晃手机。

上面“妈妈”两个字的来电显示尤为清晰。

陆野毫不犹豫地按住了她的手机：“别接。”

孟芸叹了口气：“没事的。”

她至少要听听她妈妈说什么——虽然已经严词拒绝了大妈，但是她也怕她妈妈去她大妈那儿胡乱说些什么，把大妈给气到了。

虽然大妈性子软弱，但是养育之恩没齿难忘，孟芸不可能因为她妈妈做的事，就彻底将她大妈抛在一边。

孟芸接起电话，还没来得及开口，就听到电话里传来了语气不怎么好的吩咐声：“我和你弟已经下飞机了，你过来接一下我们。”

孟芸没说话。

她妈妈等了一会儿没等到回复，态度更差了：“哑巴了？叫你拿个名字推三阻四的，来接个人也不行？养你有什么用？”

手机里传来的声音很大，旁边的陆野基本也能听清楚。

他心里纠结得要命，看到孟芸这样难过的表情，他都快心疼死了。他用力握住她的手，将她的手包在自己的掌心，想安慰她，给她力量，也想抢过她的手机替她回答。

陆野犹豫了很久，还是决定让她自己做决定。

他很轻很轻地在孟芸的耳边说了一句话：“别怕。”

不是还有我吗？

陆野弯了弯唇角。

孟芸感觉到了手心传来的温度，一下子就释然了。

她这么多年一直在做一个乖乖女，乖巧听话，胆小怕事，连大声说话都要考虑考虑。

刚出国那阵，孟芸每天都在后悔，脑袋一热就来到一个人生地不熟的地方，她连去便利店买瓶饮料都需要鼓起勇气才行。怕室友不喜欢她，怕教授不喜欢她，怕同学对她有意见，她做什么都畏手畏尾。

这种怯懦是她从小养成的性格，已经深入骨髓。

只是此时此刻，当陆野牢牢地牵住她，对她说“别怕”的时候，孟芸突然有种冲破牢笼的轻松感。

既然她亲妈都不把她当亲女儿，她又何必想东想西的，担心这又担心那呢?

“可是，你没有养过我。”

“你说什么？”

孟芸的声音很轻，却带着坚定的力量：“我说，你从我十来岁时就把我一个人丢在老家了，这么多年从来没有给过我一分钱生活费。过年回老家，你带着弟弟见亲戚，却从来没有给过我一分压岁钱。要不是大妈，我甚至就是孤儿。

“我没有弟弟，也没有爸妈。四五年没见过的人，比陌生人都不如……所以我不能帮你贷款，也不能来接你们，不好意思了。”

孟芸一鼓作气说完，毫不犹豫地挂了电话。

只是这一挂，她又有些紧张起来，皱着眉抬头看向陆野，问道：“会不会觉得我太没良心了？至少他们也是给了我生命的人……”

“不会。”陆野松了口气，伸手捏了捏她的脸，“你做得很好。”

“哪里好了？”

“世界上只有一种人需要你用心对待，那就是用心对待你的人。嗯，对，比如我。”陆野非常厚颜无耻地笑了起来。

孟芸无语地看了他一眼，转移话题道：“吃什么？”

每次见面，到最后总是免不了这个俗套又直击灵魂的问题。

陆野笑得眼睛弯弯，看起来迷人又不羁，再加上他穿得休闲，倒真的像是个普通的大学生了。

孟芸的心跳快了几拍，默默地扭过头去不看他的脸。

“吃我行吗？”

“不吃我回家了。”

“别别别，走走走，我们吃鹅肝烩饭去……”

陆野确实是一个精于饮食之道的人，挑的店大部分都很好吃。这家鹅肝烩饭是本市美食必吃榜的前五名，晚餐时间还没到，门口已经排了老长的队。

也不知道陆野使了什么法子，居然带着孟芸越过队伍，直接被店员带了进去。哪知道两人才坐下来，她就看到隔了两桌的地方有一张有一点点熟悉的脸。

因为不久之前才在商场偶遇过，孟芸立刻就想起了对方的身份：“那个是耿莉吗？”

陆野也看到了，他的眉头皱了起来，问道：“换一家？”

“不用了，你不是说很好吃嘛，那就吃呀。”孟芸笑了笑，怡然地坐了下来。

只是两人不去惹人家，可挡不住耿莉朝他们走来，很自来熟地坐到了陆野旁边的沙发上。

“我刚刚就看到你们俩走进来了，还当认错了呢，没想到真这么巧啊！这都第二次偶遇了，哎呀，真是太有缘分了！”

陆野笑了笑，只是笑得比较敷衍：“不是缘分吧，在这家店里我都遇到过七八个同学了。”言下之意就是这家店真的很有名，周末来吃饭遇到也不算什么稀奇事。

耿莉可听不出他不友善的语气，只瞪大了眼睛说：“是吗？那真的好巧哦！”

孟芸差点笑出声来，连忙端起杯子抿了口水。

耿莉的视线又转到孟芸的脸上，她露出一脸兴奋的模样，问道："说起来，你们俩是成了吗？"

陆野的眼神看起来已经想打人了，只是表情依然绅士："抱歉，这是我们的私事。"

耿莉笑了笑，说："这有什么嘛，小气！不过，陆野，你猜猜我今天约了谁吃饭？"

陆野一副不在意的表情。

"'三百首'啊！他回国发展了，你们没见过吗？哦，他一会儿就来了。"

陆野条件反射地去看孟芸的表情。

孟芸脸色未变，看起来不像是有什么惊讶的样子，脸上还挂着淡淡的微笑。

"哎，学妹在的话会不会有点尴尬啊？"

"耿莉！"陆野脸色黑了，"不好意思，我们要吃饭了，可以下次再聊吗？"

"别啊，干脆拼个桌吧？"

耿莉确实是非常不会看人脸色的人，她没经过两人的同意，直接冲着已经走进店的魏宋词摇了摇手："'三百首'！"

魏宋词听到声音，不急不缓地朝着他们这桌靠近。

孟芸对魏宋词是真的没什么感觉了，只是在这样的情况下，难免有些尴尬。她握紧杯子，心里已经用她能想到的词汇骂了耿莉一万遍。

怎么会有这么多事的人呢？

怎么会这么巧就和他们碰到了呢？

魏宋词来了，陆野也不好再赶人。他在心底叹了口气，站起来和魏宋词打招呼："'三百首'，真是太巧了……"

一番寒暄之后，陆野换了个位子，坐到了孟芸的旁边。陆野真觉得今天流年不利，他在桌子底下握住了孟芸的手。

孟芸甩了两下，没甩开，便任由他握住了。

魏宋词和耿莉也打了招呼，这才看向孟芸。

孟芸轻声道：“魏学长，好久不见了。”

“嗯，好久不见。”

陆野看到两人说话，心里有股淡淡的说不上来的酸涩，只是很快压了下去。他故作随意地问道：“工作落实了吗？”

“嗯，在私立诊所。”

桌上另外三个人都是同专业的同学，孟芸完全插不上嘴，也没有想要加入话题的意思。

陆野给她推荐的烩饭真的很好吃，她尝了一口就爱上了，一口一口吃得满意。只是陆野一直抓着她的另一只手，让她的姿势有点难受。

聊了几句后，陆野就大致了解了情况。

耿莉这几年转了行政不再做医师，但是她老公还在准一线。两人最近准备买房子，以后要还房贷的话，原本的工资可能不够，所以她想找魏宋词把她老公介绍去私立医院。

“哎呀，我老公那人跟魏学霸和陆大富豪没法比，水平是挺好的，就是家里背景不够，也不会说话，这一点点升要升到哪年哪月去啊……”

陆野叹了口气。

这人真是太不会说话了。说得好像他和魏宋词都是会说话、家里有背景，所以才能找到好工作似的。

只是耿莉想得好，说了这么多话，魏宋词却连眉毛都没有动一下，只说了句“我会帮忙留意的”，之后不管耿莉说什么都不再应了。

耿莉眼见着话说得没趣，眼珠子一转，又把目光对向正在乖乖巧巧吃饭的孟芸。

“说起来，小学妹以前是追过‘三百首’的吧？没想到最后居然和陆野在一起了，造化弄人啊。小学妹，你不知道，以前我们系有多少人喜欢陆野哦。”

孟芸愣了一下，迷茫地抬起头，问道：“可是，这关学姐什么事呢？”

她是真的受够这个耿莉了，她们两人根本连话都没说过几句，偏偏对方夹枪带棒地让人下不来台。

孟芸觉得可能是刚刚自己的怨气还没有发泄干净，所以怼人的话不受控制地就脱口而出。

都怪陆野！

她原本想解释一下，但看到耿莉的表情之后，又觉得有点微妙的快感，于是解释的话又吞了回去。

耿莉瞪大了眼睛。

陆野扑哧笑出了声。

旁边的魏宋词也露出了淡淡的笑意。只是他的余光看到陆野和孟芸不经意间透露出来的亲密的感觉，笑意便很快淡了下去，又恢复了面无表情的模样。

一顿饭吃得不欢而散。

当然，最不欢的必然是目的没有达成、热闹也没看成的耿莉，她率先拎着包，沉着脸离开了。

剩下的三个人就是真情实感的尴尬了。

好在魏宋词很忙，也没有多说什么，冷淡地道了别，也转身离开。

陆野目送着好友离开之后，又拉着孟芸坐下来。

“刚刚那场景，我饭都没好好吃，可不能白来一回了。再点点，我们重新吃过。”

孟芸笑了起来：“我吃得挺好的啊。”

陆野对她的大心脏啧啧称奇：“耿莉坐你对面，你也不怕吃得消化不良。”只是开完玩笑，陆野叹了口气，还是说起了魏宋词，“对不起，我没早些告诉你。”

“什么？”

“其实我前一阵就和‘三百首’见过面了，应该早点告诉你的。”

陆野心里知道自己的行为是绝对自私的，他想多给自己争取一点时间，想孟芸更喜欢他一点，所以迟迟没有把事情说出来——其实那天孟芸喝醉之后他已经说了，却只说了魏宋词回国，并没有告诉她更多。

他本该更大度一些，笑着问问孟芸需不需要见个面，或者问问她还喜欢不喜欢魏宋词之类的。

只是陆野做不到。他承担不起失去孟芸的后果，也做不到无私地成为两人再续前缘的鹊桥。

一想到孟芸曾经这么喜欢魏宋词，他就嫉妒得要发疯。

他不想再重蹈覆辙了。

如果不是今天这么巧地遇到了魏宋词，陆野甚至小心眼地想过，最好等他和孟芸的婚礼上再让两人有机会见面。

孟芸听出了他语气里的紧张，扑哧一声笑了。

她的声音很温柔，只是调侃的意味很重：“上次你不是说了嘛，就算我喝醉了也要告诉我的事，不就是魏宋词回来的事吗？”

“芸芸……”

“陆野，你以后再这样我就生气了。”她叹了口气，“不要觉得现在的魏宋词对我来说是什么很重要的人，他只是一个大学时的学长而已，知道了吗？”

她对耿莉的话完全不在意，因为魏宋词对她来说真的只是过去。

孟芸觉得最好笑的是，她早就把魏宋词当成了过去，偏偏周围的人都小心翼翼的，还当她旧情难忘，有什么跨不过去的坎。

陆野愣了一下，理解了她的意思之后，立马陷入了狂喜之中。

“知道了知道了——我宣布，现在开始就是我们幸福的起点了！”

/ 3 /

孟芸虽然给陆野吃了一颗定心丸，但她没想到的是，魏宋词居然会去她的学校找她。

孟芸跟往常时间一样放了学，等班上的学生都走得差不多之后，她才收拾东西准备下班。哪知道一走出学校，她就看到魏宋词面无表情地在和保安大叔说话。

孟芸愣了好一会儿，原本想一走了之，但又觉得他必然是来找自己的，还不如听听他的意图。

有什么好怕的？她才不怕呢。

孟芸踟蹰了一会儿，深吸一口气，缓缓走过去："魏学长？"

保安大叔看到她就笑了："孟老师，你朋友在这里等你好久了呢。"

孟芸轻声道了谢，这才抬起头看向魏宋词："学长找我有事吗？"

魏宋词深深地看了她一眼："好久不见……我送你回去。"

孟芸站在离他几步远的地方，疏离地看着他。

时光并没有苛待魏宋词，却也能看出成熟的痕迹。他已经不是原来那个魏学霸了，只是冷淡的模样一如既往。

这样的场合，孟芸居然有点想笑。

大家都变了……估计也就陆野还是数年如一日的可爱。

孟芸的心情突然好了起来，嘴角弯出淡淡的笑意，婉拒道："不用麻烦啦，我回去很方便的。"

魏宋词的目光沉了沉，轻声叹了口气："孟芸，你变了很多。"

孟芸点了点头："嗯，是变了不少。"

话一出口，她就意识到这样让人很难接话，只是她也没有想要弥补的意思，只想让这场谈话赶紧结束。

魏宋词是她笨拙的青春，留在回忆里才是最好的安排。

现在再说什么都像是狗尾续貂了。

魏宋词苦笑了一声，拿出手机，说："那保持联系。"

晚高峰地铁很挤，孟芸坐在地铁站里，等了好几班才挤上地铁。

到家的时候已经很晚了，她懒得做饭便叫了外卖，然后靠在沙发上看手机。

她刚刚和魏宋词交换了手机号和微信，此时他的聊天框正在她微信界面的第一个。魏宋词的头像是一张黑底金标的图，意义不明，但是在各种五颜六色的头像里显得尤为低调。

难道牙医都喜欢这样的头像？陆野也是同样的风格。

孟芸犹豫了一会儿，还是默默地删除了对话框。

眼不见为净。

只坐了一会儿，门铃便响了起来。孟芸当是外卖来了，放下手机跑过去开门。

哪知道门一打开，外面那人的声音就冲破了她的大脑皮层，把她的思维打得七零八落。

"孟芸！快点开门！"

孟芸瞪大了眼睛，傻愣愣地看着她亲妈好一会儿，片刻后又皱起了眉头："你怎么来了？"

"看看！这是对你亲妈说话的语气吗？"

李一筝这么多年来都没学会好好说话，她白了孟芸一眼，把孟芸挤到一边，大摇大摆地登堂入室。

孟芸看着她亲妈的背影，知道今天不会善了。

她妈妈跟她大妈是截然不同的两类人。如果说徐琴是温温柔柔的圣母转世的话，李一筝就是炸弹重生，平时自私冷漠，谁让她不如意了，她就指着谁的鼻子骂个昏天黑地。

孟芸抿了抿唇，远远地站在门边，声音很轻地说："有什么事吗？"

李一筝坐在沙发上，冷笑了一声："我来看看女儿还不行吗？不过，这次倒是没白来——你男朋友看着倒是不错，本地人吧？"

孟芸默默地看了她一眼："你去学校找我了？"

孟芸想不到别的可能性，她妈妈不可能见过陆野，多半是从大妈那儿要来了她学校的地址，刚刚过去等她，正巧遇上了来找她的魏宋词。

李一筝笑了笑，放柔了声音："芸芸，只是借个名字而已，也就一两年的事。你弟弟到时候自己考到这里的研究生，就能自己拿户口了。有房子你也可以上户口啊……"

孟芸在这之前没有研究过本市的购房政策，不过因为这事儿，她特地跟张老师打听了一下。

本市还没有开始限购，只需要出具本市正规单位的工作证明，外地户口人员也可以在本地买房，只是工作证明的人和购房者必须是同一个，而且要还贷也得有工作单位，不然不能借房贷。

孟芸一开始还想不明白，要是购房人写了她，房子不就是她的了吗？

张老师很耐心地给她解释："如果是直系亲属的话，是可以借用名额的，而且买房子就能落户了，一家的名字全写上也很正常。最近几年市里一直在重新调整购房政策，漏洞也钻不了多久。听说从明年开始，非本地户口就不能在本市买房了。"

怪不得李一筝急吼吼地来了，明明是十几年都没想到的事情。

这几年本市已经快要跻身一线城市，算是超高速发展城市，房价蹿得比什么都快。之前孟芸也听陆野说过，他名下那套房子是他大学时就买的，不然这几年也买不起了。

孟芸在心里叹了口气，语气缓慢却坚定："不管您说什么，我都不会答应的。马上要考试了，还是让弟弟赶紧回去吧。"

李一筝的脸色沉了下来："你这是软硬不吃啊，小姑娘心真狠。小时候我就看出来了，你就是个没心没肺的养不熟的白眼狼……"

"要我出也可以。"孟芸打住她的话头。

李一筝的脸色一亮："你愿意了？"

买房这事儿她跟孩子爸已经商量了很久，与其买在一线城市，还不如买在发展城市。房价涨得快，还能做投资用，到时候就算自己不住，卖了给儿子娶媳妇买房子也不愁了。

不是找不到认识的人，只是到底是买房，写别人的名字在产权证上，总是让人不怎么放心。

他们夫妻俩讨论了一晚上，终于想到了在这个城市发展的大女儿。

反正姐姐的东西最终还是要给弟弟，借个名也没什么大不了的。等后年儿子研究生一上，直接把产权证上的名字改成儿子，就没女儿什么事儿了。

夫妻俩聊了很久，最终有了信心。置业这事儿，有戏！

哪知道素来软弱的孟芸这次居然不答应，就算是让徐琴帮忙劝说也不肯松口。

李一筝想了想，直接就带着儿子过来了，要跟孟芸当面谈。

现在孟芸有松口的意思，她的情绪也高涨了几分：“也是，又不用你还钱，借个名而已……”

“产权证只写我一个人的名字，我就愿意。”

李一筝的脸色立刻沉了下来：“你啥意思？这么大个人了，让爸妈给你买房子还贷？”

孟芸轻轻地笑了一声，彻底冷了心。她伸手拉开了房门送客：“没什么好谈的了，您先回去吧。不然，一会儿我要报警了。”

李一筝怎么可能甘心就这样被打发走：“你这种小姑娘，一点良心都没有，找了个本地人做男朋友就舒舒服服地准备嫁人了，自己弟弟也不关心一下，这么多年书白读了？”

孟芸受够了李一筝的胡搅蛮缠：“嫁人？本地嫁娶都是要出房子车子的，你们准备给我陪嫁一辆多少钱的车？这么多年了，也没见家里给我出过一分钱。既然说我还有个弟弟，那证明我还是家里人吧？我也不要什么嫁妆了，把我三年出国留学花掉的钱还给大妈，再谈其他的事吧。”

陆野还不知道魏宋词来找过孟芸，今天趁着准时下班的机会，他早早地开车到学校门口去接人。

临近放学时间，保安大叔走出门卫室，一双眼睛紧张地盯着教学楼。

陆野冲保安大叔笑着问道："您好，请问这两天孟芸孟老师下班走得晚吗？"

他虽然每天都会跟孟芸联系，但一般都是在晚饭后睡觉前，而且说两句孟芸就说困了，他担心孟芸在学校里太辛苦。

陈熙的事情陆野偷偷地让他爸爸帮忙解决了，可她到底是当老师的，带着一大堆孩子，不免发生有各种各样的意外……在陆野心里，孟芸自己还是需要他照顾的小女孩呢，又娇又软，没他不行啊。

那保安大叔打量了他两眼，乐呵呵道："孟老师走得不晚的，学生都喜欢她，每次她放学，班上那群小孩就特别乖。"

陆野"哦"了一声，放了心。

这样的话，孟芸应该也不会太辛苦了。

"不过，小伙子，你也是孟老师的同学吗？"

"啊……"

陆野还没来得及回答，就听那保安大叔八卦兮兮地问道："你是孟老师对象吧？那之前那个男的呢？"

暮色将沉，孟芸拎着包走出学校，还没来得及转弯，就被一个大个子一把抱住了。

"芸芸！"

听出陆野的声音，孟芸停下了挣扎的动作，哭笑不得："你干吗呀，这是学校门口！快放开。"

陆野直接一把将她抱了起来，三两步抱上车。

孟芸死死地咬着嘴唇，才把即将溢出口的惊呼吞了下去。她的脸已经红得不成样子了，似乎很不习惯这种大庭广众下的亲昵举动。一直到陆野动作轻柔地把她塞进副驾驶，孟芸才忍不住在车里抬高了声音："陆野！你又发什么疯呀！"

陆野心里压着事儿，不过他不会把自己的情绪传染给孟芸，便耐心地哄她："我是看你走得不舒服，想让你少走点路呀，你这女人！"

他假装生气地捏了捏她的鼻子。

这下倒是换孟芸说不出话了。

她今天穿了双新皮鞋，有些磨脚，她还没有完全适应，再加上带着小朋友们做各种活动，脚后跟的皮都磨破了，所以走路确实有点不舒服。

没想到陆野眼睛这么尖，这都能发现。

孟芸缓下声，语气有点嗔怪："那也别这样呀，被人看到了多尴尬。"

说不感动肯定是骗人的，只是她口舌不利，一时半会儿也想不出什么补救的话，只好睁着水润的眼睛定定地看着陆野，希望他能跟她有点心灵感应。

陆野果然没有再说什么，只从车里翻出创可贴，心疼地递给她道："不舒服的鞋就不要穿了，一会儿带你去买双新的，这双就扔了吧。"

孟芸忍不住笑起来："哪有这么娇气，新鞋子本来就会磨一阵脚的。"

陆野捏了捏她的手："这样可不行。"

"嗯？"

"磨脚的鞋你想着忍忍会好，磨人的人你也想着忍忍会好。可是我不喜欢看你忍的样子。孟芸，你在我心里值得最好的，为什么要委屈自己呢？只是换双鞋而已。"

孟芸不说话了。陆野的话总有种双关的意思，她听得出来，却又不知道该说什么，只能沉默以对。

陆野没有再多说什么，只笑了笑，发动了车。

"要不要去我家蹭饭？"

孟芸愣了一下："这……"

"整天在外面吃不健康。我买了牛排，煎给你吃好不好？没别人尝过，你可是第一个哦！"

孟芸在心里挣扎了好一会儿，片刻后又释然了——就算是去好朋友家吃个饭，也没必要这么纠结的。更何况，她跟陆野……

孟芸红了脸，轻轻地点了点头。

只是到了陆野家的小区，孟芸才反应过来。

大学那会儿，她连男生寝室都没进过，转眼都到陆野家里来吃饭了。万一他爸妈在家，那不就等于见家长了？

想到这儿，孟芸顿时浑身不自在起来："陆野……"

陆野牵住她的手，仿佛有读心术一样："我自己的房子，一个人住。"

"这也……"

"你不喜欢这个小区吗？"他仿佛有些苦恼，"唉，那看来婚房还得换个地方，到时候你自己去挑地段小区？"

孟芸好一会儿才反应过来："谁说要嫁给你了？"

陆野笑着摸了摸她的头发："那……你想嫁给谁啊？既然没有别的人选，可以给我个机会吗？"

在他的注视下，孟芸脸红了，抿了抿唇："如果你以后不开这种玩笑的话……"她似乎是下了很大的决心，"先从男朋友试起好了。"

真是意想不到的一刻，陆野终于晋升为被孟芸承认的"正宫"。

陆野简直要乐死了，恨不得通知全天下。他等这一天已经等了足足五年，此刻的心情就如铁树开花。

孟芸也不是扭捏的性子，既然已经承认了陆野的身份，自然是想尽力维护好这段感情的。可她到底不是大学时青春年少百折不挠的小姑娘了，说话做事都比以前成熟内敛了不少，很多事都不好意思直接说直接做，平时也是陆野宠她宠得多一些。

两个人都有工作，并不能每天都见面，好在现在网络发达，两人每天一回到家就挂上视频聊天。

魏宋词去找孟芸的事，陆野酝酿了很久，又怕孟芸嫌他刚开始谈恋爱就管东管西的不开心，所以也不敢直说，只是旁敲侧击地问了一下。

孟芸一听就明白了，笑着问道："是想问魏学长为什么去找我吗？"

陆野有点不好意思："芸芸，你别介意。我只是……"

他只是有点不自信而已。

陆野一贯是骄傲的人，可他也看着孟芸追了魏宋词这么些年，要说孟芸对魏宋词没感情，那他肯定不信。只是现在情况不一样了，他才是孟芸的男朋友。

孟芸点了点头，安抚道："没关系的，上次他来找我，也没说什么事，就好像是路过而已，交换了一下联系方式就走了。"

陆野松了口气。

只是陆野又觉得自己这种小心眼的行为十分不酷，便强行卖萌："芸芸，你会不会觉得我很烦？"

孟芸一直都是不怎么爱说话的性子，听着他每天叨叨这叨叨那，应该会觉得有点吵闹吧？

陆野只是觉得她好像每天压力都不小，想说话哄她开心罢了。可如今他和孟芸真成了，他反而越发小心翼翼起来，生怕说错话惹她不开心。

孟芸摇了摇头，视频聊天有点延迟，但能看到她脸上的笑意，并没有被冒犯的不适感："不会啊，我觉得你非常……能言善辩，大学的时候都没看出来。"

孟芸那时候跟陆野也不熟，只知道他长得帅，有很多人喜欢，平时一直笑，看起来就是非常好脾气的样子。

总之就是像太阳一样在发光的男生。

陆野松了口气，假装生气地"哼"了一声："那是你以前没眼光，我以前就很厉害，一直是辩论队的好吗？"

孟芸愣了一下："我经常去看辩论赛啊，怎么没见过你？"

陆野似乎是回忆起了从前，笑了起来："我那是低调，怕女孩子们爱上我。我们院辩论队的好多辩题破题思路都是我写的。"

要是别人这样自夸，孟芸只会觉得尴尬，但是陆野的语气很平和，一点炫耀的感觉都没有，反倒有种孩子气的可爱。

一点都不符合他的年龄。

自从答应和陆野在一起之后，孟芸觉得自己越来越爱笑了，连法令纹都好像深了不少。

“说起来，以前我们医学院的辩论赛真的非常有毒，我记得有个辩题是什么来着……”陆野拿着手机换了个姿势，舒舒服服地靠在沙发上，想了一会儿，“医学发展应不应该有伦理界限？好像是这个来着，请来的评委都是学生会的，他们专业方面压根听不懂，还好我方比较有气势，最后还是赢了。”

孟芸心里咯噔一下。她非常清楚地记得这场辩论赛——就是在这场辩论赛上，她第一次见到了魏宋词。

魏宋词是当时正方的一辩，开题几句话就打动了所有人。

孟芸压根听不懂他在说什么，只是魏宋词当时沉着冷静、玉树临风的样子，让她的眼睛再也看不见别人。

声音好听，逻辑严谨，长得也不赖，还有学霸光环，这样的男生在学校里非常受欢迎。

孟芸很确定，就是那个时候，她对魏宋词一见钟情了。

她小心翼翼地问道：“那……辩论稿是你写的？”

陆野想了一下，答道：“好像是的，当时三百首在准备一个省级竞赛，本来说让我上的，但是比赛那天我家里有事，就把写好的辩论稿给‘三百首’了，让他帮忙去参加一下。”他顿了顿，“都五六年前的事儿了……”

他能记这么清楚还是因为当时魏宋词替学院拿了省级大奖回来，请室友大吃了一顿。

孟芸抿了抿唇，什么都没说。

她记得，一开始她去追魏宋词的时候，魏宋词的态度还不算特别差，只是耐心地对她说他要准备留学，大学里不谈恋爱，学业为重。只是孟芸把这话当成托词，所以一直不放手。

到后来，魏宋词还问过她，为什么会喜欢他？

孟芸至今还记得当时的话——她不好意思说自己是因为觉得他的声音好听，便解释道："之前看你参加辩论赛，觉得你特别有文采……"这话说得太没水平，她自己都觉得不好意思，红着脸闭了嘴。

当时魏宋词的脸色就沉了下来，自此再也没有给过她好脸色。

时隔五年多，孟芸才知道自己错在哪儿了。

错就错在这份辩论稿压根就不是魏宋词写的，她夸人根本没夸到点子上！

如果当时说因为喜欢他说话的声音、语调，觉得他很迷人之类的，说不定……一切都不一样了。

只是现在这样也很好，孟芸觉得她是喜欢陆野的，并且会越来越喜欢。

没有什么值得后悔的事情。

陆野见孟芸变了脸色，还当她想到了什么不开心的事情，正打算说点什么，却见孟芸的脸凑到了镜头的中央。从他的角度看，孟芸都快要吻上他的脸了。

陆野忍不住笑了起来："娘娘，这是要投怀送抱的架势啊！"

最近电视上热播一个古装剧，陆野这语气就是模仿了剧里的一个恶毒嫔妃，听起来还真挺逗的。

孟芸笑出声："别闹，小七给我打电话了，我先接一下，一会儿再说。"

说着她便挂了视频，接起季晓戚的电话。

只是孟芸还没说话，就听到电话那头隐隐约约的啜泣声。

"芸芸，怎么办啊……"

孟芸白了脸色："怎么了？小七你冷静一点，好好说。"

季晓戚难得有这么脆弱无助的时候，哭腔都快要从电话那头溢出来了："季迟开摩托车回家的时候被一个外卖员撞了，现在在医院里，医生说要做手术……"

"你现在在哪里？"

孟芸连夜赶到了医院。

季晓戚早就在手术室外守着了，看到孟芸就站起来抱住了她，轻声哭道："他不会瘸了吧？"

孟芸本来还挺紧张的，一听这话，立马被逗笑了："医生不是说只是骨折吗？"

"骨折哪需要连夜做手术的……说不定是故意瞒着我们呢？"

恋爱中的人是没有大脑的。

孟芸决定不跟季晓戚扯这个，她扶着季晓戚坐下，想了想，问道："你是怎么知道的？他家人呢？"

说到这儿，季晓戚就红了眼："都怪我不好……我看他今天站了一天的岗太辛苦了，就喊了出租车想送他回家，他……他不肯，估计是故意的，就骑了摩托。我坐出租车跟着他想送他回家来着，他可能是分了心，在路口和另一辆摩托车撞了……"

孟芸安抚地拍了拍她的背。

"等我下车的时候，那摩托车早就跑了……"

原来是这么一回事。

孟芸想了想，还是先给陆野去了电话，让他不要担心。

陆野看了一眼时间，严肃地道："不行，这么晚了，就你们两个女生，我马上过来陪你们。"

孟芸心里一暖，余光瞟了一眼满脸紧张的季晓戚，还是叹了口气拒绝了他："别，小七应该不想有太多人看到她的样子……"她想了想，宽慰了陆野几句，"别担心啦，这里是医院，人来人往可热闹了。"

陆野虽然嘴上答应了，但还是大半夜出了门。

季迟出车祸的地方在隔壁区，离陆野工作的医院远得很，季晓戚就近把人送到了附近的三甲医院。

谁知这医院和陆野渊源颇深，没什么特别的，他爷爷曾经是院长，现在还经常在医院里坐堂问诊，发挥余热。

陆野不能大半夜去打扰爷爷休息，便去医院找了值班的医师。

谁都知道他是老院长的宝贝孙子，自然是一路畅通无阻，那医师爽快地把情况都说了一遍。

“伤得不算重，只是怕撞到了别的地方，所以……”

车祸伤和别的意外骨折不一样，总体来说更危险一些，有可能会有脑震荡、器脏受损之类的内伤，所以才需要尽快救治。

陆野点了点头，表示理解：“谢谢你了，赵叔。”

赵医生算是医院的老人，以前陆院长想让陆野学外科，所以让年纪小小的陆野三天两头到医院来，没事就跟着赵医生混，想培养一下他的兴趣爱好。

难得看到陆野这么紧张地用上家里的关系，还大半夜地跑来问一个男人的伤势，赵医生便八卦地试图打探一下他的口风。

陆野也没有否认，只笑了笑，说：“是我女朋友的朋友，怕他们太担心了，小姑娘嘛，不懂这方面的事儿。”

赵医生看他这么爽快，霎时间惊掉了下巴：“小陆都有女朋友了？我第一次见你时，你才这么点大……”

陆野扶额，这就是他不愿意到这所医院来工作的原因，总是有不少元老把他当小孩呢！

“我这么大的人，同学结婚早的孩子都上幼儿园了，没女朋友像话嘛，赵叔！”这话早几天他也是没底气说的，但是现在他有了孟芸，明里暗里总是忍不住得意地秀一秀。

赵医生看到陆野的表情，啧啧感叹了好一番，转头打算去给老院长通风报信。

陆野确定消息之后，便悄悄地去了手术室所在的那层。不过他怕孟芸生气，不敢靠近两个小姑娘，只坐在走廊的拐角处偷偷地看。看了一会儿，他又喊来旁边的小护士帮忙，拿了两床毯子过去，还倒了热水。

孟芸拿到热水的时候有些受宠若惊，连忙道了谢，把纸杯塞在季晓戚手心里，让她暖暖手。

季晓戚也回过神来，苍白着脸，扯着嘴笑了一声：“这医院的服务真不错。”

孟芸乐了，摸了摸她的手：“又胡言乱语了。”

季晓戚抿了口水，深深地叹了口气，靠在孟芸肩膀上，低落道：“我怎么办啊芸芸……”

“什么怎么办？刚刚医生不是出来说了嘛，没大事儿，一会儿手术完就能转去普通病房了。”

季迟到底是交警出身，摩托车一贯开得又慢又稳，主要是撞过来的外卖员车速太快了，不然估计连骨折都不会，最多就是个擦伤。

季晓戚却摇了摇头，说：“不是说这个……我是说，我已经这么喜欢他了，这可怎么办啊？”

孟芸抿了抿唇，对闺密的情绪感同身受。

“我也不知道啊……”

/ 4 /

本来季晓戚以为要在手术室门口等一宿，没想到很快人就被推了出来，转进了普通病房。

“就是普通的骨折，休养几个月就没事了，你们不用太担心。”

孟芸听医生交代完，道了谢，拍了拍季晓戚的肩膀。

到底是非亲非故的关系，季晓戚在病房里坐了一会儿，转身离开了房间：“芸芸你先回去吧，我在这儿陪一晚，不然明天他一个人也麻烦……”季晓戚想了想，又觉得不放心，“这么晚了，要不，你还是……”

现在这个时间，地铁都没了，女生一个人打车也不安全。

季晓戚犹豫了一会儿，说：“走吧，我先送你回去。”

孟芸笑了起来：“真把自己当男人啦？没事的，我自己回去就好。”

“这可不行。”季晓戚拉着孟芸不让她走，“女生怎么能一个人走夜路呢？太不安全了。你跟我一起留下来吧，明天早上天亮了再走。”

说着，季晓戚就转身出去问护士有没有空病房，准备出个床位费一起休息一晚。

有陆野的暗中嘱咐，就算没有也得有啊。

护士很快给两人安排了床位，只不过并不是单独的房间，而是混合病房，旁边有骨科的病人，最靠里的两张床空了出来，留给两个人打发一晚。

孟芸第二天还要上班，只是看季晓戚一个人可怜兮兮地蜷缩在病床上，她又有些不放心，最终还是请了两个小时的假，好歹等季迟醒过来再走。

七点多钟的时候，孟芸陪着季晓戚去了季迟的病房。

季迟已经醒了，看到季晓戚过来，眉眼动了动，想皱眉又忍住了：“你怎么还没走？”

孟芸看两人要说悄悄话，便悄声退出了病房。

只是没坐几分钟，她就看到一群穿着白大褂的医生走过来，似乎是在查房。

为首的是一个两鬓斑白的老者，看起来非常精神，眼睛里的光芒很盛，像是长时间身处高位的那类人。

孟芸犹豫了一下，还是敲了敲病房门，先一步走了进去，对里面的两人说：“医生来查房了。”

片刻后，那一群医生便走了进来。

照例问了几句之后，那为首的老人视线一转，在季晓戚和孟芸之间转了一下，落到了孟芸身上。

孟芸一脸茫然。

只打量了一瞬，那老人便笑了起来，说：“没有大碍，家属也可以去休息一下，辛苦了。”

老人的态度很好，声音洪亮，听起来就让人觉得可以信赖。

等查房的医生走后，孟芸和季晓戚道了别，回家换衣服去学校。

倒是季晓戚出门打水的时候跟护士台的小护士打探了一番：“刚刚来查房的，是给我们动手术的医生吗？”

她昨天状态不好没注意看，最后都是孟芸在帮忙，她想着怎么也得去道个谢，之后复健也需要医生的指点。

那护士一愣，答道：“不是，那是我们老院长，也不知道今天怎么突然来查房了。”

“你们老院长是骨科医生吗？”

“不是的，他是脑外科界的专家啊，不研究骨科的，应该只是随机抽查一下。”

另一边，孟芸在上班路上接到了陆野的电话。

她接起来之前先看了一眼时间，顺口问道：“还没开诊吗？”

陆野闷闷地笑了一声：“在厕所里呢，没法多聊，你去上班了吗？还是在医院？”

其实他早就知道了，孟芸走出医院的一瞬间，他就已经接到了消息，只是非得听听她的声音才放心。

孟芸的声音软软的，听起来很温柔：“马上到学校了。”

“昨天晚上辛苦了，下午我来接你下班。”

孟芸笑了起来，轻轻地应了一声：“好呀。”

因为这声软绵绵的应答，陆野一整天的心情都非常好，就算昨晚熬夜等到孟芸睡着才走，也不觉得有什么累的了。

中午午休的时候，他还笑着跟同事打趣了几句。

那医生也是陆野的老朋友，眼光相当犀利：“陆医生最近心情特别好啊，我要代表我们医院广大单身女性同胞问一句，是有好消息了吗？”

陆野挑了挑眉，笑道：“广大女性同胞就等着喝喜酒吧。”

那医生惊了：“这么快？”

陆野还没来得及回答，口袋里的手机突然响了起来，屏幕上的两个大字让他不敢耽搁，立马去走廊接了电话。

“爷爷？”

“陆野，我见过你媳妇儿了，啥时候带到家里来给家里人见见啊？”

赵医生这个大嘴巴。

陆野简直哭笑不得，他爷爷可不是同事，不能随便开玩笑，如果他说了什么话，他爷爷是会当真的。

“八字还没一撇呢。”

陆野是生怕孟芸一个不开心，啥都告吹了，所以迫不及待就想带着孟芸去登记的，趁早拿了证捆在身边。只是他又怕这才正式谈恋爱没几天，这么快就求婚见家长，指不定又吓到她。

她胆子又这么小，肯定不好意思，还是得多加深感情再说。

陆爷爷呵呵笑着：“还是抓紧吧，都老大不小的人了，我那几个学生都抱孙子了……”

陆野笑了起来：“得了啊，老爷子，您没去吓人家姑娘吧？”

“怎么会呢！我跟着查房的医生混进去的……是那个平刘海的吧？爷爷看人很准的，是个好姑娘，你赶紧！动作要快，姿势要帅！”

陆爷爷年纪越大，脾气却是越返老还童了，也就他那帮学生怕他，陆野是一点都不怕的。

爷孙俩聊了几句，陆爷爷顺口问了一句：“之前你让小张去办的事儿，是为了这个姑娘吧？陈老板都快被你吓死了，来家里打了几次招呼，不过都被你爸赶走了。”

陆野想了想，乖乖地跟爷爷道了谢：“还是麻烦爷爷了，我改天带礼物去看您。”

“一个人就别来了！”

陆野家世代从医，从太爷爷那代开始就是乡村医生，发展到现在，几乎全家都是医务工作者。

陆野当时为了帮孟芸搞定陈熙家，去找了他爷爷以前带过的一个研究生。那人现在在一家私立医院，是心脑血管方面的专家。陈熙奶奶就住在这家医院里，是他的病人。

七弯八绕地通了关系，陆野稍微敲打了一下，这才让陈熙妈妈去学校松了口，好好地求着孟芸回去继续工作了。

只是这事儿还没让孟芸知道。

陆野可不敢告诉她，只让她自己去猜，免得她自尊心受挫不高兴。他也不希望自己在孟芸心里的形象是这样的。

陆野准时下了班，开车去学校找孟芸。

今天不是孟芸送孩子们放学，她老早就收拾好了东西。陆野到的时候，她正坐在教室里教晚归的同学珠心算。

陆野不能进学校，便给孟芸发了消息。片刻后，孟芸就拎着包快步走了出来，远远地朝着陆野招手。

陆野笑出了声，在校门口冲着她张开双臂。

孟芸："怎么了？"

"这时候你不是应该冲进我的怀里吗？电视里都是这么演的。"

孟芸并不想搭理犯病的陆野，默默地看了他一眼，拒绝继续这个话题："一会儿我们先去一趟医院可以吗？"

陆野讪讪地收了手，伸手搂住她的肩膀，慢悠悠地走着："去看季晓戚那朋友吗？"

孟芸点了点头："小七刚刚打电话让我别去了，不过我还是想去看一下。"

指不定以后就是季晓戚的男朋友了，面子上还是得过得去才行。

陆野"嗯"了一声："那一会儿买点水果什么的。"

孟芸和陆野到病房的时候，季晓戚正在和季迟说话。

也不是聊天，就是季晓戚单方面在说话，季迟面无表情，十句才应一声。就这样，季晓戚都很高兴了。

孟芸看得心酸不已，把果篮交给季晓戚之后，客气地打了几句招呼，就带着陆野离开了。

陆野也看不惯，只是他怕惹得孟芸难受，便没有多说什么，而是拉着她的手，轻声问道：“一会儿吃什么？”

一听到陆野这个问题，孟芸的心情好了一些。她弯了弯唇，说：“我想想。”

陆野“嗯”了一声：“那你在这里等我，我去把车开过来，你慢慢想。”

陆野转身去了车库，孟芸一个人站在住院部大楼下，认真地思考着一会儿吃什么。

只是……

“孟芸？”

突然听到自己的名字，孟芸愣了一下，扭头看过去。

她后面不远处站着一个年轻的男孩子，看起来还是学生的样子，有点黑，眉眼生得不错，也算清秀精致。男孩手上拿着没拆封的塑料盆，还拎了一些凉菜，似乎是来陪床的家属。

孟芸只觉得这张脸熟悉又陌生，他的名字却卡在喉咙里，怎么都说不出来。

男孩走上来几步，皱了皱眉道：“你是孟芸吧？”

“你好。”

男孩扯出一个笑，只不过肉眼可见的没啥笑意，不过敷衍一下而已：“不会连我名字都忘了吧。”

孟芸叹了口气：“你好，孟文杰。”

孟文杰正是她的亲弟弟。

其实在很小的时候，姐弟俩的关系是很好的。孟芸不怎么调皮，孟文杰有的时候出去野，还会偷偷地带糖回来给她吃。做暑假作业的时候，孟文杰到最后几天做不完，孟芸就会帮他一起做。

只是后来他们爸妈把孟文杰带走了，孟芸去了徐琴家，两人便彻底生疏起来，成了陌路人。

虽然李一筝之前说把孟文杰带过来了，孟芸却没有要与这个弟弟相见的打算。

已经是外人了，就没必要见面了。

孟文杰等了一会儿，还以为她会问些什么，哪知道孟芸只静静地站在那里，没有了下文。

他笑了一声，讽刺道："还是你心狠，老妈脑梗了你都不在意。"

孟芸愣了一下，忍不住反驳："是你老妈。要说心狠，谁比得上你们家人？"

孟文杰被她冲了一下，脸色狠厉起来："你……"

只是他话还没说出来，旁边突然走过来一个男人，人高马大的，眼神警惕地看着他。

陆野走过来搂住了孟芸的肩膀，轻声问道："这位是？"

孟芸捏了捏陆野的手，说："不是什么重要的人。我们走吧。"

孟文杰可没吃过这样的亏——他被李一筝宠坏了，脾气也不好，抬手就把手上的餐盒往孟芸脚下扔过去。

"你给我站住！"

陆野的余光注意到他的动作，抬手便把孟芸抱了起来，三两步退到台阶下，皱着眉看着孟文杰。

那塑料餐盒被摔坏了，里面的菜全都洒在了地上。

孟文杰气急败坏道："孟芸，你可是爸妈的亲女儿。妈病了，你都不去看一下？"

孟芸还没来得及说话，陆野就沉着脸挡在了她面前。

"这位先生，公共卫生了解一下？麻烦您把这收拾了，不然我要叫人来罚款了。"

孟文杰骂了句脏话："你算哪根葱？"

陆野皮笑肉不笑地扯了扯嘴角，说："我不算哪根葱，不过如果你不想现在就被赶出去的话，麻烦把地上收拾了。"

孟文杰居然被陆野难得的严肃吓到了，眼睛瞪得老大，嘴里念叨了几句不干不净的话，最后乖乖地把餐盒收拾了，扔到旁边的垃圾箱里。

陆野千辛万苦才忍住笑意，搂着孟芸的肩，转身就打算离开。哪知道孟文杰居然从后面追上来，一把抓住了孟芸的手腕。

孟芸皱起了眉，被迫停下脚步："你干什么？"

陆野的余光扫到孟文杰的动作，立马捏住他的手，喝道："放开。"

陆野的力气岂是一个普通学生能比的，孟文杰还没来得及反应，只觉得手上一阵剧痛，"啊"了一声便不受控制地松了手。

"说话就好好说话，别动手动脚的，知道了吗？"陆野严正警告他。

他已经听出这个男生是谁了——应该就是孟芸口中那个被带走的弟弟。他对孟芸的原生家庭一点好感都没有，自然对孟文杰也没什么好脸色。

让孟芸这么难过的人，他只觉得打一顿都不够让她出气的。

陆野的眼神里充满了戒备，倒是把孟芸逗乐了。

她伸手轻轻地握了握陆野的手指，示意他自己没事，这才扭过头去，淡淡地开口道："你到底有什么事？"

孟文杰到底还是个小孩子，被两个人这样注视着，一时半会儿也说不出话来。好一会儿，他才犹豫道："妈肯定要在大医院看病的，你对这里熟，有没有认识的医生？"

孟芸深感自己今天来错了，早知道就该直接去吃饭，也不会遇上这事儿。

孟文杰完全不会看人脸色，只自顾自地说道："这人……是你男朋友吧？感觉他对这医院很熟？那他一定认识很多医生吧？"

孟芸不想再跟孟文杰纠缠下去，直言道："有什么事你让大人来说吧，我们还有事，再见。"

说完，不顾孟文杰在背后气急败坏地怒吼，孟芸拉着陆野便转身离开了。

之后的一路上，孟芸都相当沉默，而陆野也一反常态地没有说话。

一直到饭店，孟芸才觉得不对劲，扭头去看他，问道："你怎么不说话了？"

又不是他遇上事儿了……怎么气氛这么不对劲呢？

说实话，没陆野说那些无聊的笑话逗她，孟芸还觉得挺不习惯的。

陆野斜了她一眼，说："我在想，怎么才能让你开心起来呢？"

孟芸抿了抿唇，没说话，默默地解开了安全带。

"吃饭去吧。"

陆野心中却已经有了考量。他轻轻地摸了摸孟芸的头发，笑了起来："当然是要你上天入地霹雳无敌的男朋友出马才行啦！"

孟芸无语地拍开了他的手："又发病了？"

陆野说出马就真的出马，一秒钟都不会犹豫。

第二天是周末，陆野难得没有约孟芸出去，而是拎着礼物回了家。

在被陆爷爷"毒打"一顿之后，他成功拿到了爷爷的名片，心满意足地开车去了医院。

这边孟芸还在琢磨着要怎么对待她亲妈和亲弟，那边陆野已经找到了李一筝的病房。他没有敲门进去，而是在病房门口等了一会儿，等到孟文杰出来。

"你好。"

孟文杰看到陆野，愣了一下："你……"

陆野笑眯眯地自我介绍道："我叫陆野，是孟芸的男朋友。"

"你有什么事吗？"

孟芸在家里心烦了两天，哪知道李一筝和孟文杰都再也没有出现。

她一开始还担心他们是不是在憋什么大招，但等了几天都没消息之后，便也慢慢地松了气。

有时候孟芸觉得自己挺心狠的，到底是自己的亲妈，可是她只要一犹豫，就会想到她一个人被丢在老家，爸妈带着弟弟离开的过去。

再多的犹豫都化成了冷淡。

眼见着天气一天天热起来，马上要放暑假了。

孟芸带的大班马上就要毕业了，她却还没有找到合适的机会跟陈熙说些什么。

似乎是被叮嘱过什么，陈熙在学校里，至少在孟芸的眼皮底下，基本没再去惹吴佳佳，也不会跟她说话，把她当成陌生人的样子。

好不容易等到有一天，陈熙家里的司机来迟了一些，孟芸抓到了和陈熙单独说话的机会。

傍晚的教室里，小男孩一个人坐在课桌前，摆弄着面前的奥赛题。

不管怎么样，陈熙的成绩确实很好。

孟芸看到他就觉得心情复杂——她其实一个人研究了很久，总觉得怎么引导都不对劲，这才将事情一晾晾到了现在。

他们都快要毕业了。

还是陈熙先看到了表情复杂的孟芸。

“孟老师？”

孟芸被他唤醒，尴尬地笑了一下：“嗯。”

“你是在等我吗？没关系，司机马上就来接我了，你再等一下就好。”

孟芸一时间有些开不了口。等陈熙再一次低下头的时候，她才深吸一口气，轻声问道：“最近，妈妈有没有对陈熙说什么话呀？”

陈熙抬起头老成地说道：“孟老师，你是问哪方面呢？”

“不管哪方面，都可以跟老师说说呀。”

“可是我妈妈说的话，为什么要跟老师说呢？”

孟芸一下就卡了壳。她知道自己能做得有限，但是又不希望看着这孩子一路错到底。

“不管是老师说的也好，妈妈说的也好，大人也是会犯错的，所以我们陈熙快点长大吧，长大之后就会懂事了，就会判断对错了呢。”

她叹了口气，摸了摸陈熙的头。

罗马不是一天建成的。

孟芸不能挑拨陈熙和他妈妈的关系，又要谨言慎行，有的时候能做得实在太少，能一点点动摇他的想法是最好不过了。

陆野偶尔也会听到孟芸跟他吐槽这件事。

孟芸看起来是个不声不响的小姑娘，实际上给了自己很大的压力，心里憋了很多话。陆野也是一点一点打开她的心扉，让她对自己建立起信赖感，这才能听到她分享自己的生活。

陆野到底是门外汉，提不出什么有建设性的建议，只能默默地听着。

“我是不是负能量太重了？”孟芸看到陆野面带微笑不说话，突然意识到自己说了太多，不好意思地笑了一下。

陆野给她夹了一筷子肉，说道：“没关系的，芸芸。我是你男朋友，不对我说你还想对谁说去？你别压力这么大。”

孟芸叹了口气：“有的时候觉得自己实在是太渺小了，想得太多，能做得太少。可能我当时就选错了专业。”

陆野忍不住笑了起来：“你都不知道我有多开心。以后我们的孩子有你这样的老师，我做梦都要笑醒了！”

孟芸愣了好一会儿，脸一点点红了起来，舌头都打结了：“什么、什么乱七八糟的呀，你整天在想什么事！”

陆野笑眯眯地看着她说：“芸芸，你要不要考虑暑假退了房子，搬过来跟我一起住？我家有好几个空房间哦，而且不要房租，是不是很好？”

本来陆野只是试探着问一下，也没指望她能答应。哪知道孟芸犹豫了一会儿，居然红着脸应了：“好。”

陆野瞪大了眼睛：“芸芸……”

孟芸被他看得害羞，头几乎要埋进碗里去了：“你说有空房间的。”

千言万语都表达不了陆野此刻的心情，他只能紧紧地搂住娇小的孟芸，将她按在自己心口的位置。

“芸芸，我们结婚吧？”

孟芸愣了一下，伸手推了推他：“我只是租一间你那儿的空房间，你可不要得寸进尺啊……”

其实这事儿还得从长计议，孟芸也只是脑袋一热，顺口答应了下来，实际上并没有做好与男友合住的准备。

她性子里有扭捏的成分，但是也有爽气的地方，陆野的表现历历可见，说不感动是骗人的，说不喜欢也是骗人的。

孟芸坐在飘窗上，默默地回味了一会儿自己的想法。

她喜欢陆野吗？

喜欢的。

爱陆野吗？

爱……吧。

孟芸没谈过真正的恋爱。追魏宋词那会儿也不是说爱得死去活来，更多的是有好感，再加上憋着一口气，心动肯定是有的，但是要说爱到不可自拔……那她也不会这么爽快地出国去，甚至这三年都没怎么想起过这个人。而且出国的主要原因也是因为陆野……

其实她自己分析了一下，应该有很大的原因是少不更事。

毕竟生活又不是小说，哪有那么多轰轰烈烈的爱情。

但孟芸可以确定的是，她跟陆野在一起的每时每刻都觉得很开心，喜欢他不遗余力逗自己的样子，喜欢他替她忧心，喜欢跟他分享自己的生活。

相见时嫌弃，不见时想念。

小说里不是说爱情都是矛盾的吗？

大概就是这种矛盾的感觉吧。

既然爱了，那想多相处一会儿也是很正常的吧？

孟芸自己把握不准，还是给季晓戚打了电话。

< 第四章 >

听见我的声音

/ 1 /

在暑假之前，孟芸又找机会跟陈熙聊了一次。

这次陈熙没上次乖，又是说一句顶一句的，让人听了就恼火。

孟芸憋了口气，叹息道：“陈熙，对待一个女孩子，不管是多大的女孩子，都要有风度，你是男生呀。”

她已经没话说了——他们做老师的，教育的第一准则就是不能挑拨学生和家长的关系。就算家长真的错了，有些话也不是老师能说的。

陈熙似懂非懂地看了她一眼，说：“可是，我妈妈说，女生欺负女生的时候，男生就得为家人出头。”

孟芸语噎。

“妈妈还说，孟老师不能得罪。所以，孟老师，你就算欺负别人，我也不会欺负你的。”

孟芸愣了一下，反应过来之后，气得脸都红了，紧紧地握住拳头。

陈熙的话里透露的信息，她回家思考了许久，终于想通了自己能复职的原因。

她摸过手机，编辑了一行字，犹豫了一会儿，又铁了心发了出去。

“陆野，你家里人是做什么的？”

陈熙妈妈是这么好说话的人吗？会让她这么简单就回来上课吗？校长的态度也非常奇怪……

所以，真的是陆野帮她搞定的？

陆野回得很快：“怎么啦？”

“是不是？”

“你是不是听说什么啦？”

陆野有点心慌。他以为是孟芸知道了他出手解决李一筝的事情，怕孟芸不开心。

正考虑着要怎么解释才比较好，孟芸就回了消息。

“你去和陈熙妈妈说什么了吗？”

这事儿啊。陆野松了口气，躺倒在沙发里，拨了个语音过去，笑着把前因后果跟孟芸说了一遍。

“……所以，我爸爸妈妈爷爷奶奶都认识你了，还请你到我家来玩，你愿意来吗？”

孟芸本来还想义正词严地让他不要再这样自作主张，突然就被他最后一句话堵得说不出话来了。

陆野的呼吸声很清晰，即使是隔着电话，她都能想象到他的表情、他的动作、他满含笑意与温柔的眼神……

孟芸脸红了，她扭扭捏捏地扯了扯被子：“别呀，这样让我的形象多不好……”

跟学生家长闹矛盾，还要男朋友家里的关系出面解决。听起来她就像个很没用的人。

陆野却严肃地说：“不要这样说。孟芸，你很好，很好很好很好，你一点错都没有。这件事是因为你引起的吗？不是的，是因为小朋友的妈妈给小朋友灌输了错误的思想。而你认真地为自己不够深思熟虑的行为道歉了，他们却没有为他们的行为道歉，甚至还想用下作的手段对付你……

“你明白了吗？我不是在为你出气，我只是在把对方造成的错误改正，让轨迹归位。”

不得不说，陆野确实有几分诡辩的才华。

孟芸听得浑身舒爽，咬了咬唇，忍不住还是笑了起来。

“陆野。”“嗯？”

“我好喜欢你啊。”

孟芸挂了电话就觉得害羞得要命。

实际上，她平时很难把这样的话说出口，哪知道隔着电话居然就脱口而出了。

另一边，快要而立之年的陆野同样因为这句话而失眠了。

他一个大男人，把孟芸轻轻软软的声音在脑子里颠来倒去地想，结果越想越有流泪的冲动。

苦尽甘来啊，他恨不能现在立刻就把人拐去领证！

六月下旬，本城进入最炎热的一段时间，孟芸的幼儿园也正式开始放暑假。

送走毕业班后，孟芸就开始准备去参加校庆的事了。

他们大学在今年迎来了百年校庆，不仅宣传搞得相当隆重，还给各届各院的辅导员发了通知，让能来的毕业生都来参加。

孟芸本来是不打算去的，只是季晓戚很感兴趣的样子，而且班级群里大家也说想找个机会聚聚，她不好意思拒绝，便默认参加了。

时间就定在六月的最后一天。

陆野作为优秀毕业生，收到了校方的邀请函。

“校庆啊，芸芸你去吗？”

“去的。”

陆野笑了起来，确认道：“真的去吗？”

孟芸知道他在暗示什么，恼怒地瞪了他一眼。

“我错了我错了。”他亲了亲孟芸的手心，“那一起去吧。”

“又不是一个专业的，也不是一届的，有什么好一起的呀……”最后还不是得分开行动。

“可以一起秀恩爱啊。”陆野摇了摇手上的邀请函，“等会儿我们就穿戴上情侣衫、情侣包、情侣鞋、情侣表，我们这样的俊男靓女必须得立志秀瞎全校！”

“陆野！神经病啊你！”

按照小说里的剧情，此时“陆·霸道总裁·野”应该是已经偷偷联系好美容院、大牌高定服装店，为两人设计完美的奢侈情侣装，并且即将带孟芸花费五个小时去做美容，务必达到一出场就震惊全校的效果。

然而陆野并不是一个走寻常路的人。

孟芸看着他从盒子里扒拉出两件文化衫，目瞪口呆地问道：“这……这是什么？”

“情侣装啊！”

陆野一脸得意地把文化衫拆开来给她看：“是我自己设计去定做的！好看吗？”

孟芸抖着手接过来，摊开看了一眼，差点没吐血。她手上那件衣服的背后印了好大的几个字——陆野的女朋友！

同样，陆野那件也印了与之对应的“孟芸的男朋友”几个字。

放在一起，看起来很像是初中生的浪漫。

陆野被孟芸的表情逗得差点笑出声，但是又怕她恼羞成怒，便死死地憋住了。

“还有裤子也是同款黑色牛仔裤，包是情侣运动款，鞋是男女同色款……是不是很配？”陆野飞快地亲了一下孟芸的脸颊，“我允许你踩着我的鞋亲我哦！”

孟芸想把鞋盒砸他脸上。

只是等陆野将一套行头往身上一穿，孟芸便说不出什么拒绝的话来了。这一身看起来让人无语的情侣装，偏偏体现了陆野的品位，每一部分都搭得刚刚好，活像从休闲运动杂志里走出来的模特。

看到孟芸的眼神，陆野冲着她挑了挑眉：“被我迷倒了吗？”

孟芸抿了抿唇：“是啊。”

不可否认，陆野确实非常帅，身材又好，原本是有些风流不羁的气质，可一旦他抿嘴笑起来，就只剩精致的阳光了。

就算过了三年，医学院系草的气质和颜值也依然能倾倒众人，真是比女生还好看，非常迷人。

孟芸不想承认自己的嫉妒，便轻哼一声，进卧室去换衣服。结果这一套衣服居然也衬得她娇小可爱，站在陆野旁边甚是登对又养眼。

就是衣服上印的字太非主流了。

陆野盯着孟芸看了好一会儿，终于没忍住，捧着她的脸重重地吻了下去。

孟芸条件反射地瞪大了眼睛。

两人自正式交往以来，互动都只限于拥抱牵手，最亲密的动作也就是亲脸颊，没想到陆野突然来这么一下，让她都没反应过来，也忘了挣扎。

孟芸还没有正式搬到陆野家，周末两人的据点还是她那套小套间。

此时陆野正坐在她家的飘窗上，倚着窗栏，拥着站着的孟芸专注地亲吻。孟芸被他用力一带，人就扑到了他身上。

飘窗上铺着白色毛茸茸的长垫子，看起来非常有小资情调。于是，连带着陆野抱着她亲吻的时候，也显得相当文艺。

错失了推开陆野的最佳机会，孟芸便再也没有了拒绝的余地，只能被动地接受着他的吻。

一吻结束，孟芸的鼻尖都泛了红，眼睛里不自觉就带上了羞怯的水汽。

她呆呆地看着陆野。从她的角度看下去，陆野的脸实在好看得不像话，皮肤、五官都几近完美。

看到孟芸呆呆的模样，陆野忍不住笑了起来，又抬头亲了亲她的眼睛："女朋友，我太喜欢你了。"

什么模样都让人爱不释手。

做什么都能让他心动。

陆野只觉得如果自己回到十年前，恨不得与她来一场轰轰烈烈的恋爱，然后长相厮守，白头偕老，老了之后还能写本感人至深的言情小说，想想就觉得很有意义。

到校庆那天，季晓戚蹦跶着来孟芸家，一开门就看到了大爷一样坐在飘窗上的陆野。

季晓戚瞪大了眼睛，说话都结巴了："你你你你怎么、怎么在孟芸家？"

陆野冲着她挑了挑眉，笑着打招呼："你好啊，小姨子！"

陆野指了指自己的衣服，转过身给季晓戚看。

季晓戚惊讶得嘴巴都快能塞下鸡蛋了，好一会儿才回过神来。

"这是……芸芸的恶趣味吗？"

难道是为了宣示主权？还是担心校庆时有人说错话？毕竟听说魏宋词也会去，到时候万一有陆野他们班的人多话，也容易下不来台……所以干脆就直接穿上这种让人闭嘴的文化衫吗？

一瞬间，季晓戚的思维飞快地发散开来，直奔着外太空而去。最终，她在陆野微笑的表情中得出了结论——恋爱中的女人容易变态，就算是她心中的小可爱孟芸也一样。

等孟芸皱着眉从卧室出来的时候，季晓戚才意识到，原来"有病"的并不是芸芸，而是陆大帅哥。

只是孟芸虽然嘟着嘴不乐意，却掩不住眉眼中的深情，而陆野也一直耐心地低声哄着她。

看到这两人的样子，季晓戚又有些羡慕起来了。

这一对也太甜了吧！

季晓戚默默地在脑海中给魏宋词画了个大大的叉，又给陆野的名字打上了勾。

陆野可不知道自己已经得到了世界上最有杀伤力的人物——女朋友的女闺密的认可。他哄好了孟芸，又趁着季晓戚不注意，偷偷地亲了亲孟芸的唇，把她的口红给吃掉了一小块。

直到孟芸的眼神一点点凶狠起来，陆野才松了手，下楼开车，载着两个小姑娘直奔母校而去。

孟芸回国之后就没有回学校看过，对一路上的景色都觉得陌生不已。直到母校那巍峨壮观的大门出现在视野里，她才找回一丝丝熟悉的感觉。

百年校庆，学校相当隆重地请了很多的毕业生回来，陆野的车在校门斜对角的街口就开不进去了，三个人便下车步行过去。

这一路上的人基本都是来参加校庆的，三三两两地走在一起，大多穿着学校印的文化衫，也是白色的，倒显得孟芸和陆野的文化衫没那么显眼了。

孟芸顿时松了口气。她素来低调胆小，实在不习惯被人注意的感觉，只觉得不好意思。

一直到走到校门口，陆野才和两人分别，对孟芸叮嘱道："一会儿你给我打电话。"

孟芸点了点头："你去吧你去吧。"

"如果你们班有聚餐的话，也要打电话跟我说哦。"

"知道啦。"

直到陆野往医学院的方向走得没影了，季晓戚才夸张地抖了抖手臂上的鸡皮疙瘩："你们俩真是老树开新芽，人生头一回啊，矫情！"

孟芸红了脸，挽着季晓戚的手臂，轻声道："走吧。"

陆野一个人走的时候，一路上倒是受到不少明里暗里的注目。

他长得好，气质佳，个子也高，引得路上的女生频频回头，一半是打量他人的，另一半是打量他那件滑稽的文化衫的。

陆野却不在意，反倒是挺乐呵的，总有种宣示主权的快感。

一直到踏进医学院实践楼的大花厅，陆野才彻底成了视线的中心。

"陆野？哇，你……你这衣服……"

陆野笑了笑，冲着那老同学挥了挥手："好久不见了。"

老同学举起了大拇指，夸道："爱好挺独特的。'三百首'呢？刚刚还在呢，转眼怎么就没人了？"

陆野跟着老同学的视线转了一圈，找到了人群中的魏宋词。

魏宋词也看着他们这边，脸色淡淡的，看不出表情。等注意到陆野的视线之后，他才缓步走来打招呼："陆野。"

"'三百首'，又见面了。最近工作顺利吗？"

魏宋词没说话，视线却转到了陆野的衣服上。

一时之间，没人说话。

良久之后，魏宋词才扯出一个淡淡的微笑，说："是我错过了。"

"对，错过了就永远错过了。"陆野眯了眯眼睛，也跟着打哑谜。

当年的事，也就孟芸傻傻呆呆地搞不清楚情况，实际上他和魏宋词心里都门儿清。今天陆野能成为站在孟芸身边的人，怪只怪魏宋词自己没把握住机会。

好久之后，魏宋词才叹了口气，拍了拍陆野的肩膀："改天一起吃饭。"

陆野的目光在魏宋词的脸上转了一圈，也扯出一丝笑意："好，等你电话。"

魏宋词没有再多说什么。作为医学院优秀毕业生的代表，他即将上台发言，所以与陆野打完招呼后，他就转身去找负责的老师做准备了。

陆野倒是在各处转了一圈——他脾气好，又长得帅，大学时不少人都知道他家有点背景，这样的人走到哪儿都有人上来搭讪。

只是聊两句就免不了扯到他这件滑稽的文化衫上。

其实，医学院里有不少人都知道孟芸的大名。

当年孟芸曾经跟着魏宋词一起上过一节医学院的大课。在下课的时候，孟芸的背包带子挂住了椅子，导致她一站起身直接带倒了一排桌椅。

当时整个大教室将近一百二十个学生全都看了过去，孟芸的脸红得都快滴血了。最后还是陆野从教室门口飞奔过去，替她飞快地收拾了书包，复原了桌椅……

因为孟芸本身长得也好看，所以她的名字很快被打听出来，又以光速在医学院里传开。当时大家都以为陆野在追她，时间久了才发现原来是孟芸在狂热地追求学霸魏宋词。

“陆野，你女朋友这名字好像有点耳熟啊……”

几个大男人也免不了八卦，抱着胳膊围在一起思考这“孟芸”是何方神圣。相比之下，几个女生的记忆力就相当好了。

虽然今天耿莉这大嘴巴没来，但是陆野曾经的追求者不少，很快就想起这个名字是谁。

“这个孟芸是不是之前追‘三百首’那个？咦……”

似乎是有些难以置信，几个人的视线不由自主地往陆野脸上转。

陆野很坦然地任由他们看着。等到问的人多了，他才笑眯眯地含糊道：“都是命运，都是命运。”

这就是没有辩解了。

不少人听出陆野语气中的炫耀之意，都被他逗笑了。

“陆医生，你这是找到了真爱啊！以前要是抓紧点，现在娃都能抱俩了！”

就算被这样调侃，陆野也不生气，还是那句话：“命运，命运啦。”

相比陆野，孟芸的脸皮就薄了不少。

孟芸当年追魏宋词追得轰轰烈烈，女生寝室里也没有秘密，一传十，十传百，几乎全班都知道了这事儿。再加上她后来出国时陆野还到处打听消息，更是弄得大家都以为是魏宋词找了室友来帮忙。

过去的同学见到孟芸和季晓戚手挽着手过来，寒暄几句就会扯到魏宋词身上去。

“唉，魏宋词真不是个东西，都把我们芸芸逼得出国去了……陆野的女朋友？是魏宋词那个室友大帅哥吗？你们怎么……啧，还好你没在一棵树上吊死，不然非得把小七气死不可！”

孟芸出国那阵，季晓戚可是发了大火的，说是和魏宋词不共戴天。

被这样调侃几句，孟芸只觉得脸上都能煎鸡蛋了，低着头说不出话来。

还好季晓戚帮她解了围：“别说过去的事情啦。都这么多年了，你这样一说，显得我们芸芸念念不忘似的，其实她早把什么唐诗宋词忘到爪哇国去了！”

那同学有些尴尬地拍了拍孟芸的肩膀，便转移了话题。

孟芸和班上同学的关系都很好，她也知道大家都没有恶意。只是时隔多年，过去的事再被拉出来当谈资，总是让人有点……

都怪陆野！要是不搞这什么土的情侣装，她就能低调点了！

孟芸心里恨恨的，掏出手机噼里啪啦地按了一通。

陆野很快就收到了她的微信：“回去我就把这衣服扔了！”

他脑补了一下孟芸的表情，忍不住对着手机屏幕笑出了声。

“笨蛋。”

孟芸没法理解他的不安，就算穿上这样搞笑的情侣装，重新回到过去失败过的地方，他都觉得没有安全感，生怕重蹈几年前的覆辙。

陆野输怕了——他承担不起失去孟芸的风险。虽然他看起来是满不在乎的乐天模样，实际上在喜欢的人面前却一直小心翼翼。

如果这样就能和孟芸一直走下去的话，他愿意永远卑微。

校庆晚会才进行到一半，孟芸他们班就已经商量好在隔壁的大酒楼聚会。

孟芸将时间和地点给陆野发过去。

陆野回得很快："知道了，一会儿我去接你。"

孟芸皱了皱眉，刚想回复让陆野不用等她，突然就被季晓戚打断了思路。

季晓戚拽了拽她的袖子，趁着周围没什么人，偷偷地跟她八卦起来："听说一会儿渠意要做东买单。"

孟芸愣了一下："渠意？"

渠意家里是农村的，条件非常不好，当初还是借钱上的学，如今即便有人想做东请客，怎么也轮不到她。

季晓戚点头："对，听说就是她先提出来的聚餐，场子也是她包的。"

"怎么会……"

"他们刚刚跟我说，渠意的老公特别特别有钱，她今天开来的车可是保时捷呢。"季晓戚也没什么恶意，就是单纯地八卦，说完还叹了口气，相当感慨，"听说她老公和前妻的孩子在渠意班上，两人就这么认识了，结婚之后她就辞了工作做全职太太去了。"

孟芸皱了皱眉头，说："小七，这样议论别人不好。"

人的选择都是自己做的，没必要看不起谁。

渠意既然觉得这样没问题，也轮不到别人品评什么。

季晓戚"嗯"了一声："我也就是感叹一下……就是渠意今天非要请客，估摸着要被他们议论一年，还不如什么都别做呢。"

孟芸和季晓戚到酒楼的时候，大堂里已经挤满了人，不仅有他们班的，还有许多陌生的面孔，看起来像是所有人都出来聚餐了。

渠意他们还在路上，孟芸和季晓戚也不着急，就一起坐在大堂的沙发上聊天等人。结果没等到渠意，倒是先等到了老熟人。

"孟学妹！"

孟芸听到声音，条件反射地往后一看。

耿莉就在她身后三五步的位置，惊讶地冲着她挥手：“你们班也来这里聚餐啊？好巧哦！”

季晓戚瞟了耿莉一眼，跟孟芸咬耳朵：“这人谁啊？”

“陆野以前班上的同学。”

“魏宋词他们班的？”

“嗯。”

耿莉见孟芸的兴致不高也不生气，直接绕到两人前面，跟孟芸搭话：“说起来，你见到陆野了吗？你们俩这衣服，今天可是大出风头啊！”

连医学院的院长都拉着陆野问了一通，可不是出了风头吗？

孟芸的脸有点红，却也没有辩解，敷衍道：“没见到。”

“啊？他没跟你说啊？哎哟，我说也是，我刚来之前还看到隔壁精神科的班花跟他凑一块儿说话呢，估计是有什么事，一会儿就来找你了。”

这话说得就有些挑事了，孟芸不想搭理，季晓戚却看不下去了。

她的孟芸宝贝先是在他们班的魏宋词身上栽了跟头，又被陆野给拿下了，现在他们班还来个人搞离间？

季晓戚冷笑了一声：“精神科？我看有些人倒是要去看看精神科了，根本就是自来熟，真当自己是个人物了……不好意思啊学姐，我没说你，我跟孟芸闲聊呢。”

耿莉瞪大了眼睛，指着季晓戚说不出话来：“你，你你你……”

“我怎么了？学姐，您是不是带入了啊？不是的，我真不是在说您。”季晓戚抿着唇，甜甜一笑。

孟芸无奈地拽了拽季晓戚的袖子。

就在三个人对峙的时候，陆野正好从大门外面走了进来——旁边果然跟了个大美人，腰细腿长，长发飘飘，蹬着双细高跟，看起来和陆野倒是非常登对。

远远地看到孟芸，陆野也不管旁边的大美人了，急急地走了过来：

“芸芸！”

孟芸的脸色有点尴尬。

陆野收了笑，冷冷地看了一眼对面的耿莉。

耿莉梗着脖子：“瞪我干吗？”

陆野素来都是笑眯眯的模样，乍然沉下脸色，周围的空气都仿佛静了不少。

孟芸握了握他的手，安抚了他一下。不过，她确实挺想不明白为什么耿莉老是拼命给自己加戏。

耿莉看起来似乎很热情、很会做人，可实际上说出来的话常常让人觉得尴尬又嫌弃。这是得生活多不幸福才会这样啊？

陆野反握住孟芸的手，又阻止了季晓戚的暴怒，然后才对耿莉说道：“耿莉，我倒是没想到，你对‘三百首’真是念念不忘。”

这话一出，季晓戚和孟芸都惊了。

耿莉的脸涨得通红：“陆野！你可别胡言乱语！我老公今天也来了，小心他……”

“小心他怎么样？揍我吗？”

陆野一点不在乎旁边人的眼光——事实上，大厅里有不少认识陆野的人，他到底是学校的风云人物，学长学姐和学弟学妹都知道他。

此时，不少人都选择了驻足围观。

“陆野！”

“耿莉，你那点小心思全班都知道。我跟你无冤无仇的，顶多就是‘三百首’的室友而已。要是不想出丑的话，麻烦之后见到我老婆就绕道走。”

陆野的惊天言论一出，周围竟然还有人叫了声好。

一瞬间，整个门厅里响起了热烈的掌声。其实除了当事人外，没人知道究竟发生了什么事，但是俊男美女再配上霸气发言，不自觉就引得人忍不住喝彩。

陆野一点都没觉得不好意思，还很无耻地向旁观人群行了个绅士礼：“谢谢，谢谢。”

孟芸一时之间也忘了害羞、尴尬。陆野的掌心温热，牵着她的手时用了很大的力，直把她的迷茫失措都握进了风里。

如果不能全心全意地依靠，或许就对不起他这般全力的付出。

陆野也看到了孟芸的眼神，忍不住就去逗她：“哇，小可怜，被人欺负了怎么都不给我打电话呢？”

“打电话有用吗？你又不能飞过来。”

“你怎么知道我不能飞？”陆野捏了捏她的耳朵，“我这不是飞过来了吗？”他突然想到了什么，轻声笑了一下，“这下所有人都知道你是我老婆了。”

两人腻歪得旁若无人，直把旁边的季晓戚腻得掉了一地的鸡皮疙瘩，忍不住打断他们：“喂，你们俩别站这儿被人围观了，回家再去甜甜蜜蜜不行吗？”

陆野扭过头，冲着她挑了挑眉：“小姨子，你羡慕吗？”

孟芸红着脸拍了一下他的手臂：“别胡说。”

季晓戚本来还想跟陆野辩一辩，却见那个被陆野遗忘了很久的大美人突然走了过来。

大美人的高跟鞋踩得噔噔作响，气势十足，声音却温柔软糯：“陆学长，这是……”

孟芸抬头看了她一眼。

这大美人对陆野的想法，只要是长眼睛的人都能一眼看出来。孟芸抿了抿唇，有点想挣开陆野的手。

陆野还没来得及答话，先捏住了她乱动的小手：“别动。”

那大美女看到两人互动的小细节，表情一滞，又很快恢复了微笑：“学长已经结婚了？”

倒是季晓戚嗤笑出了声：“刚刚不是听到了吗，在装什么呀？”

孟芸拉了拉季晓戚的袖子，季晓戚冷笑一声，不说话了。

大美女的脸色顿时变得局促不安，抿着唇可怜兮兮地看着陆野，似乎有些下不来台。

可惜陆野完全没有要接收这个秋波的意思，不过语气倒是耐心："我先送我女朋友去楼上。越澜，你哥哥的事情，等他进了医院，我会让家父关照一下的。"

越澜"嗯"了一声。只是她的语气里有种松了口气的感觉，大抵是听到了"女朋友"三个字。

等进了电梯，孟芸有些心神不宁的样子，低着头一直在沉思。

季晓戚瞟了她一眼就知道她在想什么，便替孟芸问道："陆野，刚刚那个美女是谁呀？"

"嗯？"陆野顿了一下，笑了起来，捏了捏孟芸虎口上的小肉肉，"原来我的小宝贝是在想这件事啊。越澜她爸妈是我爷爷的学生，她也是我们学校的。不过我毕业那年她才入学，我们也不是很熟。她哥哥生病了，想让我爸做主治。"

陆野说得言简意赅，只不过两个女生心里都各有思量。

孟芸知道自己现在很幸福，陆野很宠她，很喜欢她，她不该有什么怀疑或者负面的情绪。其实她也不是这样的人。只是当真的有一个很有杀伤力的人出现时，或许是出于女人的天性，不安感就侵袭了她，让她纠结又苦恼。

越澜的相貌、气质等各方面都碾压她，甚至还是陆野家人的旧识……

孟芸从一开始就觉得自己有些配不上陆野。

她有什么好的呢？怯懦又胆小，家庭也不好，性格也不好，只会惹一大堆麻烦，给他平添困扰。

越澜才出现十分钟，她就自己投降了。

陆野解释完才感觉到女朋友的状态不对劲。他细想了一下，有点担心，却也有点窃喜——孟芸该不会是为他吃醋了吧？

只是这话还是要回家之后细细地聊，耳鬓厮磨的时候问出来才有情趣，大庭广众下他怕孟芸真的会恼羞成怒。

陆野送两个人去聚会的包间，等季晓戚进去之后，他才拉住了孟芸的手。

孟芸从刚刚开始就一直低着头，直到被陆野抓了一下，她才抬起头来，睁着圆圆的眼睛看向他："怎么啦？"

陆野抿了抿唇，收起了笑意："你不高兴？"

孟芸忍不住愣了一下，摇了摇头，否认道："没有。"

"我看小宝贝儿的脸色是真的不开心了呀。"陆野捏了一下她的手心，"为什么？因为耿莉？还是越澜？"

孟芸不说话，推了推他："没有的事。我要进去啦，你们班也到了吧？快去吧。"

陆野不动，盯着她看了好一会儿，才叹了口气："芸芸，我有时候希望你在爱情上少一点自信，多看着我，有时候又希望你足够自信。"

他可以卑微一点，却不希望孟芸太卑微。

面对喜欢的人，陆野可以无限委屈自己，却不希望她心里憋着委屈。

/ 2 /

小插曲过后，难得的同学会如火如荼地进行。

孟芸班上原本几个颇为高调的女生这次聚会却显得沉稳很多，像是被社会磨平了棱角，也有些已经为人母，温婉了许多。

相比之下，东道主渠意却是光芒四射的样子，比起大学时那个农村来的小土妞，真的不像是一个人了。

季晓戚话里话外都有些感慨，孟芸倒是没觉得有什么。

一会儿，渠意端着酒杯到她们俩身边敬酒，孟芸举杯微笑："渠意，好久不见了。"

渠意画着精致的妆容，眼尾拉得很长，显得有些锋利，不过语气倒是非常温和：“真是好久没见了。什么时候回国的？你出国这么些年也不跟我们联系，我请帖都没处发。总算舍得回来啦？”

孟芸有点不好意思：“祝你结婚快乐。”

渠意其实也就是那么一说，回了声“谢谢”，与她碰了杯，抿了一口红酒，这才指了指她的衣服，问道：“你和陆野好上了？”

孟芸“啊”了一声，顺着她指的方向低头看了一眼，这才微红着脸点了头：“嗯。”

渠意叹了口气，说：“其实我早知道陆野喜欢你了，就你个‘傻白甜’，一天到晚盯着魏宋词……”

“啊？”

“当时怪我小心眼，所以才一直没告诉你。现在想想，我那时候早点说的话，指不定你们俩现在孩子都有了。”

渠意的表情看起来是真的有些后悔。

“孟芸，你不知道吧，以前在班上我最嫉妒你。明明我们俩最像，都是小地方来的，但是你有这么好的家庭，把你宠得跟个小公主一样，这么娇气。只有小公主才有勇气主动追求别人。你也不算超级大美女，偏偏班上大家都喜欢你，那几个男生也喜欢你，连医学院的系草也喜欢你，凭什么呢？”

孟芸说不出话来。

渠意突如其来的剖白心迹，让孟芸和季晓戚都惊呆了，一时半会儿也反应不过来。

渠意看着孟芸愣愣的模样，勾了勾唇。

大三那年，渠意曾遇到过魏宋词和陆野，当时他们班的人都认识魏宋词，只是那时她还不知道魏宋词旁边的大帅哥就是陆野。

陆野和魏宋词似乎并没有看到她，两人在自顾自地闲聊。

“孟芸又给你送吃的了？”

听到孟芸的名字，渠意的脚步顿了一下，注意力被两人的对话吸引了过去。

魏宋词“嗯”了一声，陆野笑道：“真好啊，羡慕你。”

“有什么好羡慕的。”魏宋词似乎也笑了一下，“前两天情人节，老赵帮你收的巧克力都快把他吃出蛀牙来了。”

陆野摇了摇头，说：“那我用巧克力跟你换只有一个的孟芸好了，这么多我也消受不起啊。”

完全是开玩笑的语气，魏宋词似乎也没有放在心上，渠意却回头看了一眼。

当时还不认识的大帅哥的眼神里有种说不出的落寞。

想到过去的事情，渠意现在还觉得有些感叹。

“我真的很羡慕你，孟芸。所以我也很后悔，觉得我当时应该做些什么才好。但是不管怎么样，你们还是走到一起了，也算是了了我一桩心事。”渠意又抿了一口红酒，撩了一下自己的发尾，“你很好，保持联系吧。结婚也要记得请我。”

渠意的一番话打乱了孟芸的思绪。她彻底把越澜抛到了脑后，开始回忆自己在大学时到底错过了什么。

为什么连素来沉默寡言又低调的渠意都知道的事情，自己作为当事人却一点感觉都没有呢？她想不明白。

不过现在想太多也没用了。她现在很好就足够了。

吃完饭，渠意又组织下一场，邀请大家一起去唱歌。孟芸平时就比较低调害羞，并不是八面玲珑的人物，而季晓戚要回去接季迟，要先走一步，所以孟芸也没兴趣参加了，便与季晓戚一起告辞。

陆野他们还没有散摊，孟芸的消息就先过来了。

魏宋词就坐在陆野旁边，看到陆野拿手机，刚想说些什么，又立刻闭了嘴。

陆野看到孟芸的微信，眼睛就笑得眯了起来，和旁边跟他说话的人说了声“抱歉”，全心全意地打字回复。

“这么早就结束了吗？”

孟芸乖巧地回复：“嗯，我和季晓戚先出来了，她有事要先走。”紧接着又跟了一句，“你还没好吧？我在大堂等你？”

陆野被她逗笑了。女朋友太懂事真是让人心情复杂。

“我稍微吃一点就下来。”

“我不急的。”

陆野铺垫了半天，终于把自己的目的说了出来：“要不你上来找我吧，给你加个位子。”

之后孟芸隔了好久都没有回复。

陆野也很有耐心，握着手机发了一大堆逗趣表情过去。

“我就不去了吧。”

“嗯，也行，我马上下来。”

陆野也不勉强她，纵然他有自己的小心思，却也不想让孟芸为难。她是他做梦都想要捧在掌心好好疼的姑娘，没道理让她不自在。

陆野收了手机，和班上的同学打了招呼，干脆利落地离开了。

只剩下魏宋词表情复杂地看着他的背影。

桌上的知情人不少，也有几个八卦的女生仗着老同学的身份，小心翼翼地跟魏宋词打听，以满足自己的八卦之心。

“‘三百首’，陆野那女朋友是不是以前老来找你的那个学妹啊？我看名字还挺熟悉的……”

陆野这文化衫震惊了众人，也引起了不小的关注。

魏宋词拿起水杯喝了一口，语气冷淡地说：“不知道。”

“陆野不是你室友嘛，你怎么可能不知道呢？”

“不知道。”

魏宋词的声音越来越冷，弄得那几个同学也下不来台，讪讪地走了。

他重重地放下水杯，拧着脖子，眼神开始放空。

多年过去，故地重游，魏宋词突然想起孟芸快要毕业那阵曾给他打过一个电话。

孟芸的声音软软的，隔着话筒都能感受到那种娇软害羞的气息。

“魏学长，我要毕业啦。”

魏宋词以为她打电话就为说这句没什么意义的话，便只是抿着嘴“嗯”了一声，表示自己已经知道了。

孟芸似乎很高兴他给了回应，继续说：“我马上就要离开学校了，也不知道会不会留在本市……你说，我要回家去吗？”

魏宋词不说话了。

孟芸的语气变得低落：“魏学长，你希望我留在这里吗？”

魏宋词还是沉默。

孟芸也静了一会儿，深深地叹了口气，声音染上了哭腔：“我知道了。”

直到电话被挂掉，魏宋词才握紧了手机，低声说：“希望。”

只是需要听到的人已经没法听到了。

如果孟芸在辩论赛时看到的是别人在念陆野的那份辩论稿，或许就没这么多的故事了。魏宋词心高气傲，一想到孟芸居然是因为陆野的稿子对他侧目，心里就像是堵了根刺一样不舒服。

想到陆野那甜蜜的笑意，魏宋词只觉得心里混了调和剂，酸甜苦辣什么滋味都有。

是他错过了。

错过了就是错过了。

孟芸在大堂坐了不到十分钟，陆野就晃荡着下来了。

她隔着老远就看到了他。

陆野那双眼睛是真的漂亮，远远地看过去，就像是落了星子一样。

而且那星子是只对着她一人的。

想到这儿，孟芸就忍不住带了笑意：“陆野。”

他一来，仿佛整个世界的花都开了。

陆野并不知道孟芸在想些什么，看到她笑，他便加快了脚步，走过来握住了她的手。

“等很久了吗？”

孟芸摇了摇头。

“那就好。”他牵着她，旁若无人地走出酒楼，“车停在街口，我们走过去吧？”

“好呀。”

此时是晚上九点多，校门外的小摊都开始营业了，灯火通明的，好不热闹。

大概是因为校庆，每个小摊前都是爆满，除了本校学生模样的人，还有一些西装革履的人也脱了外套，毫无形象地在摊位前排队。

两人一路走过去，到处都是食物的香味，引得人嘴馋。

陆野给孟芸买了一串烤肠，拿纸巾包好竹签递给她：“你的陆医生有洁癖，所以只能吃一次哦，下不为例。”

孟芸漾出了笑，小心翼翼地咬了一口。

真的是熟悉的味道，像是回到了大学时晚上被季晓戚拉出来觅食的日子。

孟芸在吃烤肠，陆野的嘴也没闲着，一路上都在跟她讲话。

马上要搬到一起住了，陆野方方面面都想得美好，甚至提议要不要买一只猫养在家里。

孟芸愣了一下，问：“陆医生，你不是有洁癖吗？”

陆野笑得狡黠：“我是怕你一个人在家无聊嘛。”

孟芸放暑假，陆野却还要工作，让她一个人待在家里，他生怕她觉得没意思。最重要的是，如果有什么牵挂放不下的话，指不定她就能长长久久地住下去。

孟芸早就说那套小房子她不会退租，这事儿给了陆野一定的心理压力——孟芸说是为吵架留个退路，情侣之间难免有摩擦，留个住处免得到时候无处可去。

陆野想得很美好，等两人结婚了，他就去换一套复式的大房子，一层养只猫，再养条狗，二楼他们俩住，等有孩子了……一个的话就跟他们一起住二楼，两个的话就再换一套。

如果孟芸知道了他的想法，可能会赞叹一句，陆野可真是“脑补帝”啊！这八字都没一撇呢，连两个孩子都想好了。

只是陆野这样说着，孟芸也忍不住畅想了一下，觉得真的挺甜蜜的。

等回到车里，孟芸用湿巾擦了擦手，然后便拉了拉陆野的袖子。

陆野正在发动车子，感受到她的动作，停下了手，问道：“怎么了？”

孟芸有点不好意思地说：“今天我同学跟我说，她大学的时候就知道你喜欢我了。”

陆野简直啼笑皆非。亏他还以为孟芸只是在装蒜呢，没想到她是真的后知后觉。

“我还以为你早就感觉到了，没想到你和季晓戚都是‘傻白甜’，居然这么多年都发现不了。”

孟芸本身就不怎么自信，也比较胆小，但如果季晓戚早些发现的话，两人应该也能一起想到。只是季晓戚虽然大大咧咧的，其实在感情方面也是个白痴。

孟芸被他说得恼羞成怒，狠狠地拍了他一下：“那你干吗不早说？”

“我说了你不觉得尴尬吗？”

她在追魏宋词的时候受到的挫折不少，好几次都是陆野替她解围，如果陆野再表白的话，按照孟芸的性格，可能真的连魏宋词都不好意思继续追了。

可如果只是暗示的话，她就算有感觉，也会逃避性地视而不见。

陆野看她开始纠结往事，伸手刮了刮她的脸，安慰道：“以前的事都过去了。”说完，他又笑了起来，“我现在只庆幸，虽然你没发现我喜欢你的事，但是那天也没看错人……”

孟芸愣了一下，脸涨得通红。

只是这次她没有再说什么欲盖弥彰的话——陆野主动了这么多年，也该换她更主动一些了，不然她都觉得自己不如越澜、张澜、李澜太多了。

孟芸红着脸，小心翼翼地伸手勾住陆野的脖子。

陆野浑身一僵，似乎是预感到她要做什么，眼睛一点点瞪大，一副快要喜极而泣的表情："芸芸……"

孟芸整个人抵上去，轻轻地吻住他的唇。

陆野只僵了一会儿，立马搂住她，反客为主。

陆野难得感受到孟芸的主动，这一下便刹不住车，等他松开嘴的时候，孟芸已经双唇通红。

他伸手摸了一下，又心疼起来："弄疼你了吗？"

孟芸摇摇头："还好，比你给我补牙的时候轻多了。"

她的脸红通通的，看起来温柔又可爱，陆野看得眼睛发红。

"那再亲一次。"

一直到回家，孟芸脸上的温度也没有退去。她也不好意思再说什么，只轻声道了晚安便匆匆下车离去。

陆野一个人坐在驾驶座上笑了好一会儿。他伸手轻轻地抚摸了一下自己的唇，回味了一番刚才噬魂入骨的滋味，这才发动了车。

也没什么好急的，再过三天，孟芸就要搬过来一起住了。

"芸芸，我们来日方长。"

暑假里的孟芸不用上班，在家里就懒散起来。

距离和陆野约定的搬家时间还有三天，她收拾一箱夏季的衣物鞋帽和生活用品就差不多了——这套房子她暂时不会退租，一是因为房东不在国内，她签的合约还没到期，贸然退租有点不合适；二是真的担心万一和陆野吵架了，不至于无处可去。

在这场感情中，孟芸不想把自己放在被动的地位。

大家都是成年人，无论再喜欢再爱对方，总是难免有些各自的考量，将来会不会有矛盾，没有一起尝试过，犹未可知。

孟芸知道陆野一直以来都在迁就她，她也会用同等的感情去回应。

爱情不应该是任何一方单方面的付出。

如果陆野不喜欢她了，那她就走呗。也没什么大不了的。

孟芸想着既然要收拾东西，干脆顺便给屋子做个大扫除，以便走的时候盖防尘布。

就在她拿出手套准备擦厨房的时候，一个久违的人给她打了电话。

吴佳佳妈妈的声音一如既往的温柔，乍一听倒觉得有点像徐琴："孟老师，那个……您好，没打扰到您吧？"

孟芸原本是用肩膀和耳朵夹住的手机，听到对方的话之后，她摘了手套，握住了手机，非常礼貌地回道："没有关系，是佳佳有什么事吗？"

吴佳佳妈妈连忙道："没有没有，佳佳没事的，在午睡呢。我是想，老师不知道有没有空，想请老师吃个饭，感谢您这一年的帮助……"

孟芸本想婉拒的，但是她心里也一直有点记挂吴佳佳。

陈熙的事情成了她心里过不去的坎，很多小朋友在小时候受过的伤害都会成为他们长大后不可磨灭的伤痕。一些在家长看起来只是打闹的小事，说不定就改变了小朋友的性格。

她的能力有限，无法改变陈熙的观念，但至少想为吴佳佳做些什么。

孟芸笑了笑，说："那一起吃个简餐吧，我也有些想佳佳了呢。"

吴佳佳妈妈似乎很担心她拒绝，听她这样说，顿时松了口气，赶忙和她约好了时间地点，恰好约在她要搬家的那天中午。

只是小半个月没见，吴佳佳似乎比印象中长高了不少，看起来更加乖巧了。她看到孟芸就笑起来，甜甜地喊人："孟老师！"

这个年纪的小朋友一天一个样，孟芸也不吝啬夸奖，摸了摸她的脑袋："佳佳怎么比上次见面更漂亮啦？是因为已经是小学生了吗？"

吴佳佳听了很高兴，抱着孟芸的胳膊不撒手。孟芸便将她抱起来，朝着她妈妈笑了笑。

虽然说了吃简餐，但是吴佳佳妈妈执意要请她去高档餐厅，孟芸不愿意，也不好意思直说，便逗吴佳佳：“我们去吃麦当劳好不好？”

小朋友一听，立马就响亮地应了声：“好！”

孟芸笑了笑，说：“还是听小朋友的吧。”

佳佳妈妈叹了口气道：“孟老师，你是个好人……”

“没事的，有什么话我们坐下来再说。”

工作日的麦当劳里也没什么人，三个人挑了个靠窗的座位，点了三份套餐，有一句没一句地闲聊起来。

孟芸拿了一根薯条给吴佳佳，耐心地说道：“佳佳，进小学了也要对同学友善。但是如果有人欺负你的话，一定要告诉老师和家长，不要自己一个人闷着，知道了吗？”

“孟老师……”吴佳佳的妈妈语气有些复杂。

孟芸笑了笑，冲她点了点头，又摸了摸吴佳佳的脑袋，继续叮嘱道：“佳佳是个好孩子，但是好孩子更容易想太多，家长也要注意关注一下小朋友的心理状况。”

说完，孟芸整个人都松懈下来，似乎是完成了一件重要的心事。

“佳佳很好，对朋友好，对同学好，对老师、家长也很好，但是也要注意保护自己。你是女孩子，在这个世界上或许是弱势的一方，但是越弱势就要越强大……长大了也要记得老师说的话。”

孟芸有的时候会真心地觉得，身为女生本身就是一件辛苦的事情。

陈熙欺负吴佳佳，吴佳佳就算想反抗，也完全没有还手之力，甚至为了不让妈妈担心，会默默地忍受下来。

可明明是上一代的恩怨，小孩子又懂些什么呢？

“要好好保护自己，但是也不要怨恨这个世界，善良的孩子以后肯定会有福报的呢。”

和吴佳佳母女告别之后，孟芸回了家。

早上她已经把箱子收拾好放在了门边，沙发、床等等的大家具都细心地盖上了防尘罩。地毯也收起来了，她便直接在地上坐下，拿出书来打发时间。

到傍晚的时候，孟芸接到了陆野的电话。

陆野的语气有点急，还带着歉意："芸芸，我这边要加个班，可能要两三个小时，你等我一下可以吗？"

孟芸"嗯"了一声，安慰他："你先忙，别急，我等你。"

陆野也没想到运气这么差，都快到下班时间了，一个病人在补牙时突然晕倒，被送去了急诊。虽说他的治疗流程、用药都完全符合规定，但是出于对病人负责的态度，他还是陪着一起去了急诊。

孟芸也没想到这么巧，不过她也不是很着急，又看了会儿书。

眼见着都七点多了陆野还没来消息，多半是还在忙，孟芸考虑了一番，拿着手机和钥匙下楼去觅食。

虽然搬过来有几个月了，但她对附近还不是很熟。大部分时候她都是坐地铁两点一线，要不就是陆野开车送她，平时也不怎么出来吃晚饭，所以她都没有好好留意过小区周围。

小区是老小区，但是晚上依然热闹，人来人往的，不少小区里的居民都出来买熟食。

孟芸看到附近有水饺店，便进去点了份水饺垫垫饥。

只是出来的时候，外面的路灯坏了一个，忽明忽暗的，她没注意，一不小心就撞到了人。

那人就蹲在水饺店外的台阶上，孟芸只碰了他一下就感觉不对劲，想来应该是碰到了人，连忙迭声道歉。

"对不起对不起，我没注意，您没事吧？"

那人抬起头来。孟芸借着闪烁着的微弱灯光注意到那个男人满脸通红的样子，应该是喝醉了。

"撞到人了怎么能就这样简单道歉呢？"声音倒是很连贯。

孟芸警惕起来："那……叫救护车带您去医院看看可以吗？"

男人猥琐地笑了笑，大声道："兄弟们，来看美女啦！"

孟芸一惊，看到不远处走来两三个男人，脸上的表情都不怀好意。而背后那水饺店已经关上了门，一副不想管的样子。

孟芸突然想起刚搬进来的时候，房东小姑娘对她的警告。水饺店的位置就在后街的出口——一眼望过去，那条街都是黑黝黝的，看不清东西。而另一边就是热闹的小吃街，只是小吃街的人都不会走到这儿来。

孟芸知道今天是倒霉了，也不管三七二十一，突然一脚绊倒那个醉醺醺的男人，转头就往小吃街奔去。

"救命啊！"

那个男人被绊倒之后，面露凶光："抓住那个女的！"

孟芸连头都不敢回。只是一个女生怎么跑得过几个男人，没跑出几步，她就被人抓住了头发。

"让你再跑！"

重重的一个巴掌落下，孟芸的脸上传来钻心的疼痛。

那几个男人似乎想把她拉进后街去，孟芸抵死不从，拼了命地挣扎起来。

就在这时，她的手机突然响了起来。

趁着那几个男人抓着她的手臂和头发，孟芸紧紧地握着手机，飞快地接通了电话。

"陆野救我！我在后街！"

话音刚落，她的手机就被一巴掌打飞出去。

"贱人！"

"叫你敬酒不吃吃罚酒！"

旁边的男人把孟芸的手机踹飞，一巴掌就往她脸上扇。她脑袋用力一偏，那人的巴掌就落在了她的耳朵上，打得她耳朵里嗡嗡作响。

孟芸虽然娇小瘦弱，但到底一个人去国外留过学，尽管没有真的遇到过危险事件，却学过一些基本的防身术。

她不知道陆野现在在哪里，多半是刚下班还在医院，就算他飞车过来，也至少需要二十分钟。在这段时间里，她一旦被拖走，很多事情就不可掌控了。

或者，万一那个电话根本不是陆野……

孟芸发了狠，拼命地蹬脚，余光扫到斜前方有个路灯，立刻整个人都往那个方向倾斜，用自己的脚往路灯上蹭，试图卡住路灯，不让他们把自己拖走。她这样不要命地挣扎，几个男人都是喝得半醉了，居然有些抓不住她。

“救命啊——”

这里还是小吃街的尾巴，她这样大喊大叫的，前面果然有行人停下了脚步，频频向这里张望过来。

只是附近的人大多知道后街的情况，都在犹豫着，一时间竟没人敢走过来。

那个抓着孟芸头发的男人立刻伸手捂住她的嘴。

他们是喝醉了第一次做这种事，平时他们的胆子也就是在后街堵几个落单的上班族要点钱，直接出来抓人还是第一次。

路灯在旁边闪了几下，终于彻底熄灭了。

这里和后街一起落入完全的黑暗之中。

孟芸被捂住嘴发不出声音，只能拼尽全力让那几个男人没法得手——或者说，得手得慢一些，再慢一些。

几个醉汉因为不能得逞而发了狠，也不管这是大街上了，直接就伸手抓着孟芸的头发去扯她的衣服和钱包。

孟芸把钱包扔得老远，死死地护住了衣服。

这些地痞流氓喝醉了可不讲道理……

她心中闪过一万个念头，却知道自己现在做什么都没有用。

如果刚刚那边有人报警了……

如果陆野来了……

孟芸闭着眼，还在想着陆野到哪儿了，突然感觉制住她的手松了劲儿。

空气中有拳头打到肉体的声音，还有破空而来的风声。

她睁开眼睛。

陆野就在几步远的地方，将那几个醉汉一个一个撂倒，一拳拳直直地往小腹揍去！

“陆野！小心！”

孟芸看到有人爬起来似乎想去抓陆野的头，立马出声提醒了一句。

陆野仿佛脑后长了眼睛一样，看也没看，一个过肩摔就把那个摇晃着站起来的男人砸到了地上。

那个男人发出了一声哀号。

月光下，陆野的眼圈发红，似乎能看到泪光。

孟芸坐在地上，双手无意识地抓住了自己的衣服，终于忍不住放声大哭起来。

“陆野，你怎么才来呀……”

搬家没搬成，几个人先一起进了派出所。

所有人都是灰头土脸，脸上有各种程度的伤，大多垂头丧气的。

孟芸的眼睛都哭肿了，陆野从车上拿了毯子给她披上，一路默默地搂着她的肩膀，抿着嘴不说话。

民警给两个人录了口供，那几个醉汉渐渐醒了酒。

酒一醒，那几个泼皮就开始耍赖，非说孟芸是碰瓷，他们只是想跟她认识一下，压根没跟她动手。

孟芸气得脸都红了，组织了一番反驳的话，却被陆野截住了话头。

陆野的声音很冷，跟他平时的样子完全不一样：“我现在要带我的女朋友去验伤，还有，我刚刚已经把他们的话都录下来了。”

说着，他打开了手机的播放器，将手机放到了桌上。

等一段录音听完，陆野的脸色更可怕了。

附近的片警也知道这是什么情况，这群混混也不是第一次进局子了，现在这情况最多拘留几天教育教育，然后赔点钱。

只是小姑娘有点可怜……警察看了一眼低着头的孟芸，对几个混混厉声喝道：“还有什么话要说的？！”

“他也打我们了！警察叔叔，你看看我们这脸……”

陆野却已经带着孟芸出了派出所，上车直奔医院。

一路上，陆野一句话都没说。

孟芸倒是已经缓了过来，看到他这样，忍不住轻声道：“我没事了呀，你别这样了。”

陆野紧紧地抿着嘴不说话。

孟芸还拿着民警给她的冰袋敷着侧脸，另一只手拽了拽陆野的衣袖：“陆野……”

陆野突然一下就泄了气。一个大男人，说话却带上了哭腔：“对不起，我来晚了。”

孟芸静了一会儿。陆野在开车，她想要去抱抱他都不能。最终，她只是轻轻地笑了一声：“真的不晚，我的超人先生。”

恰逢红灯，陆野松开方向盘，牢牢地握住了孟芸的手。

孟芸突然意识到，如果这种心跳到想要流泪的感觉是真实的话，那么她一定已经爱上了陆野。

这个为她搏命、为她哭、为她狂奔而来的男人。

孟芸去验了伤，倒是没有很严重。

陆野拿着检验单子皱着眉，也不知道在考虑些什么。

孟芸叹了口气，搂住他的手臂，安慰道：“真的没什么事，你可别做坏事啊。”

“什么坏事？”

她想了想，说：“比如……霸道总裁一怒为红颜之类的？”

陆野终于露出了这天晚上的第一个笑容。他狠狠地揉了揉孟芸的头发，收起了验伤单，说："我只是在想，是不是要请个律师，才能让这群混混坐坐牢长长记性……你别管了，我先送你回家，然后再去趟派出所。"

孟芸刚想开口，又被他按住了肩膀："听话，你不想让我一晚上都担心你吧。"

孟芸泄了气，闭上了嘴。

只是这样又有些麻烦，孟芸便把她家的钥匙给了陆野，让他去完派出所之后顺路把她的箱子都搬过来。

陆野笑着应下了，收起钥匙，开车送她回家。

等看着孟芸进了他家的大门，陆野才收起了笑，拿出手机给朋友打电话："老秦，给我找个律师，麻烦了……对，就现在。"

陆野这一走，就三个多小时不见人影。

孟芸看见陆野家里依然一尘不染，非常符合他那有点洁癖的性子。

折腾了半天，孟芸也有些饿了，想着陆野肯定是一下班就过来找她了，估计也没吃东西，便去厨房翻了些食材出来，准备给两人做夜宵。

陆野一打开门，就闻到了扑面而来的香气。他心里一动，笑着喊道："我的田螺姑娘在做什么呢？"

是那个熟悉的陆野回来了。

孟芸听到他的声音也笑了："谁是田螺啊，你还指望我给你免费洗衣服做饭吗？想得挺美。"

陆野走到孟芸身边，弯腰轻轻地碰了一下她的唇。

"那就当我的白雪公主好了，和我很配。我是你的超人先生，你是我的白雪公主，怎么样？"

孟芸眯着眼想了想，说："还是很土。"

这件事就这么被揭过了，两个人都很默契地没有再提。

直到半夜陆野抱着枕头非要跟她睡一块儿的时候，孟芸才算是彻底感受到他的情绪。

陆野一定非常后悔又痛苦，才会辗转反侧几个小时没有睡意。

孟芸也睡不着，躺在他怀里，闷闷地开口：“你在想什么？”

陆野毫不意外地醒着：“我在想，如果我今天……哪有什么如果，我在想，我得对你更好一点，我的公主受了这么大的苦……”他的声音有些哽咽，一时失了声。

黑暗中，一切的情绪都被无限放大。

孟芸伸手抱住他精瘦的腰，将脸贴在他的胸口：“喂。”

“嗯？”

“你再哭，我以后要一直笑你了。”

这下陆野可生气了，狡辩道：“谁哭了？你不要诬陷我，男子汉大丈夫，我可十多年没哭过了。”

孟芸乐得忍不住笑出了声：“得了吧你。”

陆野闷闷的，负气地堵住了她的嘴。

剩下的千言万语都融化在了亲吻里。

“快点忘记这件事！”

“什么事？你哭的这件事吗？”

陆野冷哼了一声，威胁道：“孟芸，你想现在就给我生个孩子吗？”

对于陆野这种随时随地发病的行为，孟芸已经习以为常。她推了推陆野的胸口，警告道：“再胡说就睡地板去。”

陆野没打算真的做什么，也就是逗逗她。他笑了笑，收紧了手臂，将人搂得更紧了一些：“睡吧，很晚了。”

“嗯……晚安。”

睁开眼睛又会是灿烂的一天。

孟芸第一次在男人的怀里醒来——实际上也并不是第一次，三年前也有这样一天。只是当时她吓得六神无主，几乎失去了思考的能力，机械地换好衣服就飞奔离开了酒店，马不停蹄地回了老家，活像是被人在屁股后面追杀似的，哪有今天这么悠闲。

感受到陆野近在咫尺的呼吸，孟芸忍不住红了脸，想往后退退。但她犹豫了一下，还是乖乖地没动。

从她这个角度抬头看过去，陆野的皮肤真的非常好，唇形漂亮，鼻梁挺翘，眼睫毛也又卷又长……

总归是哪儿哪儿看起来都顺眼好看。

孟芸被自己心里的想法逗笑了，忍不住翘起了嘴角。

"笑什么？"

不知道什么时候，陆野已经睁开了眼睛，眯着眼看她。

孟芸有点不好意思，转过头说："看你怎么还不起床，不上班了吗？"

陆野捏了捏她的耳垂："今天周六。"

孟芸休息了一周，已经有点搞不清日子了。

既然是周六的话多睡一会儿也没什么大不了的，只是被陆野这样盯着，她又觉得不好意思继续睡了，便把他的手臂推到一边，轻声道："我起床了，你再睡会儿吧。"

陆野笑了一声，也随着她的动作掀开被子："起床，带你吃早饭去。吃完顺便买点菜回来吧，我给你展示一下我的厨艺。"

两人随口聊了几句，便各自去洗漱。

种种举动看起来都非常像是老夫老妻。

孟芸在心底琢磨了一番这种甜蜜，心情都忍不住好了起来。

只是她的脸昨天被扇得颇为严重，洗脸时照镜子才发现侧面已经肿了起来，两边脸大小都有些不一样了。

孟芸怕陆野看了自责，便偷偷地擦了药，好歹消肿后看起来不那么严重，只是一片红红的更可怕了……

她犹豫了好一会儿，最终垂头丧气地决定还是不擦掉了。

哪知道陆野就靠在卫生间外面的墙上，不紧不慢地等着她。

“吃什么……”话没说完，陆野的眼神就凝住了，然后脸色一点一点地沉下去。

孟芸小心翼翼地觑了他一眼，扯了扯他的袖子，轻声说：“吃小笼包吧。”说完，她又想了想，补充道，“只是涂点药，你再这样我生气了。那个乐天陆野呢？藏哪儿去了？快还给我！”

陆野叹了口气，没再多说什么，只是拍了拍她的头：“换衣服去。”

然而孟芸知道这件事在陆野这里并没有过去——她听到陆野在车上打电话，虽然他说得含糊，但是稍微一联想，也猜到他想做什么了。

想到之前陈熙的事情，孟芸抿了抿唇，说：“陆野，你别……”

她不想让陆野这样为她费心费力，因为除了用力爱他，她能为他做得太少了。

这本来就是不对等的。

孟芸很害怕感情的天平因为一方的付出得不到等价的回报而倾斜，直到彻底崩塌。她不是看不起自己，只是确实能力有限。

如果打着爱情的幌子拼命地攫取，这也不算是真的爱情了。

陆野似乎知道她想说什么。他犹豫了一下，还是决定把自己的想法告诉她。

“孟芸，能为你做些事情本身就已经能让我幸福了，你懂吗？想到我能为你做些什么，我就觉得非常非常幸运了，至少我还有资格……”他握住了孟芸的手，“你别觉得有压力，保护你是我天经地义的职责。”

/ 3 /

后来发生了什么，孟芸就不太清楚了。

这是她第一次以老师的身份放暑假，居然比学生时代更加激动，恨不得马不停蹄地安排旅游计划，好好利用一下这个难得的假期。但是想到还要还大妈的钱、交房租，她又没了动力，只好每天看看书，研究一些创意菜。

陆野不在家，她也没人说话，无聊得很。

而季晓戚比平时更忙，他们学校一到寒暑假就会开全天的托管班，她得早起去带班。

就在孟芸在陆野家里闲得快要长毛的时候，渠意竟然联系了她。

“芸芸，最近有时间吗？想跟你见面聊聊天。”

“有时间的，你看你什么时候方便？”

她想多问问关于大学时陆野的事情。

虽然已经错过了，知道得越多，或许会越后悔，但是也能更珍惜未来。

渠意现在在家做全职太太，孟芸也在放暑假，两个人便约了个工作日的中午一起吃饭。

这次孟芸私下见到渠意，发现她跟同学会时那个靓丽精致的形象出入很大——虽然穿戴不菲，不过没怎么化妆，搭配看起来也低调了许多，笑起来还能看到大学时一点点腼腆的味道。

孟芸其实和渠意并不是很熟，她大学时做人做事比较低调，渠意也是沉默寡言的人，两人除了偶尔做大组作业的时候交流比较多以外，平时也就是二十句内结束对话的普通同学关系。

像这样毕业几年后还亲密地约出来吃饭，真是想也没想过的事情。

渠意倒是挺大方的，主动点了几个菜，然后把菜单递给了孟芸。她举手投足里都透着大气，一点也没有原先怯懦的样子了。

“我还当你不会来呢。”

孟芸轻轻地笑了笑：“我也没什么事，放暑假呢。”

渠意一撩自己的卷发，问道：“你跟陆野……好事将近了吗？”

“没有啦……”

“是这样，同学会之后我听到了一些不太好的风言风语。”渠意抿了一口果汁，“我也经历过这样的事，想着大家同学一场，还是提醒你一下。”

孟芸愣了一下。她是想过校庆之后肯定会被议论，毕竟她跟陆野这样高调了一把，还在酒楼大堂和耿莉吵架，事情被传播开来也很正常。

好奇是人之天性，她也不觉得有什么大不了的。

渠意看了看她的脸色，就知道她还是一无所知的状态，便问道："你知道陆野家是干什么的吗？"

孟芸眨了眨眼睛，答道："听说都是医生。"

"医学世家，不是医生这样简单的。说起来，你知道越澜是谁吗？"

越澜这名字在这两周里可不是第一次出现了，只是孟芸因为遇到了流氓的事儿，所以把这个人忘到了脑后。现在渠意乍然提起，她条件反射地皱了皱眉。

"知道的，是陆野的学妹。"

渠意轻轻笑了笑："她爷爷越秀河是本市最有名的眼科专家，是一代名医哦。"

可是这关她什么事？孟芸抬起头，不解地看了过去。

"越家和陆家一样，都是本市知名的医学世家，两家也是认识的。越澜上周拐弯抹角地打听到我老公那儿，要约我出去吃饭。我们俩可是连面都没见过，她能有什么事儿找我吃饭？"

孟芸一点点琢磨出味儿来。

渠意弯了弯眼睛，说："我没去。不过，大概是因为你吧。听说前两年越秀河想把越澜介绍给陆野，只不过陆家不接茬。这次你出来了，越澜就开始到处打听你的事儿……"

孟芸想到那张精致的脸，还有纤瘦却有致的身材。

越澜啊。

只是渠意会特地来跟她说这件事，她是万万没有想到的。

"我想着，我怎么也是看着你俩走到一块儿的同学，肯定偏心你啊。"渠意很爽快地笑了笑，"也谢谢你对我没有偏见。同学会那天，我都听到了。"

孟芸咬了咬唇，说：“抱歉……”

说悄悄话被当事人听到这种事实在太尴尬了。就算说话的是季晓戚，可季晓戚是她的闺密，现在被渠意直接点出来，她也非常不好意思。

“没事的，我都听习惯了。”渠意拿起了筷子，“先吃饭吧，我也饿了。”

七月的天气又热又燥，树上的蝉鸣声吵得人头疼。

渠意本来说要送孟芸回去的，不过被孟芸拒绝了。

孟芸一个人无所事事地走在马路上，满脑子都在想越澜的事情。

越澜跟陆野门当户对，又喜欢陆野，家里还想凑对。

真是哪儿哪儿都非常合适了。

只是陆野每天的甜言蜜语都非常到位，导致孟芸现在对两人的感情也越来越自信。她出国三年都没成儿的事，她回来了就更成不了了。

让人说几句就说几句呗。

一直到回了家，孟芸才发现自己的口红丢了。她有点心疼，嘟着嘴给季晓戚发微信吐槽。

季晓戚回复得很快：“买新的！正好！旧的不去，买新的还心疼呢！”

孟芸本来心情还有点低落，看到季晓戚的话，登时就笑了，又顺手点开了季晓戚的朋友圈。

季晓戚一直是个话痨，有时候能一天发十几条朋友圈。不过自从她和季迟纠缠上之后，发朋友圈的频率就大大降低了，也不知道是什么原因。

或许是想和沉默寡言的季迟贴近一点？

孟芸翻了翻，很快就翻到季晓戚之前发的新状态。

“若你没有光，我便是萤火，照亮你夜行的路。”

这次的配图不再是马路远景，而是交警台边的一个剪影，应该是在路灯光下拍的，地上还能看到两个人站在一起的影子。

孟芸放大看了一下，也不是站在一起，两人一个站在交警台上，一个站在台下，只是因为角度问题，看起来不明显罢了。

而影子里，长发的女人正伸手拽住男人的袖子。

孟芸只觉得心酸不已，叹了口气，打字道："小七，你最近都不跟我说说你的消息了。"

季晓戚立刻回了几个调皮的表情，隔了好一会儿才回道："没有不好的消息，你就等着喝喜酒吧。"

"真的吗？"

"冰山我都得给他融化了。再说，这蚌壳都已经打开了，我还能让他缩回去不成？"

看到季晓戚这信心满满的模样，孟芸也算是松了口气。

晚上陆野回家的时候，右手拎了一大堆菜，左手拎了个奢侈品品牌的礼品袋。

孟芸中午出去了一趟，晚上也没力气研究做菜，就一直半靠在沙发上看书。看到陆野拎了这么多东西回来，她刚想说吃剩菜就好，就被陆野笑着打断了话头。

"看看这是什么。"陆野把礼品袋放到茶几上，便转身去了厨房。

孟芸好奇地看了两眼牌子，才伸手拆开了袋子。

里面是一支口红，色号是孟芸前几天才在杂志上看到过的热门色号。

她拿着口红蹬蹬蹬跑进厨房，问："陆野，这是送我的吗？"

陆野笑了一声："难道我自己用？嗯……也不是不行啦。"

孟芸直接忽略了他的玩笑，颇有些难以置信："是正好买的？我今天掉了支口红，这么巧吗？"

会有这么巧的事情吗？陆野含笑不语。

他下班之前才看到季晓戚的朋友圈，说一个好友丢了口红——季晓戚的好友，不就是孟芸吗？

于是他毫不犹豫地转头去了商场。

孟芸高兴了一会儿，接着又收了笑："可是这个太贵了吧。"

一支口红六百多元，实在不符合她这个负债累累的人的身份。就算是陆野送的，她也觉得压力很大。

陆野正在处理牛肉，听到她的话顿时就乐了："我还不能亲亲贵一点的口红吗？不行，以后你的口红我包了，各个品牌各个色号的味道我都得尝尝。"

孟芸无语了好一会儿，脸红得不像样。

她跟陆野处久了，说话也有了他的腔调，说啥都有种逗乐子的感觉，让人心情舒爽。只是毕竟她脸皮太薄，陆野撩人的话她还是学不来。

孟芸不说话，捏着口红回了自己的房间。

马上就要七夕了，她刚给大妈打了钱，手上没多少现钱，还得好好琢磨琢磨给陆野送什么。

孟芸的手机一直放在房间里充电，直到她回房间放口红的时候，才想到去拔掉。结果屏幕一打开就显示有三个未接来电，都是来自她大妈的。

自从发生了借名买房那件事之后，孟芸跟徐琴难得发生了争吵，此后便没有再联系。这会儿她以为徐琴有什么急事，连忙回拨了回去。

"大妈，有什么事吗？"

和孟芸相比，徐琴的声音不急不缓的，温柔得和往常一模一样，似乎之前那些摩擦争执根本不存在。

"芸芸，放暑假了，什么时候回家呀？"

孟芸沉默下来。她本来是打算放暑假回老家的，只是李一筝来过之后，她又改变了想法。

再说她还欠了徐琴不少钱，再回去蹭吃蹭住也不好。

还有陆野……

孟芸抿了抿唇，放低了声音说："学校有活动，就不回去了，寒假再回去看您和大爸。"

听了这话，徐琴的语气里表达出了不赞成："两个月的假怎么能不回家呢？又不是在国外。”

“没有两个月的，我们学校很早就要回去布置教室了……”

“那也不行的，还是得回家啊。”

没想到徐琴这么坚持，孟芸沉默下来。

她从小全心全意地相信着、服从着她大妈，只是因为一个借名买房的事儿，就对亲人疏远了。孟芸想想也觉得自己没什么道理。

但是陆野也对她说过，要勇敢地向任何人说不，哪怕天塌了，还有他扛着呢。

孟芸缓了语气，慢慢地开口解释道：“大妈，是这样的，我男朋友还在上班……”

徐琴一愣，惊喜道：“芸芸，你有男朋友了？怎么不跟大妈说呀？”

孟芸也愣住了。

那天李一筝来的时候，把魏宋词认成了她男朋友，她也没解释，还当李一筝已经跟徐琴通过气了，哪知道徐琴听起来一无所知的样子。

这样想来，李一筝确实莫名其妙地就不见了，也不再骚扰她。就算李一筝脑梗了，不是还有孟文杰在吗？怎么突然就没了消息呢？

孟芸留了个心眼，试探着问道：“之前……妈来的时候看到了，我还当她已经跟您说了。”

徐琴的语气里有些不满：“你妈也是个不靠谱的，打个电话来说没事了就没消息了，也不说什么没事了，白白让人担心。”她叹了口气，“不过好歹也是你的亲妈，你还是要多关心关心她。”

每次徐琴一说这个论调，孟芸就非常无语。只是她也知道再说下去徐琴就要不开心了，今天她的反抗次数已经超出以往，便再次沉默下来。

徐琴也没多说，很快收了声：“那请你男朋友来家里吃个饭吧，周末就可以了，不然大妈大爸都不放心啊！”

陆野好不容易做完菜，洗了手换了衣服，却见孟芸还在房间里没有出来。他担心出事，快步走过去敲门：“芸芸，干吗呢？吃饭了。”

孟芸轻轻地应了声，拿着手机走了出去。看到陆野，她张了张嘴，最后还是没说什么：“先吃饭吧。”

怎么就突然要见家长了呢?

孟芸有些纠结，如果她主动提及，陆野会不会觉得她是在催婚啊?

“芸芸？你怎么了？脸怎么这么红？生病了？”陆野伸手摸了摸孟芸的额头，又比了比自己的体温，嘟囔起来，“没事啊……难道是口红擦脸上了？”

他忍不住用大拇指蹭了蹭孟芸的脸颊。入手就是一片柔软细腻，让人有些脱不开手去。

孟芸一把拍掉了他的手，红着脸道：“你好好吃饭啊。”

只是这事儿还是不好开口。

孟芸掰着手指头算了算，她跟陆野恋爱还不到半年，扪心自问也确实还没有考虑过进一步的事儿，现在就见家长显得有些太随便了。

但徐琴似乎是怕她反悔，又打了两次电话过来，语气里都是“不带给大人看看，万一被骗了怎么办”的意思。

陆野也看出孟芸最近心事重重，以为她遇到了什么事，用各种方法逗她，想让她说出来。

孟芸抿着嘴，转移话题：“昨天收了个你的快递，我放沙发旁边了，你看到了吗？”

陆野相当不满，只是再问什么，孟芸都像紧闭的蚌壳一样不松口了。

他捏了捏孟芸的脸颊，气呼呼地去拆快递。

“这是什么呀……”随着一阵拆包装的声音传来，陆野突然就不说话了。

孟芸被他的反应吸引了注意力，趿拉着拖鞋走过去：“怎么了？”

陆野的表情看起来有点尴尬。孟芸探头看了一眼，看到一盒巧克力，旁边还有个小盒子，里面装了一枚领带夹。

陆野放下也不是拿着也不是，欲哭无泪地看着孟芸，见她表情不对，默默地把装领带来的小盒子放到一边："我找个快递一会儿退回去……"

孟芸心里翻了天。

巧克力……哦对了，七夕要到了。

她心里有点不是滋味，脸上强行憋出了一个笑容，语气依然温柔："我们陆医生相当有魅力嘛。"

陆野居然从这句话里品出了酸味——恋爱时走心的男人都不会是"钢铁直男"，他们会认真地去品读女朋友的每一句话。

因为在乎。

他心里乐开了花，也不管那一盒礼物了，随手就将盒子推到旁边，把孟芸搂进怀里，亲了亲她的额头："还不够有魅力，都没能让我的小宝贝为我吃醋呢。"

孟芸不说话，心里轻轻地哼了一声。

不要脸，臭屁自大，男人都是大猪蹄子！

陆野看她表情就知道她在想什么。

大学的时候，社团里有个兄弟，每天跟他们抱怨女孩子是麻烦精，女朋友整天查岗不说，闻到别的女生的味道就像吃了炸药，立马爆炸。

"女朋友还是要挑大气的才好！"

陆野当时就不认同他的观点。

男女朋友之间，当然是要适当任性一点才好，这是情趣。

孟芸那么容易害羞，能说出这种有点酸味的话，已经大大地满足了他。

陆野笑着凑过去吻她，孟芸伸手想推开他，又被握住了手。

孟芸任由他吻了一会儿，一直到她两颊通红，陆野才勉强放开了她。

孟芸垂着眼，轻声问道："是谁送的呀？"

总算是把这句话憋出来了。

陆野的眼睛里漾了笑意，显得更加清隽逼人。

他伸手轻轻地拽了拽她的头发，说："是越澜。你别生气，我知道她的想法，一会儿我就给寄回去。”

“你知道？”

陆野点了点头，解释道：“我跟越澜并不熟悉，但是我家的长辈和她家的长辈很熟。之前家里有暗示过，只是我当场就拒绝了。”他笑了起来，“要不是你回来了，再过两年，我指不定还真的就要被逼婚了。”

陆野家是开明的家庭，从爷爷奶奶到爸妈都不会干涉他的决定，所以当时爷爷也就随口那么一提，打个哈哈就过去了。

陆野也没想到还能有和孟芸走到一起的机会。孟芸离开后的那一阵，他不受控制地发了疯，发完疯之后就沉寂下来，只当两人没有缘分——不过这几年他确实也没有动过谈恋爱的念头。

说什么不知道越澜的想法，陆野又不是什么“傻白甜”，也不是对着女朋友装蒜的渣男，实际上他很早就懂了越澜的意思，就因为没那个意思，他早早地就划清了界限。

就算不是孟芸……如果真的不是孟芸，他也不知道未来会是谁，反正总归不会是越澜。

对于为什么越澜知道他有了孟芸之后还要特地送这么暧昧的礼物，陆野心里明镜儿似的，已经把越澜的小心思看得一清二楚，只是不背后说人罢了。

但是这时候肯定不能让女朋友误会。

陆野半诱半哄地把话题引到了别处：“所以，为了赶紧给帅气迷人的陆医生打上戳，孟老师要不要跟我回家吃饭呀？”

得了，孟芸纠结了好几天的话题，先被陆野抢先一步开了口。她不敢去跟陆野对视，只低着头不说话。

两人虽然已经同居，但实际上还是分两个房间睡，跟暧昧期没啥特别大的区别。

孟芸至今没有什么实感。

陆野看出了她的犹豫，又去捏她的脸：“只是一起吃个饭而已，你别压力太大啦，而且上次我爷爷已经见过你了……”

这话倒是把孟芸吓了一跳。她从陆野的大腿上弹起来，目瞪口呆地瞧着他，问：“什么时候？”

陆野笑了笑说：“保密。”

见家长的事儿来得猝不及防，孟芸顿时有些六神无主，收拾了东西准备去季晓戚家住一晚，跟季晓戚聊聊。

而陆野也遇上了一件非常猝不及防的事。

越澜找到他医院来了。

陆野换了衣服，正盘算着晚上要做点什么菜给孟芸吃的时候，越澜已经靠在办公室外的墙上，一脸镇定地等着他。

“陆学长，有时间聊聊吗？”

陆野看了她一眼，笑了笑，突然想到今天孟芸要住在季晓戚那儿，晚上倒是真没什么事。但他依然毫不犹豫地拒绝了越澜的邀请：“抱歉，今天没有时间。”

越澜的表情看起来固执又倔强：“很快的，用不了十分钟。”

陆野看了一眼手表，点了点头。

既然是十分钟的话，也不用去别的地方，两人就在走廊的休息椅上坐了下来。

牙科已经下班，保洁阿姨已经拖着垃圾袋进去打扫诊疗室了，预诊台的护士也早早地都下了班，只有别的科室路过的病人稀稀落落地经过这里。

陆野其实也摸不准越澜要说什么。

对一个男性来说，能被越澜这样优秀的女性喜欢，在心底应该感到十分自豪。但陆野不这样认为，既然他已经认定了孟芸，就不能给孟芸不安全的感觉。

越澜的出现可能会动摇孟芸那怯懦的决心，万一一不小心又缩进龟壳里，那他就前功尽弃了，所以他对越澜确实有种避之唯恐不及的心态。

越澜其实也是通透的人，早先就看出来了，寄礼物去陆野家并没有宣战的意思，她甚至不知道陆野已经和孟芸同居了。只是她没想到，陆野真的这么不给面子地把礼物退了回来。

越澜咬了咬唇，轻声道："听说你把陆院长的名片给了别人。"

陆野一愣，问道："你怎么知道的？"

"陆院长的名片在医疗界就是通行证，用一次就会被人拿出来谈论，是我爸爸听他同学说的。"

陆野点了点头。

"那个人……是你的朋友吗？"

陆野笑了笑，坦然地说："是我女朋友的母亲。她身体不太好，又不住在本地，我也是想让她就医方便一些，没想到都传这么远了。"

只一句话，越澜的脸色就挂不住了，看起来摇摇欲坠。她只是想随便用一个话题打破尴尬，没想到就受到了重击。

"你和……那位学姐，已经见过陆院长了吗？"

陆野勾了勾唇，没有否认。

越澜看起来似乎快哭了，只是依然撑着表面的姿态。她从椅子上站起来，声音带着哭腔："抱歉，是我唐突了。我只是想不明白，我和孟学姐比……我哪里不如她了？明明是我先认识学长的，是我先来的，为什么会是这样的结果呢？"

越澜似乎是真的不能理解。

不管从什么角度出发，她都比唯唯诺诺的孟芸更适合陆野。两人家世相当，两家又是世交，陆野虽然工作上并不需要任何人的助力，但是强强联手才是王道。孟芸连家里人看病都要用陆野家的关系，怎么看家世都配不上陆野。

陆野为什么这么傻呢？

她不能理解。

陆野在听到这句话后，脸色立即沉了下来。他沉默了好一会儿，才深吸一口气，开口道："越小姐。"

越澜的脸色一下就白了。

陆野整了整袖子，语气越发冷淡："这样的话请您以后不要再说了。"

"陆学长……"

陆野勾了勾唇："不敢当，我们本来就不是一个专业的，也没有那么熟悉。"

越澜的眼睛里蓄起了泪水。她本来长相精致，不说话的时候气质尽显，哭起来又颇有楚楚可怜的味道。

陆野似乎完全没有因为她的楚楚可怜而感到怜惜，他只觉得相当愤怒。

他最讨厌别人说他和孟芸不搭了！

哪里不搭？为什么不搭？在他看来，他们俩简直是天生一对！

陆野也没了和越澜继续争论的心思，手机在手心里转了一圈，便面无表情地转过了身。

"没什么事的话，我就先告辞了，要感谢的话可以向家父表达。"

说完，陆野就毫不犹豫地离开了。

另一边，孟芸正在季晓戚家里。

"你们这都见家长了？！"

孟芸被季晓戚的咋咋呼呼吓了一跳，生怕季妈妈突然进来，立马捂住了季晓戚的嘴："嘘，小声点。"

季晓戚的眼睛眨得飞快，用力拍了拍孟芸的手背，等她松了手，就一骨碌坐起来，两只手牢牢地握住孟芸的肩膀，追问道："你好好说说，陆野怎么说的？"

孟芸被她看得不好意思，垂下了眼睑："就……就说要跟他回家见见家里人啊，还说他爷爷已经见过我了，我也不知道是在哪里见过的……"

“那你们这是直接奔结婚去了？”

孟芸被吓了一跳，立马摇手：“没呢没呢，还没说到这一步呢，这才多久呀……”

季晓戚点了点她的脑门儿，颇有些恨铁不成钢：“什么多久啊，人家都觊觎你好几年了，你都没点感动什么的吗？还不赶紧以身相许了？”

孟芸低着头，不说话了。

感动肯定是有的。只是她觉得，如果仅仅是以感动来回馈一片真心的陆野，未免有些太对不起他了，必须是从身到心都做好了完全的准备才行。

孟芸在心里盘算了一下，她要用比陆野大一百倍的力气去爱他，才能补得上她这单方面缺失的三年。然后还要把大妈的钱还了，还要给自己攒点嫁妆……

零零碎碎的事情都需要时间去准备。

她希望陆野得到的是一个完完整整、轻轻松松的她，而不是一大堆的麻烦事。

到那时，她的心被她捧在手上，百分百地交给他。

“哇，你怎么脸红了？芸芸，你想哪儿去了？”

孟芸不好意思和季晓戚说自己在想什么，干脆用被子蒙住了头，闷闷地道：“你看错了！”

季晓戚笑了一声，也没戳破她，关了灯，和她一起闷进被子里。

黑暗中，孟芸转身一把抱住了季晓戚。

季晓戚却长长地叹了口气，突然开口道：“我前几天给我妈透了个口风，就季迟那事儿……她……不太满意。”

“为什么？”

她苦笑了一声：“季迟是外地来的，本地没房没车，结婚怎么办？我跟他回老家吗？你懂的，老一派人都是这样。”

季晓戚是本地人，家里算不上有钱，但因为是土生土长的关系，这几十年住一块儿的阿姨妈妈们互相交流来交流去，就交流出了一大堆本地人的心理优势。

孟芸听着都觉得心酸，轻轻地拍了拍季晓戚的脑袋，安慰道："别担心了，车到山前必有路，你们也可以一起奋斗啊，只要他够爱你就好了。"

季晓戚轻轻地笑了一声，说："我妈还说，网上认识的人怎么可能靠谱呢，谈什么真爱？要真想奋斗，还会打游戏吗？"她长长地叹了口气，"芸芸，你说，我要是累了，也会再遇到一个属于我的'陆野'吗？"

孟芸说不出话来。

这本就是一个无解的题。在她喜欢魏宋词的时候，也觉得她和魏宋词是天生一对，是错过就不会再有的感觉。可是实际上，她从来没有为魏宋词身边的任何人吃过醋，甚至不在意有谁和他走得近了。但陆野只是和越澜说了几句话，她就觉得有些睡不着了。

并不是当时不够真诚，只是情况不一样了。

时间走了，人也变了。

因为心态的改变，此时此刻的她显然更爱那个能让她辗转反侧、纠结难眠的陆野。而当年的她，明显感动于自己的那不掺一丝杂质的心动。

季晓戚也不说话了。

孟芸咬了咬唇，很久之后才答道："不管未来会怎么样，首先，不要让现在的自己后悔。"

马上。

马上就到所爱的人身边去吧。

"如果此刻你喜欢季迟，那就什么都不要想，不要去等那个仍不存在的'未来'。也许，季迟就是你的'陆野'呢。"

这个夜很长，对陆野来说也是无法成眠的一夜。

他知道孟芸去季晓戚家做什么，不就是自己犹豫纠结了，就找好朋友出主意去了。

太可爱了。

胆子这么小的人，怎么敢对着他假装凶呢?

陆野在脑海中勾画着一个和孟芸长得一样的小人，回想着两人相处以来的一点一滴，忍不住笑出了声。

这大半夜的，他是彻底睡不着了，干脆拿出手机来给孟芸发消息。

“明天什么时候回家?”

孟芸回得很快，显然也是没有睡:“后天再回来，明天我要和小七一起去爬山。”

“爬山?”

“嗯，她心情不好，我陪她放松放松。”

陆野忍不住“嘿”了一声，嘴里念念叨叨的:“这丫头……”

他正要打字，孟芸很快又发了一条新信息来:“下周去你家拜访可以吗?”

一时间，陆野被巨大的喜悦淹没，他几乎是颤抖着手回复道:“没问题!”

“那……”孟芸咬着唇犹豫了好一会儿，等手机屏亮了又暗，这才小心翼翼地说出了口，“你愿意和我一起回老家去玩吗?我们家那儿还挺好玩的，这个季节还能摘山上的最后一波杨梅呢……你愿意吗?”

陆野一下从床上蹦了起来。

这简直是意外之喜!他简直控制不住自己的表情了，闷笑了好久才回复消息。

“当然愿意了!”

可惜孟芸因为不愿意面对结果，自暴自弃地丢下手机睡觉了，剩下陆野一个人傻乐了一晚上。他不想像个女孩子一样犯傻，但是，这可是期待了很多年的事情啊。

陆野情不自禁地就开始琢磨求婚事宜，畅想婚后生活。

< 第五章 >

她的骑士

/ 1 /

第二天，孟芸和季晓戚坐地铁去了郊区。

说是爬山，实际上那山还没个小土坡高。

本市是沿海城市，城市周边本身就没什么山，倒是三面环海，所以小土坡也当山用了。

两个女孩子一鼓作气用三十分钟爬上山顶，又在山顶的寺庙中参观了一圈，然后原路返回，在半山腰的亭子里坐了下来，稍作休息。

“我刚刚其实在庙里帮你求了姻缘，求你和陆野能平安结婚，求大家都能安安稳稳走下去就好了。”季晓戚笑着对孟芸说道。

孟芸愣了一下，挽住季晓戚的胳膊：“小七……”

季晓戚推了她一下：“你可得等我先结婚，还得给我做伴娘呢。”

结婚啊，这个词可真遥远。

实际上，孟芸和季晓戚都快二十六岁了，而陆野都快奔向而立之年了。然而在陆野之前，孟芸真正的恋爱史居然是一片空白，说起来真有些不可思议。

她总觉得，自己这样的情况是不怎么可能结婚的，顶多找个心上人谈谈恋爱——毕竟见家长的时候该多尴尬啊，想想都觉得害怕，她生怕男朋友对她的家庭、成长经历投来异样的目光。

哪知道这过程简直像是坐了火箭，还没谈恋爱的时候陆野就知道了她家的情况，转眼她就被催着见家长了。

孟芸顺着季晓戚的话畅想了一下，忍不住笑了起来："那可不行了，我不能放水啊。"

季晓戚也忍不住笑着倒在孟芸身上，好一会儿才爬起来，突然说道："今天就回去吧。"

"啊？为什么？"

季晓戚冲着孟芸晃了晃手机，说："你家那位来催了哦，说他一夜不见如隔三秋，想死你了，一会儿就亲自来接你回家。"她加重了"亲自"两个字的音，语气里带着调侃的笑意。

孟芸憋着气，没一会儿就憋红了脸。

"你别理陆野那个神经病！"

"神经病"来得很快。

孟芸和季晓戚才回到季晓戚家楼下，就发现了陆野的车。

季晓戚哼了一声："腻歪！"

孟芸被季晓戚笑得脸红，又觉得有一丝甜蜜，也没有反驳，与季晓戚道别："那我先回去了。"

"去吧去吧，嫁出去的女儿泼出去的水啊！"季晓戚哀叹了一句。

孟芸拍了她一下："别胡说了……走啦。"

陆野早就看到了孟芸，也不说话，笑眯眯地看着她打开车门上车。等她系好了安全带，陆野才凑过去，飞快地亲了亲她的嘴唇："爬山累了吗？"

“不累啊。”

陆野捏了捏她的鼻子，抱怨道：“这时候就要乖乖说累，我的下一句话才能接下去啊！”

“不要听土味情话。”

孟芸不捧场，陆野也没办法，开着车带她回家。

他早早地就叫饭店送来了新鲜的海鲜，有些可以直接生吃，不能生吃的自己拿水烫一烫捞出来，配上几个凉菜，海鲜大餐就成了。

吃过饭，孟芸被陆野强搂着躺到他房间的那张大床上，美其名曰要跟她“谈谈心”。

“陆野……”

“别说话，再说话我亲你了啊。”

陆野被她紧张的模样逗笑了，问道：“你猜猜，我是什么时候开始喜欢你的？是大一的时候哦。”

孟芸扭过头看了他一眼。

“应该是你们大一的时候，你那时候刚刚入学，在找领校服的地方，结果迷路了，跑到了医学院来，你还记得吗？”

她真的不记得了。

“当时我们已经开学了，我一个人出来买饭，就看到你一副快要哭了的表情。”陆野回忆了一下她当时的样子，低声笑了起来，“我当时就想，你该不是来找我告白的吧？结果你上来就是一句：‘同学，大礼堂怎么走？’

“我的妈呀，当时我差点笑场，大礼堂离我们这儿至少得横跨大半个校区。我还当你找了个借口过来跟我搭讪的，结果你还真是迷路，而且完全没注意到面前站着的大帅哥。当时真是没把我给气死。”

陆野被自己逗笑了，伸手轻轻地捏了捏孟芸的脸。

孟芸其实对这件事基本没印象了，不过听陆野这么一说，她非常肯定地下了判断：“你这就是自我意识过剩，谢谢。”

“行吧。那这样自我意识过剩的大帅哥，小妹妹要不要行行好，赶紧收下呀？”

互相表白了心迹之后，去陆野家拜访的事就紧急提上了日程。

陆野开心得不成样，就孟芸一个人在家里紧张，琢磨着要送些什么才不会失礼。

“茶叶？茶叶可以吗？你家人都喝什么茶啊？”

陆野把孟芸按进沙发里，不让她像只没头的苍蝇一样瞎转悠。

“家里什么都有，茶叶也一大堆。随便买点果篮什么的就可以了，我到时候去买。”

孟芸扭过头怒视他：“那也太不好了吧！”

虽然只是普通的见面，但到底是第一次拜访，这样敷衍显得太不走心了。

陆野只是单纯地逗逗她，自己的老婆虽然一定会讨所有人喜欢，但是他也不能让她无意间落下什么话柄。

“好啦，你别操心了。”

陆野和孟芸都是年轻人，实际上并不清楚本地拜访的规矩。

不过陆野早就找人打听了一番，大概也知道了一些。

香烟和红酒是必须要有的，不过他们家没人抽烟，所以就换成别的。最近的茶叶不算新，送陈茶又不合适，陆野费了好大的工夫才找来了有市无价的茶饼，他家老爷子应该会喜欢。

孟芸在这方面就是完全的门外汉，基本也无法判断什么叫茶饼，只当去茶叶店挑贵的就是好茶。

陆野帮她全面地准备了礼物，塞进了车的后备厢。

孟芸看了着急，小声道：“陆野，我把钱给你啊。”

明明是她去拜访要带的礼物，最后都变成了陆野准备，实在是太不合适了。

陆野摸了摸她的脑袋："你还跟我计较什么你的钱我的钱，你的人都是我的好不好。"

"说正事呢，能不能正经点？"

"知道了知道了。"

陆院长喜欢热闹，为了一大家子能热热闹闹地住一块儿，就在城郊的别墅区里买了房子，上下一共四层，宽敞又舒服，连自己买了房子的陆野都有一间很大的房间。

孟芸从小到大住的都是普通民宅，还从来没住过别墅。陆野的车才开进别墅区，她就有些坐立不安起来。她心里很清楚，自己跟陆野的差距很大，这种差距不仅仅是外貌上的，还有家庭出身和过去的经历。

陆野在她面前一直表现得很接地气，但是住到一块儿之后，她到底也发现了一些，再加上别人透露的一些口风，想想就知道陆野家不会是普通人家。

她会被他的家人喜欢吗？

陆野注意到孟芸有些手足无措，有点好笑，又有种说不出的心酸。

他不希望孟芸在他面前自卑，他的女孩只需要完完全全地爱他，不需要别的复杂的感情。他也舍不得孟芸难过。

陆野把车靠到路边停下。

孟芸的手条件反射地一抖："到了？"

"没呢。"陆野笑了起来，握住她的手问道，"很紧张吗？"

"嗯……嗯。"孟芸低着头，轻轻地应了一声。

陆野轻笑着摇了摇她的手指，又把她的整只手包进了自己的掌心："为什么紧张？我家里人都很好相处的，我爷爷也很喜欢你，你应该会喜欢他的，他很可爱。"

"不是这个问题……"

陆野看她这模样，真是又气又心疼，憋了好一会儿，突然又开了口："这小区不错吧？"

“当然不错了……”

这都不能说是不错了吧，算得上是奢华了。

“会因为这小区有压力吗？”

孟芸不说话了。

陆野确实是个非常敏感的人，在他面前，她就像是一个小朋友一样好懂，似乎不需要说什么就已经被他看透。

“有压力也没用，你只能陪我住我家，除了逢年过节，没机会住别墅的，难过吗？”陆野轻轻地捏了捏她的脸，“你还是要等老公奋斗出一套别墅才行啊。你老公虽然现在没钱，再等几年，等你老公人老珠黄了，能升个科长什么的，还是有希望奋斗出来的。”

孟芸愣了好一会儿，终于还是忍不住笑了起来：“我老公是谁？”

“不是我吗？”

陆野看她恢复了元气，这才重新发动了汽车。

“不要脸。”孟芸嘟着嘴哼了一句。

只是等到了陆野家门口，孟芸才发现上门拜访这事儿，根本不像陆野说的这么简单。

也不知道陆野说了什么，或者是因为他终于肯带女生回家了，这件事被他们家当成了天大的事，车才停下，就呼啦啦从别墅里走出来好几个人。

陆野还没推开车门，一个十七八岁的小姑娘已经冲了过来，一把替他拉开了门。

“表哥你可算来了，陆院长他们可等了你们好久了！”

小姑娘穿着白色的吊带裙，声音婉转，模样也好看。

孟芸逆着光望过去，仿佛明白了陆野家的优良基因。

陆野笑着往小姑娘怀里丢了个红包：“谢谢你啦。”

小姑娘收了零花钱，笑着跑走了，一边跑一边还不忘喊：“谢谢老哥，嫂嫂真是老漂亮了！”

陆野笑了一下，推门下车，绕到对面替孟芸打开车门，给她介绍道：“刚刚那个是我表妹，叫徐臻，今年高二，疯疯癫癫的，你别理她。”

孟芸愣了一下，问道：“你表妹……今天也来了啊。”

“估计是我爷爷怕你一个女孩子紧张，找她来陪陪你。没事，一会儿你尽情使唤她就行了。”陆野把孟芸的包背到自己身上，才去开后备厢拿礼物，“收了钱总得好好干活吧，要是让她嫂子不开心了，我非揍死她不可。”

听起来关系就很好的样子。

孟芸心中有种说不出来的羡慕，不过因为陆野这样一说，她居然真的觉得轻松了一些。

陆野把车停在别墅院子外的停车位上，从这里能看到他家有人站在院子大铁门里等着的身影。

孟芸深吸了一口气，默默地跟上了前面的陆野。陆野走了两三步又停了下来，扭过头去。

孟芸问：“怎么了？”

陆野把手上的礼品袋都并到一只手上，另一只手伸出来牵住她：“别走丢了。”

“又不是小朋友了……”孟芸红了脸。

陆野牵着她，不急不缓地按了门铃。

铁门咔嗒一声开了，对讲机里传来老人中气十足的声音：“自己家钥匙都不带？”

陆野嘿嘿笑了一声：“你们躲门里边这么久，怎么进去之前也不顺手给我们开个门呀？”

对讲机被挂掉了。

陆野耸了耸肩，握紧了孟芸的手，边走边说道：“你看，老爷子是不是很可爱？”

孟芸的声音很轻，但是有一点点颤抖：“嗯……嗯，挺可爱的……”

陆野捏着她的手笑了好一会儿，突然不知道从哪儿摸出一个镯子，套到了她的手腕上。孟芸疑惑地看向陆野。

“看你手腕有点空，从给我老妈的礼物里偷偷拿了一个出来，你别嫌弃啊。”

孟芸吓了一跳，刚想摘下来，却看到陆野的笑容，立马明白他是在逗自己，气呼呼地喊：“陆！野！”

“在呢，怎么了？”

孟芸气得脸红，都不想和他说话了，干脆先一步走进去，用行动表示想要离他远远的。

陆野在后面笑了好一会儿才快步跟上去，长臂一搂，把孟芸揽进自己的怀里，喊道：“陆院长，我们来啦！”

陆野牵着孟芸进了别墅一楼的大客厅。

整个客厅以一个巨大的红木八宝阁作为阻隔，绕过八宝阁就能看到客厅的全貌。

孟芸第一眼看到的是墙上挂着的大幅书法——“悬壶济世”，就挂在红木沙发的顶上，看起来非常有风骨。

此时，沙发上坐着四五个人，看年纪都是长辈。另外有两位老人坐在单人沙发上，正冲着陆野招手。

“陆野快过来，给陆院长看看你的女朋友。”

陆野笑眯眯的，看起来颇有点不羁的气质，也不知道是怎么在这种家庭里长成这样的。

他牵着孟芸走到一位老人面前：“陆院长，好久不见啊！”

“臭小子，怎么跟你爷爷说话呢！”陆院长一巴掌拍在陆野手臂上，骂了一句，又赶紧让他们俩坐下，然后冲着孟芸笑了笑，“孟芸吧？辛苦你忍受我家这个小子了，应该很辛苦吧。”

“陆院长，你干吗当着我的面说我坏话啊？”陆野相当不满。

孟芸盯着陆院长看了好一会儿，终于想起来，这不就是之前季迟住院的时候来查房的那个领头的老者吗？居然是陆野的爷爷？！

孟芸突然感到有些尴尬。

陆院长笑眯眯地问："想起来啦？"

"您好。"

"不用客气，就当在自己家一样好了。让陆野给你介绍介绍，然后你们就上去休息吧，开饭了再下来。"

陆野可乐意了，爽快地答应："谢谢陆院长的大恩大德咧！"

然后，他将坐着的几位一一介绍给了孟芸。

全家最大的就是陆院长，然后是陆野他奶奶。

陆院长一共有两个孩子，陆野的爸爸是老大，姑姑是妹妹。陆野的妈妈和姑父都是医疗系统的人，也都事业有成。

他姑姑只有一个女儿，那就是徐臻。徐臻虽然还是高中生，以后多半也会往医学方向发展。

孟芸乖巧地一个一个打招呼、送礼，心里却相当感叹。

这才是一家子的学霸啊，底蕴真不是普通人家比得上的，关键还没架子。陆野的爸妈都非常和善，也怪不得陆野性格这样好。

而且这一家人也相当配得上"悬壶济世"这四个字。

孟芸对陆家敬佩到五体投地，连带着感觉陆野的形象也高大起来。

这样的氛围真的太好了，她其实有点羡慕。

家里都是知书达理的人，人好相处，有学识有眼界——看徐臻这被娇宠的模样，家里人也不会重男轻女，长辈晚辈关系也和睦。

在这样的家庭长大的孩子，都会像陆野这样招人喜欢吧？

陆野不想孟芸被问东问西产生太大压力，就带着她去了自己的房间。

"你先休息一下，我让徐臻来陪你玩。"

见他要走，孟芸条件反射地抓住了他的衣摆。

陆野回过头，笑道："舍不得我啊？"

孟芸红了脸，却没有放手："你去哪里啊？"

陆野看了一眼，确定房间门已经关好了，这才弯腰去亲她的眼睛，一连吻了好几下。

孟芸身上有一股香味，整个人都是软软的，让他触手就没法脱开。

陆野叹了口气，说："老爷子肯定要问话呀，我怕你一会儿吃饭的时候被问得尴尬，先替你解答去。"

"哦。"孟芸咬了咬唇，这才一点点松了手。

陆野忍不住大笑起来。

只是也没办法，他心疼孟芸脸皮薄，怕她一会儿被追问得吃不好饭，干脆提前为众位家长"答疑解惑"去了。他也怕家里人不小心问到什么话，让孟芸想到过去不开心的几年。

孟芸倒是没想这么多，只当陆野要和家里人私下说说话，"嗯"了一声就让他下楼去了。

没一会儿，徐臻就来敲门了："嫂子，在吗？"

孟芸被她这个大大咧咧的"嫂子"喊得愣了一下，反应过来才开口应声。

徐臻推开门，不客气地走进来，瘫在旁边的小沙发里。她好像也没什么八卦的心思，直接掏出手机，问道："嫂子，要不要一起打游戏啊？"

孟芸有点不好意思："我不会……"

"没事，你肯定会的。"徐臻把自己的手机给她看了一眼，"'2048'，数字游戏。"

孟芸一时不知道该说什么好。

果然和陆野是兄妹——一样不走寻常路。

看到孟芸的脸色，徐臻放了心："会吧？我们来看看谁的分数高吧。"

孟芸万万没想到，第一次上门见家长，居然和高中生一块儿玩起了游戏。

心情有点微妙，说不清是开心还是什么，但是这感觉不坏。

与此同时，陆野也坐到了客厅的沙发上，看起来相当潇洒的模样，坦然地说道："问吧。"

陆院长之前已经和孟芸见过一次了，对她相当满意："我没什么好问的。孟芸是个好姑娘，说话也很有礼貌，长得也可爱，配你这小子足够了。你好好对人家，知道吗？"

这话陆野爱听，他嘿嘿笑道："那必须得宝贝啊，陆院长你就放心吧。"

相比之下，陆野的爸妈就问得多一些了，比如孟芸的工作、家庭背景之类的。

陆野也不瞒他们，一一做了解答，最后才说了一句："妈，芸芸一直对她家的情况有点敏感，所以我先替她答了，你们别当着她的面问，我怕她心里难受。"

陆野妈妈听了也没不开心，反而非常满意儿子的掏心掏肺："儿子长大了，知道疼媳妇了。这么多年，我还怕你是同性恋不敢跟家里说呢……放心吧，妈妈觉得挺好的。这样家庭的孩子容易敏感，但是孟芸是个好孩子，看得出来，我很满意。"

陆野笑了起来，搂住他妈妈的手臂，得意道："那必须满意，这可是你儿子惦记了好多年的人。"

"陆野，看不出来，你还是个情圣啊。"

"那是的，必须是和我爸一样啊，有其父必有其子。"

这话大大地取悦了素来恩爱的陆野爸妈，一时间大家都笑了起来。

陆野见长辈问得差不多了，也没有多留，站起身准备上楼去陪孟芸。临上楼梯的时候，他扭过头说："老妈，我把你那个老坑玻璃种的镯子送我媳妇儿了啊。"

陆野妈妈愣了一下，问："就确定是她了？"

陆野毫不犹豫地点了点头："确定了。"

他妈妈笑了起来，假装不耐烦地挥了挥手："行了，去吧去吧。"

陆野回到房间，就看到两个小女孩一个坐一个瘫，都对着手机不知道在干啥呢。他进去的时候还听到两人在报奇怪的数字。

陆野瞄了一眼，顿时无语："你俩这是在PK（对决）'2048'呢？"

孟芸的脸有点红，她的分数不高，徐臻的分数是她的好几倍。

她本来就是文科生，并不擅长这些数字类的游戏，就算徐臻教了她诀窍，她也不怎么能掌握。

陆野一眼就看出来徐臻这小丫头又在欺负人，走过去赏了她一个爆栗，假装怒斥道："拿了你哥的钱还敢欺负嫂子。"

徐臻"呀"了一声："陆野！你干吗！"

"没大没小的。"

陆野接过孟芸的手机，顺手就替她玩了起来。没一会儿，陆野的分数就和徐臻持平了。孟芸看得入神，只觉得陆野非常厉害。

这时，陆野放下手机，冲着要跟他一决高下的徐臻摆摆手："徐臻，快出去快出去。"

"干吗？不是在比赛吗？"

"快出去，你想在这里吃狗粮的话就继续坐着。"

徐臻也不玩游戏了，麻利地关门跑了出去。

陆野把手机丢床上，按着孟芸肩膀就轻轻地吻了上去。

"陆野你干吗呀？这么突然……"

"你坐我旁边怎么叫突然呢？"

只要孟芸坐在那儿，对他而言就是绝对的诱惑。

/ 2 /

在陆家的一天比孟芸想象中轻松不少。就算是中午一大家子围在一起吃饭的时候，他们家人也没问什么让人尴尬的问题，也没有冷落她，她时不时就能收到来自各方的关照。

陆野的姑姑长得和陆野非常像，是难得一见的美人，她说话的语气和徐琴有点像，都是比较温柔那一款。她轻声细语地开口："芸芸啊，你不知道，我们可都期待陆野赶紧结婚，好有人管管他呢！"

孟芸愣了一下。

“你们考虑过什么时候结婚吗？将来什么时候要孩子的话，可以来找我。”

陆野的姑姑是市内最好的私立妇产科医院的医生。

孟芸红了脸。

陆野挑了挑眉，开玩笑说：“姑，你可比陆院长还急呢。这是准备宰自家人一刀？”

“陆野，我看你是想挨揍了。”

两人调侃了几句，化解了孟芸的尴尬。

倒是陆野的爸爸突然想起一件事，提醒了一声：“一会儿越澜要来玩。陆野，下午你带着几个小姑娘出去逛逛吧。旁边不是开了游乐园和步行街吗？你开车带她们去。晚上我们就去隔壁的聚贤阁吃一顿。”

陆野皱了皱眉头：“越澜？她来干什么？”

“你这是什么话？越澜还不能来玩了啊？”

陆野不说话了。

虽然他跟越澜不熟，但越澜她爸到底还是陆院长的学生，两家认识也不是一天两天了。越澜从前基本没来过他家，今天突然要来……虽然他知道不对劲，却也没法在家长面前说不好。

越澜，听到这个名字，孟芸愣了一下，只是她什么都没说。

陆野很敏感地发现了不对劲，有点后悔没早点把事情跟陆院长说清楚——谁能想到越澜会挑这个时间上他们家来玩啊？

等午饭吃完，徐臻就偷偷地跟孟芸抱怨起来：“真不知道越澜来干吗，我真服了她了。”

孟芸有点尴尬，笑了笑，问：“怎么啦？你们关系不好吗？”

徐臻相当震惊地说道：“越澜啊！你不知道越澜吗？就是那个疯狂倒追陆野的女人。以前眼睛长头顶上，跟我说话的时候都是一脸‘降智打击’的表情，后来也不知道怎么认识了陆野，立马就变了脸。她居然到现在还没死心，我服了。”

这话徐臻可以说，孟芸可不敢瞎说，只是她心里也打起了鼓。

越澜……居然还有这样的过去吗？疯狂倒追陆野？

她有点紧张了。

徐臻扯着孟芸回了房间，凑到她耳边悄悄说：“不过嫂子，你可别把这人当回事。她被我哥拒绝之后，还让她爸跑去找外公说，反正有点……”她想了想，找不到形容词，“反正我不喜欢她，陆野肯定也不喜欢她。”

孟芸笑了一声，说：“我知道啦，谢谢你，徐臻。”

她说得真诚，徐臻反倒有些不好意思了，转移话题道：“我教你玩数独吧。”

两人说了会儿话，越澜就来了。她和陆院长他们打过招呼后，几个年轻小辈就被赶出了门。

“家里太小了，也怕你们拘束，出去玩吧，晚上再一起吃饭。”

出了大门，陆野也没管徐臻和越澜，一把搂住孟芸，开了车锁：“走吧，去游乐园。”

徐臻嘟起嘴，抱怨道：“我可不想去，我又不是幼儿园小孩。”

“那你说，干吗去？”

“去玩密室逃脱吧，正好四个人嘛。”

陆野想了想，点了点头：“行啊，芸芸也喜欢玩，走呗。”

孟芸有点不好意思地拉了拉他的衣摆。

旁边好久不说话的越澜笑了起来，说：“我也喜欢呢，就是有点害怕，你们可别嫌弃我呀。”

然而没人应她，场面一时有点尴尬。

最终还是陆野打破了这种尴尬，招呼道：“上车吧。”

他给孟芸拉开副驾驶座的车门，然后自己坐到驾驶座上，另外两个女生就坐在后排。

可能是气氛太尴尬，越澜笑着和在玩手机的徐臻搭话：“臻臻，你也是来找你表哥玩的吗？今天还真巧呢，我爸让我来探望一下陆院长，居然你们都在……”

徐臻冷冷淡淡出了声：“不是。”

“啊？”

“不是来玩的，我是跟着我爸妈来看嫂子的。”

陆野扑哧笑出了声，扭头冲着徐臻挑了挑眉，徐臻给了他一个“你懂的”的眼神。

越澜勉强维持着表情，继续说道：“这样啊，那还真不巧……”

“怎么不巧了啊？你不想看到我嫂子吗？”

这是要帮孟芸出气的意思了。

徐臻古灵精怪的，鬼点子比陆野只多不少，又是小孩子，堵人一堵一个准儿，能让人瞬间说不出话来。

孟芸轻声喊了声“臻臻”，很抱歉地冲着越澜笑了笑，心里却有种说不出的温暖——徐臻应该是喜欢她的吧？她也能和这可爱的一家子成为家人吗？

只是越澜的眼眶一瞬间就红了起来。

“臻臻，我明明不是这个意思……”越澜的声音里已经带上了一丝不可控制的哭腔。

徐臻撇了撇嘴说：“我也不是那个意思啊，你可别诬陷我。”

她本不是这样咄咄逼人的人，也不怎么会让人下不来台，只是她已经被越澜恶心了多年，见着越澜实在摆不出好脸色。在她眼里，越澜就是朵硕大的白莲花，还是伪装的那种，人前人后就像两个人，随时随地散发着熏死人的香气，长得再好看也让人难受。

车厢里一时只有越澜吸鼻子的声音。

孟芸总觉得现在自己应该表现一下，毕竟她是第一次见家长，而越澜是长辈们的客人，她理应做些什么让场面好看一些。

可她就是不想。

她不喜欢越澜，无论出于何种角度，都不喜欢。

好在这尴尬、令人窒息的沉默并没有持续多久，他们已经到达了目的地。

陆野把车停好，替孟芸拉开车门，说道："都下车吧。"

徐臻耸了耸肩就跳下车。

越澜也不好再吸鼻子，红着眼眶，怯生生地跟在几个人后面。

陆野搂着孟芸的肩膀，两个人亲热得旁若无人，徐臻就只好和越澜走在一起。

越澜也看出来没人想搭理她了。自上次她去过陆野的医院之后，陆野就再没搭理过她，今天也是连话都没有和她说过一句。她和这三个人走在一起，就是个完全的外人。

越澜不想就这样坐以待毙，便打起精神，挤出一个笑来，跟旁边玩手机的徐臻搭话："臻臻，你也喜欢玩密室吗？"

徐臻不想理她，又不好不说话，便随口"嗯"了一声。

"我也是，不过我有点笨，还是要靠你们了……"

"姐姐，你这么大了，怎么什么事都靠别人呢？"

越澜被徐臻堵了个哑口无言。

只是陆野完全没把后面两个姑娘的话听进耳朵里，他是把这当成单纯的约会了。

"这个之前没玩过。"

孟芸愣了一下，突然笑了起来，说："不是说玩一百年吗？这才多久，哪能全都玩遍呢？"

陆野没想到她还记得，笑得很开心，低头吻了吻她的额头："但是这次不算，有电灯泡在呢。"

这时越澜和徐臻刚好跟上来，听到陆野大大咧咧的话，一时之间都无语了。

孟芸有点不好意思，扯了扯他的手指："别胡说了，快去买票。"

这次的密室比之前陆野和孟芸玩过的更难一点，场景不恐怖，但是线索很多，破解难度也比之前要高一些。

徐臻显然是个中高手，分析整合能力一流，基本没给别人表现的机会，用最短的时间就带着他们逃脱出去。两个小时的逃脱时间，三个房间的密码，他们只用五十分钟就出来了。

徐臻看到出口的牌子还惋惜地叹了口气，买了甜品找地方坐下，一边吃一边感叹道："太简单了，还没'2048'难呢。"

陆野拍了一下她的脑袋："再吹！"

"陆野！你干吗！"

孟芸看着两个人打闹也觉得很有意思，忍不住笑起来。

两人拌了几句嘴，陆野又扛不住徐臻的要求，带着她去买冷饮了。

趁着这时候，越澜走到孟芸旁边坐下，搭话道："学姐。"

孟芸愣了一下，抬起头，应道："学妹。"

越澜尴尬地笑了笑："我今天打扰到你们了吧？"

这话实在让人难以回答，这么长时间跟下来，自己心里也该有数吧？

孟芸摸不准越澜的想法，只能轻声道："没有呀，玩得很开心。"

越澜看了孟芸一眼，自嘲地笑了笑，说："其实……我之前也喜欢过陆野学长的。"

孟芸更加无语了，嘴巴张了又合，还是没法回答出什么有营养的内容来，只能讷讷地"哦"了一声，赶紧低头挖了一勺蛋糕放进嘴里。

"我不是那个意思，我就是有点……后悔吧，没抓住机会，毕竟我陪了陆学长这么多年……唉，还是不如学姐勇敢。"

这话就难听了。孟芸放下勺子，轻声答道："是陆野追我的。"

越澜似乎很震惊："啊！是吗？不好意思，不好意思，我没想到……不过，我之前听说学姐家里似乎有点困难，陆学长偷偷地帮忙了，这件事学姐知道吗？"越澜似乎对这件事非常自信，嘴角抿出笑意，"学长这么好的人，什么事都默默地帮了，我也是担心他工作这么忙，还要操心别的事情，有点心疼呢。”

孟芸简直要被气笑了，她的男朋友还用得着别人来心疼？

只是陆野帮了她什么忙？什么家里的事？家里出什么事了？

孟芸想了一会儿，决定回去直接问陆野，不能在越澜面前表现出来，干脆略过这个话题。

“我知道了。”

“学姐……”

“不过，学妹还是多操心操心自己的男朋友吧，不要老是看着别人的男朋友，会迷失方向的。”孟芸轻轻地笑了一声，语气里带着难以言说的轻蔑。

她真的受够越澜的挑衅了，话里话外都是她配不上陆野，听着就让人生气。

孟芸虽然也觉得陆野喜欢她是一件没有道理的事情，但是她早就已经决定好好经营这段感情，投入百分之一百的真心。

陆野很好，她的爱也不差。

都是一样的爱情，哪有什么配与不配的呢？

等和陆野家里人吃完晚饭，两人也没有多留。因为陆野喝了酒不方便开车，他们便坐家里司机的车回家。

在路上，孟芸就忍不住紧张地问："陆野，你替我妈和我弟干什么了？"

她想了很久，觉得“家里的事”应该与李一筝和孟文杰有关。她大妈前几天还联系她让她赶紧带男朋友回家呢，怎么也不能是大妈和大爸有什么事——更何况，他们根本不认识陆野。

吃饭的时候，孟芸的心都揪在了一块儿，脑子里闪过种种画面。

李一筝怎么会突然就不联系她了？怎么会突然就放弃了？甚至孟文杰都没有问她要钱了。

这一家子就像是一夜之间消失了一样，而消失之前唯一见过的人就是陆野。

是陆野偷偷许诺了他们什么吗？难道帮他们搞定了户口和贷款？

陆野没想到她突然问起这件事，还真被她问愣了。好一会儿，他才笑起来，将孟芸抱进自己怀里，凑到她耳边，轻笑着安抚道："你别怕，芸芸，你别怕。"

他拍了拍孟芸的背。

孟芸一点点泄了气，声音里似乎有了哭腔："陆野，你可别……我不想你这样。你知道我的想法的，千万不要……"

"没有啦，当时我还没成你男朋友呢，也不会当冤大头给钱的。"

陆野知道她在担心什么。他本想把这件事瞒下来，但是既然孟芸已经知道了，他也不想骗她，于是解释道："就是帮了个小忙而已。你知道的，陆院长人脉很广，我看你妈妈身体也不好，就医似乎也不方便，就稍微……嗯……给她提供了一点点便利。真的，就是举手之劳而已，你别担心。"陆野轻轻地捏了捏她的脸，将她搂得更紧一些，"是越澜跟你说什么了吗？"

孟芸心里有种说不出的滋味，反手紧紧地抱住了陆野，也不管有司机在前面，把头埋进了他的怀里。

"你要告诉我啊。"

陆野习惯性地将孟芸搂住，这才反问道："嗯？什么？"

孟芸的声音又软又甜，在陆野听来，她说什么都像是在撒娇："你不要这样默默付出，你要告诉我呀。"

陆野被她逗笑了："怎么就默默付出了？"

孟芸不说话。

陆野的性格看起来不太着调，其实只是没把他的细心表现出来。他就像是一块原石，等着孟芸去细细地发掘，一点一点磨开他裹着石块的外表。

一点点越来越爱他的点滴——从石块到内里上好的翠玉。

陆野本想笑着解释几句，但是看到孟芸的眼中满含感动，他又觉得心情变得不一样了。

他不介意为孟芸做任何事，甚至不需要让她知道，不需要她的感激，只要她过得好，陆野就觉得很开心。然而当他的心意被人珍视的时候，那种喜悦就加倍了。

陆野沉默了好一会儿，轻轻地吻了吻孟芸的头发。

“你是我认定的妻子，我们本是一体的，所以我们互相保护，互相照顾，这本来就是天经地义的，你说呢？”

因为越澜的一句挑拨，孟芸好几晚没有睡好。陆野也发现了孟芸魂不守舍，他认为孟芸一定是受了越澜的挑拨，所以心里很是愧疚。

想到马上就要陪孟芸回老家，他想着绝对不能让她心里有什么疙瘩，便趁着午休时间去找陆院长。

陆院长看到小孙子大中午跑过来，乐呵了好一会儿，问道：“咱们无事不登三宝殿的陆野怎么来了？是有需要老头子帮忙的地方吗？”

陆野献上了爷爷最爱吃的小笼包：“陆院长，杏花楼的蟹粉小笼，你宝贝孙子刚刚狂奔去买的，现在还热着呢。”

陆院长笑着接过去，问道：“这大中午的过来，肯定有事啊，再不说一会儿上班来不及了别怪我哦。”

陆野摸了摸鼻子，陆院长素来通透，什么都瞒不过他。于是，陆野便面对着陆院长坐下，把关于越澜的事大概地说了一下：“……就是吧，我觉得也不能耽误人家小姑娘，别给人家家里什么希望就好了。所以就麻烦爷爷啦。”

陆院长眼神一闪，直切要害地问道：“小女朋友不开心了？”

“嘿呀，你可别把孟芸想成那种女人……”陆野生怕陆院长不喜欢孟芸，连忙抓耳挠腮地试图解释。

陆院长倒是很淡定：“我们小子长大了，也懂得疼女朋友了。”顿了顿，他继续说道，“这样很好，作为一个男子汉大丈夫，就是要懂得体谅体贴自己的爱人，小吵怡情，吵多了也伤感情。女孩子嘛，还是要好好疼爱的。知道了，越家那边我会去敲打敲打的。怎么都不能让我们‘齐天大剩’把女朋友弄丢了。”

“爷爷！”说什么“齐天大剩”，这也太过分了吧。

陆野可不觉得自己是找不到对象，他那是一心一意，专情又不容易变心，不撞南墙不回头，撞了南墙也得缓缓才能回头。

陆院长忍不住笑出了声：“要是感情发展得还顺利的话，就趁早安排一下两边家长见见面吧。”

这话陆野爱听，嘿嘿笑了一会儿，干脆地应了下来：“您就放心吧。”

这是陆野第一次去见女朋友的家长，虽然是新手上路，却恨不得方方面面全部周到。

他周五用了一天调休，开车带着孟芸去商场挑礼物。

“其实不用送什么的，到那边之后买一些水果和烟酒就好，我大爸大妈都是很好相处的人，人到了就行，没什么礼数的。”

陆野点了点她的脑袋，笑骂道：“你这傻瓜。”

虽然孟芸说当地的习俗基本就是送水果之类的，贵重的礼金是结婚前的拜访才给的，但是陆野不可能真的像她说的那样做。

孟芸啼笑皆非地看着陆野拿了个款式比较成熟的奢侈品牌的包，连忙拦住他：“我大妈压根不认识这些牌子，送了也只能给她拿去买菜。”

陆野笑了笑：“这是打算买给你的。”

孟芸对直男的审美表示质疑：“你今天是来购物的吗？”

陆野叹了口气，把包放回去：“其实我已经买好要送给你大妈大爸的礼物了，今天就是带你来拿的。”

孟芸都不知道他准备好了，听他这样说，便不再逛什么，而是默默地跟着他走。

陆野挠了挠头，带着孟芸进了玉石店。

“我买了块玉牌，挺适合大妈这样年纪的女人。给大爸准备的是小叶紫檀的佛珠，听说他信佛，小叶紫檀的戴了对身体好。”

孟芸看着他从服务员手中接过盒子，一时说不出话来。大爸信佛这件事她只是随口一提，没想到居然被陆野记住了。

这礼物的走心程度可比茶饼大多了，虽然价格差不多，但是送礼能送到别人的心坎上，这本就是一件需要花心思的事情。

陆野做得太好，让孟芸感动又觉得亏欠他。

“哎呀，看我们芸芸这小表情……”陆野笑着揉了揉她的头，“感动的话，还是回家再亲我好了。现在大庭广众的，不合适。”

孟芸收了眼眶里的泪水，默默地掏出了银行卡：“必须我埋单。”

“孟芸……”

“别说了，之前理应我出的，你说是给你爸妈的礼物，就让你出了。这次给我大爸大妈的礼物，必须我出。”

陆野对她的固执简直啼笑皆非，不过他也没在店里跟孟芸争辩，默默地看着她付了钱，然后自己躲在旁边，偷偷地给她转了一大笔钱过去。

孟芸才收到银行的扣款信息，还没来得及肉疼，陆野打过来的钱就到账了。

“陆野，你这是干吗？”她看了下数字，有些震惊地抬起头。

陆野收起手机，把包装好的玉牌和手串都拎起来，一只手揽住她的肩膀，将她带出玉石店。

“这是给你的零花钱。”

“陆野！”孟芸气得脸都憋红了，“你这是什么意思呀？”

陆野没想到她会这么生气，先是愣了一下，接着就想明白了。

他这是不小心伤到孟芸的自尊心了。

陆野犹豫了一下，轻声给她解释道：“芸芸，你别生气，这是给你大爸大妈的钱，我不好开口，你私下拿给他们。他们收养你之后生活应该也不轻松，你不是还要还钱吗？这次回去，你把手上的钱都花完了吧？本来就是我挑了贵重的礼物，理应由我来付钱的，不过我们也不需要分你我。这钱就当作先借给你，你先还给你大爸大妈一些，到时候……你就慢慢还我，还到我们结婚好了。”

陆野捏了捏孟芸的脸颊，轻轻地笑了一声：“结婚之后，我还是要上交工资卡的，你可别嫌弃我存款多啊，这都是为娶你准备的老婆本呢。”

陆野这一张嘴，黑的也能说成白的，孟芸是说不过他的。

只是陆野说得也不是没有道理。她本来是准备存够钱一次性还给大爸大妈的，可这礼物一买，存款就少了一大半。她也担心大爸大妈的生活太过于清贫，怪让人过意不去的。

孟芸咬了咬唇，轻声道了谢：“陆野，谢谢你，但我还是不想这样。”

“为什么呢？”

陆野有些不明白。

这是把他当外人的意思吗？男朋友给女朋友花些钱，不就是天经地义的事情吗？

“因为我不希望对你的爱有任何掺杂金钱的成分，也不希望以后我们感情淡了，吵架的时候你回想起现在，开始怀疑我爱上你的动机……”

原来是这样的理由。

陆野被她逗笑了，眯起了眼睛。

“首先，这个问题根本不可能存在。”

孟芸抬头看着他。

“以后也不会感情淡了，更不会吵架。这是个伪命题。”

孟芸“啊”了一声，脸有点红：“以后的事情……”

陆野却很强硬地坚持道：“不存在的。我千辛万苦追来的老婆，就算我死了，也会带着对你的爱闭上眼。你不相信我吗？”

孟芸目瞪口呆。

这情话……简直堪称土味情话的巅峰了。不仅土，而且雷，寓意还不好，简直令人窒息——窒息里还带着微妙的感动。

对所有女孩来说，爱到地老天荒都是浪漫的誓言吧？

陆野说完，自己先笑了场：“你不感动吗？”

“不‘敢’动不‘敢’动……”孟芸叹了口气，“但是意思我领会了。”

陆野亲了亲她的眼睛，说：“领会了就好。我就是想说我爱你来着，别的没什么。我爱你，知道了吗？”

孟芸被他的语气逗得想笑，只是又觉得自己突然发笑有点影响气氛，便努力地收住了。

工作日的商场里也没什么客人，她飞快地扭头，轻轻地碰了碰陆野的唇，一触即离。

“知道了。我也爱你。”

两人买好东西后也没再耽搁，下午就出发去了高铁站。

陆野本来说开车去的，不过被孟芸干脆地拒绝了。

“开车上高速太累了，而且周日晚上回来也很辛苦，我又不会开车，所以还是高铁方便。”

只是这倒让孟芸起了去学车的想法。

有的时候陆野下班之后还要开车去接她，她也觉得非常心疼。到底牙医还是精细的活，陆野一天高强度工作下来，难免疲惫。孟芸也想让他能轻松一点，就算有非要晚上出门的时候，她也能帮忙开车。

孟芸一边想着，一边靠在陆野肩膀上沉沉地睡去。

陆野等孟芸睡熟之后，才小心翼翼地转过头，认真地凝视着她的侧脸。

真是百看不厌的脸——明明也不是绝世美女，怎么就进了心、入了魂，无法自拔了呢?

陆野无声地笑起来，亲了亲孟芸的额头。

“我这个人很讲究程序的……既然都走完见家长的程序了，那之后你就是我的了。”

孟芸虽然听不到他的声音，但显然心情很不错，连睡梦中都弯起了唇角。

因为早早地就知会了徐琴，孟芸和陆野才下高铁，就看到她大爸已经在外面等着了。

大爸的个子不高，在人流中踮着脚张望，似乎非常期待的样子。

孟芸远远地看到她大爸，一下子就被戳中了心脏。

虽然她一直因为家庭原因而感到难过，但是不管怎么说，她大爸和大妈对她的关心和爱护都不比亲生父母少。

可以说，他们俩是把能给的最好的一切都给了孟芸。

孟芸的眼睛有点红，又怕她大爸看到她的样子，便放慢了脚步，整个人都躲在牛高马大的陆野身后。

陆野不明所以，扭头看了她一眼，问道："怎么了？"

孟芸轻轻地擦了擦眼泪，说："看到我大爸了……想他了。"

是她走进了奇怪的死胡同。

都是她不好。

不管怎么说，她回国后应该先回家去看看大爸和大妈的——孟芸总觉得自己亏欠了两人太多，又任性地动用了他们的积蓄出国留学，如果做不到大妈期望的那样，她就觉得难以面对他们。

大妈已经去探望过她，可是她那沉默寡言却素来对她很好的大爸呢？就因为他说得少，自己就忽视了他吗？

孟芸越擦眼泪越忍不住，干脆把头靠到陆野的背上，脸贴着他的衣服，声音哽咽道："把你的衣服弄脏了，对不起。"

陆野意识到了她的反常，本想问些什么，却又迟迟没有说话，只保持了两人间的这份沉默。

高铁站人来人往，喧闹得令人感觉到一丝丝难以形容的温暖。

陆野站姿挺拔如松，背脊宽厚，像是牢不可破的围墙，给了孟芸沉甸甸的安全感。她靠了一会儿，偷偷地抹干脸。

陆野敏感地感觉到她呼吸的变化，还有身后那些窸窸窣窣的小动作，忍不住笑起来："怎么像只小仓鼠一样可爱啊！"

孟芸轻轻地拍了拍他的背，轻声道："我大爸在你前面二十步远的地方。"

陆野条件反射般地挺直腰板，引得身后的人一声轻笑。

"大爸——"孟芸从陆野身后走出来，往前走了两步，冲着前面的中年男人挥了挥手。

中年男人穿得很正式，虽然衣服裤子都不是什么大牌子，也有些年头了，但是干净又笔挺，配上他一脸肃色和挺拔的站姿，让人无端就生出几分敬意。

男人的视线移到孟芸脸上之后，脸色顿时舒缓下来，露出一丝喜意。

"芸芸回来了。"

大爸快步走到她面前，停在刚好的距离，上下打量着她，却因为孟芸已经长大了，并没有做什么更亲密的动作。

"瘦了，一个人在国外很累吧？"

语气里能听出关心——这对一个沉默寡言的中年男人来说，已经是非常外露的情绪了。

孟芸又想哭了，掐着自己的手心死死地憋住。她深吸一口气，挤出一个笑来，摇了摇头说："不累的。"

她大爸点了点头，放下了心，然后习惯性地想去帮她拿行李，却发现她两手空空，这才想起来孟芸不是一个人回来的。

"你大妈说你要带男朋友回来，人呢？"

孟芸有点不好意思，小心翼翼地回头望了一眼。

陆野就站在离她三四步远的地方，听到她大爸问起，才拉着箱子走上前，冲着大爸鞠躬打招呼："叔叔您好，我是孟芸的男朋友。"

她大爸上下打量了陆野一番，肃着脸点了点头："你好你好。小伙子很帅啊，芸芸眼光不错。先回家吧？"

"麻烦了。"

大爸带着两个小孩回了家。

徐琴已经准备好了晚餐，就等着人回来。听到开门声，她连忙起身张望，轻声细语地问道："是芸芸回来了吗？"

孟芸笑了起来，轻声应道："大妈，我回来了。"她指着门口的陆野介绍了一下，"这是我男朋友，陆野。"

"阿姨，您好，我是陆野。"

陆野长了张让人没安全感的脸，偏偏还能装得乖巧，讨长辈的喜欢。

徐琴看两人蛮登对，点了点头，说道："这么晚了，饿了吧？先吃饭吧，别在外面傻站着啊。"

陆野乖乖地跟着一家人换鞋洗手，坐到餐桌旁。

/ 3 /

孟芸大爸大妈家不是很大，在小县城也不算是条件很好的人家，就是普通的中游水平。只是小县城的房价还没涨起来，普通人家要是用积蓄买房，也能换套条件更好的房子。

所以孟芸一直为此自责。当年她太年轻，以为出国留学花不了什么钱，自己半工半读也可以，哪知道零零碎碎地花了不少钱，想再回头也回不了了，只能看着大爸大妈为她掏空家底，一直住在这套两室两厅的旧房子里。

孟芸到底不是亲女儿，更懂得珍惜他们给的爱，所以也一直想着要好好报答大爸大妈。

只是她并没有什么出人头地的本事，虽然念了这么多年书，要不是陆野帮忙，她指不定现在还在失业。

陆野看孟芸的表情就知道她一定想到了什么事，看起来有些低落。他连忙笑着把礼物拿出来，试图转移她的注意力："叔叔，阿姨，初次拜访，这是我和孟芸一起去挑的一点小小心意……"

她大爸和大妈愣了一下，对视了一眼。

还是徐琴先一步将东西接了过来："来就来了，还破费什么呀？"

话虽然这样说，但她还是小心翼翼地拆了包装。

陆野抿着嘴笑，在桌子下握住孟芸的手。

孟芸看了他一眼，轻声道："不知道大爸和大妈喜不喜欢……"

徐琴拿着那块玉牌，难得露出了手足无措的样子："这很贵吧？"

就算不是专业人士，只看那玉的质地，也知道不是便宜货。

那串小叶紫檀的佛珠也送到大爸的心坎里了——小叶紫檀的价格他心里有底，虽然不便宜，但也不是受不起的礼物。

两人原本对孟芸男朋友的期许并不是很高，只希望是个踏踏实实的男人，对孟芸好，会照顾人，有上进心就好了，别的都可以一起奋斗。但是陆野太帅，再加上他一身穿着打扮，显然是个家境很优渥的孩子。

徐琴是女人，想得更多一些。

孟芸是他们带大的孩子，他们比谁都怜惜她，也知道她心底的自卑。他们能给的帮助有限，如果她真的找了个有钱人家的男孩……男孩家里会不会欺负她？

想到这儿，徐琴就有些忧心忡忡，想把礼物退回去。只是她才一抬眼，就见到两个小年轻在对视。

陆野眼中的情愫几乎要溢出来，让人看了就觉得安心。

只一眼，徐琴就改变了想法。她拍了拍自己的丈夫，示意他把礼物收起来，然后给陆野和孟芸添了汤，放到两人面前。

"陆野第一次来我们家，多吃点啊。"

陆野松了口气，偷偷地捏了捏孟芸的手指，抬起头笑道："当然了，一定会好好吃的，阿姨别嫌我吃得多就好。"

徐琴露出温柔的笑容，看着陆野喝了汤，又伸手给他夹菜："陆野现在在做什么呀？是芸芸的同事吗？"

陆野看了孟芸一眼。孟芸想替他回答，但他先一步抢答了："不是的，阿姨。我是孟芸的大学同学，我现在在做牙医。"

徐琴愣了一下，夸道："牙医好啊，好工作。"她笑了起来，"芸芸小时候最怕牙医了，还被她大爸骂过呢。”

陆野想起孟芸第一次去医院躺在治疗台上的那个表情，忍不住轻笑了一声：“是呀，领教过。”孟芸大概也想到了过去的事情，默默地瞪了他一眼。

徐琴算是看明白了：“是看牙的时候重逢的吗？芸芸，又牙痛了？”

“嗯，已经看好了。”

这样一来，她大爸和大妈都觉得非常满意。

陆野的工作好，又体面，工资又高，也不是什么不三不四的人。大学同学，听起来就是知根知底的。

孟芸虽然读了个不是特别高大上的专业，但学校也是顶尖的，陆野能进医学院，一定是又聪明又努力的人。

“陆野是哪里人呀？父母是做什么的呢？”这是当未来女婿来问了。

“大妈……”孟芸有点紧张，生怕徐琴太关心她，不小心冒犯了陆野。

陆野倒是一点都没有觉得被冒犯，反而放下筷子，很认真地抬起头，竹筒倒豆子一般把自己的情况全面地介绍了一番。

“我是本城本地人，爸妈和爷爷奶奶都是医生。”

“医生？医生很好啊，有出息，爸妈的工作也好。”徐琴温柔地点了点头，“听芸芸说，她已经去拜访过你的父母了，你应该也知道我们家的情况……”

“嗯，我家里人也觉得孟芸很好。我很感谢叔叔阿姨把孟芸养得这么好，我会好好珍惜她的。”

孟芸一下就红了脸，轻声道：“陆野……”

徐琴放了心。

一直到吃完饭，孟芸脸上的温度都没退下去。

那些话私下说说就算了，听着陆野一本正经地在家长面前讲出来……她还是有点扛不住。

但是显然，她大爸和大妈都被取悦了，满意的神情一望便知。

“来来来，多吃点，别客气啊，就当自己家一样。”

“谢谢叔叔阿姨。”

徐琴看着两个小年轻情意绵绵地坐在一起，心中顿时升起一股自豪感。

他们的孟芸已经长这么大了，出落得亭亭玉立，脾气又好又懂事，现在还有了这么优秀的男朋友。

徐琴的眼眶有点湿润，却依然撑着温婉得体的微笑，问道：“你们去见过芸芸的爸妈了吗？”

这话一出，饭桌上的气氛一瞬间就凝固了。

孟芸的手顿了顿，她收起笑意，和陆野对视了一眼。

陆野笑道：“还没来得及呢，芸芸说想叔叔阿姨了，我们就先过来了。”

徐琴的眼睛立马亮了起来，点了点头，道：“芸芸从小就很懂事，也很孝顺……”

她还打算再说什么，旁边一直没说话的大爸却突然打断了她：“好好的日子，别说别人了。”

徐琴听了就有些不乐意：“芸芸的爸妈怎么是别人呢？”

“不是别人，难道还是家里人吗？”

“老吴！你在说什么呢！孩子面前……”

她大爸突然就爆发了，把筷子往桌上一拍，质问道：“孩子面前，你还嫌说得不够多？你让芸芸怎么想？就算你不说，芸芸也会孝顺你的，没必要老是和那些有的没的人对比！”

徐琴讷讷地张大了嘴，脸都被气红了，终于不再温柔：“在你眼里，我就是这种人？”

“那你为什么要这么说？之前人家打电话来让芸芸帮忙，你为什么还帮着去说服芸芸？你不知道她现在的情况吗？你知道他们安了什么心？”

“人家？那可是我弟弟！”

没想到闹成这样。

孟芸第一次见徐琴发这么大的火，顿时有些手足无措：“大妈……”

她一出声，徐琴就冷静下来，勉强扯出一个笑：“吓到你们了吧？”

“大妈……”

“没事的。”徐琴站了起来，“陆野今天也累了吧？一会儿我把房间收拾出来，你和她大爸挤挤可以吗？”

陆野连忙站起来，说：“不用麻烦了，我去旁边宾馆开个房间就好。”

“那怎么行呢？好不容易来一次，不嫌弃的话就挤挤吧，明天让芸芸带你出去逛逛。”

徐琴都这样说了，陆野也不好再拒绝，连忙应下来。

只是孟芸她大爸还在气头上，显然还有话要对大妈说，便哄着孟芸他们两人出去走两圈消消食。

“附近的夜市也不错，让芸芸带路去看看吧。”

孟芸和陆野对视了一眼，说：“大爸，我帮大妈洗碗吧。”

“没事的，出去吧，在家里也拘束。等你大妈收拾好了，你们回来就能洗洗睡了。”

两人被推出了家门。

孟芸没急着走，倚着门等了一会儿，果然，里面又传来了争执的声音。

只是徐琴的性格就那样，就算激动起来，也不可能像泼妇骂街，她连声调都没变，听起来就是缓慢的腔调，只是熟悉的人一下就能听出她的怒意。

陆野也没想到会发生这种事，他看了孟芸一眼，孟芸已经咬住了嘴唇，脸色有些难看。

陆野叹了口气，搂住了她的肩膀，强硬地半抱着她把她拉了出去。

孟芸任由他搂着，愣神了好一会儿，才悠悠地开了口：“我……都是我不好……”

她其实也说不出自己哪里做错了，但是大爸和大妈确实是因为她吵了起来。这么多年来，她几乎没见过两个人红脸，更不要说爆发这样的争执了——如果不是因为她，这件事就不会发生了吧?

孟芸不觉得自己拒绝李一筝哪里有错，只是让这么关心爱护她的大爸和大妈不开心，她……

陆野知道这傻姑娘又走进了死胡同，伸手轻轻地拽了拽她的头发：“‘背锅侠’?”

“什么?”孟芸一脸茫然地抬起头。

“我说，我们小姑娘又要做‘背锅侠’了。”陆野笑着用自己的脸蹭了蹭她的脸颊，“是不是觉得自己不好，愧对大爸大妈了?傻姑娘，你这么好，你大爸那是心疼你呢，你大妈是舍不得你。女人嘛，都是这样口是心非的，指不定你说忘了亲爸妈，她心里更高兴呢。”

孟芸不乐意了：“你怎么能这样说大妈呢?”

在她的心里，徐琴又温柔又善良，陆野的猜测根本不可能，她大妈才不会那么小心眼呢。

陆野摸了摸鼻子，说了句“抱歉”，又问道：“不过，你大妈和你爸妈是什么关系呀?之前听你说是你爸爸的姐姐，为什么她不姓孟呢?”

“啊……哦，这个啊，我其实也不是很清楚。不过听大妈说，好像爷爷奶奶那辈儿，爷爷是上门女婿，第一个女儿就是大妈，跟了爷爷姓，第二个是儿子，就跟妈妈姓了。”

陆野恍然大悟地点了点头：“怪不得呢。”

孟芸解释了几句，心情也平复了一些，紧绷的身体一点点放松下来。就在这时，她突然想到一件事。

“陆野，你是不是去见过……我妈了?”

否则，他是怎么让李一筝回家去的?只靠孟文杰吗?这可能吗?

陆野摸了摸鼻子，顾左右而言他：“不是说要去夜市吗?”

“陆野。”

“好啦，”陆野垮了下来，“是见过了。”

孟芸的心紧紧地揪了起来。她想知道陆野说了什么，又不想知道这么丢脸的事情。

人家谈恋爱的时候都是把最好的一面展现给恋人，只有他们俩奇奇怪怪的，还没确定恋爱关系，她这脓包一般的原生家庭先完完全全地被解剖在了他的面前。

孟芸不知道陆野是怎么想的，但是她也没有问的勇气。她既想知道陆野为她做了什么，又不想听李一筝对陆野说了什么过分的话。

陆野牢牢地握住了她的手，说：“我说我是你的男朋友。”

“然后呢？”

“然后啊，没然后了。你陆野哥哥必须是人见人爱啊，你见过哪个阿姨妈妈不喜欢我的？”

孟芸被他夸张的语气逗得笑了一声，又觉得不合时宜，立马板起脸：“到底说什么了呀？”

“真的没什么，他们没有提出什么过分的要求啦，你别担心。”

陆野的语气非常郑重，让人无端地就相信他的话。

孟芸微微地松了口气：“谁担心你了？”

等两人逛完回到家，也到了睡觉的时间。简单洗漱了一番之后，孟芸躺到了床上。

没过一会儿，收拾完的徐琴也轻手轻脚地躺了上来。

孟芸轻轻地喊了一声：“大妈。”

徐琴的动作一顿：“还没睡着啊。”

“嗯。”

徐琴在她旁边躺下，借着窗外的月光凝视着孟芸的脸：“芸芸，跟大妈说说话吧，好久没有这样说话了。”

这话说得孟芸感慨万千。

孟芸刚到徐琴家的时候，整个人非常阴郁——当时她年纪还小，不能接受被亲生父母抛弃的事实，总觉得自己被全世界抛弃了。

徐琴陪着她一连睡了一个月，每天晚上盯着她写作业，给她做夜宵，躺在床上监督她背单词。

孟芸至今仍记得徐琴说了什么，让她改口喊了“大爸大妈”。

徐琴说：“芸芸，你就是我的女儿。不要觉得这个世界上没人爱你，那样会让爱你的人伤心的。”

明明是有点煽情的话，偏偏被徐琴这样温柔地说出来，一点都不尴尬，而是充满了让人动容的温情。

“像这样说悄悄话，好像已经是十几年前的事情了呢。”

“大妈……”

徐琴轻轻地笑了一声：“还在怪大妈吗？”

孟芸微微瞪大了眼睛：“没有啊，我怎么会怪大妈？”

“怪大妈老是跟你提起你爸妈吗？”

孟芸沉默了一会儿，艰难地开了口：“没有，我知道大妈是为了我好。”

黑暗中，徐琴伸手摸了摸她的头发，就像曾经温柔地抚摸着那个小小的孟芸一样。

“大妈不希望芸芸把爸妈忘了，不是因为什么私心，也不是因为你爸是我的弟弟。”就算不愿意承认，徐琴也不得不承认，她正渐渐地老去，原本那个能给小孟芸依靠的怀抱也已经无法完整地将她抱入怀中，“因为芸芸太好了，大妈不希望芸芸变成一个冷漠的人，也不希望芸芸整天陷在仇恨中。比起那样，我宁可我们的乖芸芸成为一个善良的人。”

孟芸吸了吸鼻子，喊道：“大妈……”

“但是你的大爸怕这样善良的芸芸被人欺负了，所以才会怪我。这是我不好，没考虑到芸芸的想法。”徐琴叹了口气，“我们都没想到，芸芸已经长大了，有了自己的判断，不需要我这样反复提醒了。而且，现在芸芸还有了贴心温柔的男朋友。陆野很好，大爸和大妈都很满意。”

孟芸不说话。

“我们都老了，往后余生，我们的芸芸就会有更好的人来保护，会有人照顾芸芸，让芸芸每天都开心快乐。”徐琴温柔地摸了摸她的头发，

“以后也千万不要忘了大妈和大爸啊，我们的乖芸芸。”

孟芸的眼泪一下子就流了下来：“大妈……”

徐琴笑了起来：“乖乖，快睡吧。”

孟芸点了点头，把脸埋进被子里，闭上了眼睛。

很久没有回老家了，虽然床还是原来的床，房间也是原来的房间，但孟芸还是翻来覆去没睡好。第二天一大早，她便翻身起了床。

徐琴老早就出去准备早餐了，孟芸也不好意思偷懒，麻利地洗漱完，就去厨房帮忙了。

徐琴看到她，笑了笑，问道：“睡得好吗？”

孟芸洗了洗手，去拿盘子装菜，答道：“嗯。”

“别忙了，去坐着吧。”

孟芸身体没动，抿了抿唇，转移话题：“大爸呢？”

“早起了，和陆野出去买油条豆浆了。”

孟芸微微地松了口气。她还怕陆野不小心睡过头，给大爸和大妈留下不好的印象，哪知道她才是全家最晚起床的那个。

“陆野这孩子确实很不错，你们要好好的啊。”

孟芸忍不住红了脸，含含糊糊道：“嗯……嗯，会的。”

徐琴的目光仿佛能看透人心，她噙出一个笑，擦干了手上的水：“走吧，他们应该要回来了。”

吃了早饭之后，孟芸便在大爸大妈的要求下，带着陆野出去闲逛了。

小县城也没什么特别的景点，孟芸纠结了一会儿，才小心翼翼地试探道：“要不，去我们初中看看？从我们那儿有车能直接上山，下午我们就去摘杨梅。”

在长辈面前不好做出什么亲密举动，陆野都憋坏了，这时候已经牢牢地将孟芸的手握在了自己的掌心。

“好呀，你说什么都好。”

孟芸“嗯”了一声，任由他抓着，带着他去了公交站。

“以前我家还不住这儿的时候……嗯，那时候，我一开始也不坐车上学的，后来那边的房子卖了，就每天坐车去了。”孟芸有点不好意思，“我小时候成绩不算特别好，到高中才渐渐好起来的。”

小时候没人管，又适逢叛逆期，她能保持住成绩没有掉到底，已经很不容易了。

后来有徐琴管着，她的成绩才一点点往上游水平冲。

“你这算什么？我以前……”陆野微微一笑，“以前逃课去网吧，结果忘了那天是期中考试，然后那一个学期每天上学放学都被迫被家里人接送，什么都做不了。”他叹了口气，“还错过了很多与同学约会的机会呢。”

孟芸假装生气地瞪了他一眼：“什么同学啊？是女同学吗？”

此时公交车恰好缓缓驶来，两人一前一后地上了车，坐在了倒数第二排。

陆野眼睛亮晶晶的，整个人靠在孟芸身上，却小心翼翼地控制着力气，不让她觉得累。

“你吃醋了吗？”

孟芸本想笑——都八百年前的事情了，有什么可吃醋的？也就是顺口问了一声而已。只是陆野喜欢她说这种在乎他的话，孟芸也不泼冷水，自然地点了点头：“老实交代。”

“哪来的女同学啊，当时非主流才是主流，我这样的阳光少年居然连个慧眼识珠的人都没有。”

陆野的语气里颇有几分惋惜，只是眼睛里带着笑意，这帅气的模样可不像是没人气的样子。

孟芸扑哧笑出了声。

陆野伸手抱住她的肩膀，像一只手长脚长的大熊，挂在一个娇小可爱的女生身上，轻声笑道：“跟我说说吧，你上初中时候的事情。”

孟芸想了想：“其实也没什么特别值得说的事情……”

“有男生追你吗？”

“好像……有吧。”她笑了一声，“不过当时我的心态不太好，也不是很在乎别人的想法，所以……”

公交车很快到站，两人手牵手下了车。

孟芸的初中学校不是很大，但是校门建造得很不错，下车走几步，远远地就能看到硕大的“第八中学”的校牌。

虽然是周末，但是学校周末也会开放，让学生进去打球之类的。

陆野拉着孟芸缓缓走进学校里，沿着操场不急不缓地走着。

此时还是大早上，只有两三个精力充沛的小男生在投篮，校园里安静得能清晰地听到旁边的鸟叫声。

有种浪漫的气氛在两人间蔓延着。

也许是情绪使然，孟芸居然开口说起了孟文杰。

“小时候，我其实很喜欢弟弟的。孟文杰这个人一直很皮，但是跟我关系很好，家里没人在的时候，我们俩就待在一起，或者一起出去玩，我看着他疯，也会觉得弟弟很可爱。

“那时我也有点皮，跟着弟弟一起爬树去偷杨梅吃。后来不小心从杨梅树上摔了下来，都不敢告诉家长，孟文杰就去他们学校的医务室要了红药水和纱布，拿过来替我消毒。他们那些男生经常有些摔摔打打的，医务室那边都见怪不怪了。”

时间就像流水，在孟芸轻轻软软的声线里，一点点淌过话中人的人生。

陆野仿佛能看到那个小小的孟芸，漾着灿烂的笑容，穿过群山、穿过悠长的假期和枯燥的学习生活，然后……弟弟和爸妈抛下了那个活泼可爱的孟芸，让她突然长大了。

乖巧懂事，又谨小慎微，令人喜欢又无比心疼。

孟芸叹了口气，不再说话，带着陆野偷偷地溜进了教室。

“以前我就坐这里……”她伸手指了指一个座位，然后便坐了上去，

“以前做考场的时候，还有人在我的桌面上打小抄，我回来擦了好久呢。”

她仔细地扫视了整个桌面，笑道：“看来它现在的主人不如我，居然在上面乱涂乱画。”

陆野也自然地坐在了她前面的位子上，转过身去，冲着孟芸挑了挑眉：“同学，作业可以借我抄抄吗？”

孟芸抬眼看了他：“陆野同学，老师说不能抄作业哦。”

陆野轻佻地勾了勾她的手心：“给老公抄也不行吗？”

中午，两人随便在校门口吃了点简餐，趁着日头好便坐了车上山去。

杨梅即将下市，两人算是赶上了末班车，只是山上的果园已经不如一个月前那么繁盛，也不怎么能看到杨梅的影子了。

孟芸下车走了两步，有点担心地说道：“不会已经没杨梅了吧……”

陆野搂住她的肩膀，带着她走上前去，敲了敲园林管理室的大门：“您好，请问现在还可以摘杨梅吗？”

等了一会儿，一个六十来岁的老人拿着两个竹篮走了出来。他将竹篮递给陆野，说：“摘完下来称重，不然不能带走。”

陆野点了点头，说了声“谢谢”，将其中一个篮子递给孟芸。

孟芸拎着篮子走在前面带路，边走边跟陆野吐槽：“在我小时候，这里的杨梅根本没有人管理，我们放学就会偷偷上来摘。好像是近两年才把杨梅山开发成了景区，一到杨梅成熟的季节，就会有别的地方的人过来摘杨梅，体验农家乐。”她说完，愣了一下，“但是，我们要怎么摘呢？”

陆野笑着看她。

一个是从来没摘过杨梅的城市长大的孩子，一个是十二岁之后没再爬过树的淑女，除了两个竹篮什么工具都没有。两人面面相觑，一时半会儿想不到该从哪里下手。

孟芸看了陆野一眼，说：“以前我们都是直接爬上去摘，或者拿竹竿打下来。打下来的杨梅比较容易腐烂，需要当天吃完才行……”

陆野忍不住笑了起来，伸手捏了捏她的脸颊：“就摘下面的好了，没关系。”

只是如今长在低处枝杈上的杨梅都被摘得差不多了，两人在园林里逛了一个多小时才堪堪摘了一篮子多。不过这些也够吃一阵了，两人商量了一下，便没有再动手，而是拎着篮子继续往上走。

二十多分钟后，两人来到山顶。

小县城没有多么瑰丽的美景，也没有一览众山小的气魄，只是山上的空气非常清新，让人感觉整个人都舒畅了起来。

陆野在山顶深吸了一口气，突然喊道：“芸芸。”

孟芸“嗯”了一声。

“我想亲你。”

孟芸愣了一下，脸颊微红：“陆野你……”

只是陆野没给她犹豫拒绝的机会，一只手拎着装杨梅的竹篮，一只手揽住她的腰，将她整个人拖向自己怀里，紧紧地搂住。然后他低下头，准确地封住了她的唇，将她未尽之言通通堵在唇齿间。

这里是附近最高的山，周围空无一人，连蝉鸣鸟叫的声音都显得万分遥远，似乎天地间只剩下他们两人。

等两人分开的时候，孟芸的唇有点泛红肿胀。

陆野似乎也意识到自己下手太重，心疼地抚了抚她的嘴唇：“抱歉。”

孟芸扭过头，不让他这样专注地直视自己。

陆野笑起来，低头在她耳边轻声说：“今晚月色很美。”

孟芸愣了好一会儿，突然意识到他话里的含义，顿时整张脸通红，讷讷地说不出话来。

好一会儿之后，她才轻声道：“我也喜欢夏目漱石。”

陆野挑了挑眉。

“也喜欢你。”她将脸埋进陆野的胸口，“回去之后，我就把那个租房退了吧？”

季晓戚看起来非常难过，一副茫然无措的样子："季迟……他还会理我吗？"

"小七……"孟芸抿了抿唇，"如果你真的喜欢他的话，还是要多想一些，不能就这样随便过下去。这对季迟也不公平。"

孟芸安慰了季晓戚一下午才回到陆野家。

陆野早就收到了她的消息，早早地准备好晚饭。看到孟芸的表情，陆野叹了口气，走过去将她一把抱起来。

孟芸被吓了一大跳："陆野你干吗呀？"

陆野笑道："看你累了，抱你去洗手吃饭啊。"

说着，陆野将她抱进卫生间，耐心地替她洗了手，又把她抱到餐桌上坐好。

孟芸抬头看着陆野，等他坐下之后，才轻声开了口："谢谢。"

陆野捏了捏她的脸，问道："怎么啦？看起来这么低落……是季晓戚发生什么事了吗？"

孟芸叹了口气："嗯，她分手了。"

陆野不说话了，只是给孟芸夹了菜。

孟芸又叹了一口气："陆野，喜欢一个人，真的会这么痛苦吗？"

听了这话，陆野放下了筷子。

"芸芸，你不要因为别人的经历而代入自己。"他摸了摸下巴，似乎在思考怎么说下去，"我爱一个人的时候，绝对不会让她难过悲伤。

"你只要全心全意地幸福快乐就好，别的事情都交给我——也不要想着吵架分手什么的，在我这里是不可能发生的。"

孟芸笑了一声："那你可别忘了今天说的话，我再也不想哭了。"

转眼暑假就过去大半。

开学前两周，孟芸就开始上班了。

老师们要布置教室、排课表、做入学登记等等。

孟芸跟陆野商量了一下，准备到九月跟房东联系退租。只是这样的话，孟芸就要多花些通勤时间了。

陆野要送她，她又不愿意。

“被学生家长看到不好。”

陆野拗不过她，深深地叹了口气，说：“你快点去学车吧，到时候给你买辆代步车。”

孟芸笑了起来，说：“之前给我大妈大爸的钱还没还给你呢，你又要增加我的还贷负担吗？”

“芸芸……”

陆野还要再说，却被孟芸抬手阻止了。

“好了好了，我上班要迟了，先走了。”

陆野只好闭了嘴，开车把她送到地铁站，目送着她离开。

孟芸一到办公室，放下东西就开始忙碌。

新学期她还是做副班主任，带一个中班，而张老师则是带新进的小班。

孟芸新搭档的班主任是一个很有经验的教师，四十来岁的模样，姓沈。沈老师虽然是老教师，但身体不太好，所以孟芸的担子会更重一些。

孟芸和几个新班级的老师认识了一下，又剪了一会儿贴纸，这才跟着沈老师去等待家长。

沈老师看起来慈眉善目、和蔼可亲，对孟芸这样的新老师也非常有耐心：“我们这儿有好多学生都是中班才来上学的。小班孩子还太小，家长不放心交给老师，所以都留在家里照顾。”

孟芸点了点头，沈老师便笑着把手上的档案递给她。

“我们虽然是带中班的，但是难度不比小班小。新来的小朋友有十几个，班级同学之间的关系要处理好，小朋友的规矩和习惯也要教好。一会儿这些家长会带着孩子过来登记缴费，你先观察观察，和家长们多聊聊，免得开学了手忙脚乱。”

孟芸非常感激沈老师的教导，认认真真地道了谢，开始研究档案。

下午一点半，陆陆续续开始有家长到达学校。

孟芸第一次接待家长和小朋友，没一会儿就开始手忙脚乱起来。反观沈老师就非常有理有序，看得出心里有底。

孟芸在心里感叹了几句，一扭头，好巧不巧地撞到了前面的人。

“不好意思，不好意思……”

她抬起头，见前面站了一个个子很高的男人，手里牵着一个小男孩。

男人似乎并不在意，冲着孟芸笑了笑，问道：“没关系。请问中二班怎么走？”

孟芸愣了一下，说：“啊，我就是中二班的老师，您是带着孩子来报名的吗？跟我进去吧。”

她把登记表递给男人，又弯腰给小朋友倒了水，蹲着跟他说话：“小朋友，你叫什么名字呀？”

小男孩的模样乖乖的，说话也清晰：“老师你好，我叫瞿初。”

孟芸点了点头：“你好，我是孟老师，以后就是你们的副班主任啦！”

也许是因为之前的意外，孟芸对瞿初就多了一些关注。

瞿初小朋友比别的孩子反应快一些，也不是特别怕生，长得又可爱，没一会儿就跟别的小朋友玩到了一块儿。

孟芸是真心喜欢小朋友的，看到瞿初这样的小孩更觉得开心。

她在一边观察了一会儿，瞿初的爸爸突然走了过来：“孟老师。”

“瞿初爸爸。”孟芸打了招呼。

瞿初爸爸实在太年轻，样貌也生得好，为了避嫌，她也不好太过于亲切。哪想到对方突然掏出手机，冲着孟芸笑了笑：“孟老师，刚刚沈老师说，以后班上的一些事都会由孟老师负责……您看，方便加个微信吗？小朋友有事也可以及时保持联系。”

孟芸自然干脆地答应下来，和瞿初爸爸互加了微信。

两个星期后，学校在老师和校工的忙碌下焕然一新，也正式迎来了新学期的开学。

孟芸接手了一个新的班级，除了那些报名时见过的小朋友，原先班级的学生也要一个个认识。

开学第一周就在兵荒马乱中过去了。

周五下午的时候，季晓戚突然到学校来接孟芸下班。

孟芸有点惊讶，却没有推辞，立马和陆野说了一声，转头就跟着季晓戚走了。其实季晓戚也没有想好要去哪里，她只是有些郁闷，所以想找孟芸说说话。

两人商量了一会儿，便决定沿着人行道慢慢地走，走到走不动了，再去吃饭。

季晓戚的状态比之前好了不少。

“我把季迟的微信加回来了。”

孟芸一愣，问道：“他说什么了？”

季晓戚自嘲地笑了笑：“又恢复一开始冷冰冰的模样了呗。不过我把实话跟我妈交代了，现在已经和家里冷战十来天了。”

孟芸说不出话来。

一切语言上的安慰都显得多余，她毕竟不是当事人，无论说什么，都仿佛不合时宜。

她犹豫了好一会儿，小心翼翼地问道：“小七，你喜欢季迟什么呢？”

孟芸还清楚地记得，她当年追求魏宋词的时候，季晓戚曾经说过自己绝对不会喜欢冰块，因为这样冷漠的男人给不了女生足够的尊重，会让人觉得沮丧又愤怒。

后来孟芸想了想，深以为然。

哪知道季晓戚自己看上的人却是更难追求的季迟。

虽然孟芸一直没有问过这个问题，却是真的非常好奇。

两人还是在游戏里认识的，算是网恋了，感情哪至于这么深……难道真的是特别的缘分？

季晓戚的脚步一顿，非常认真地想了想，说："网上不是说，总有人会透过'98K'对你一见钟情嘛。我就是这样的，透过八倍镜对个冰块一见钟情了。"

这时候还有心情开玩笑，看来是恢复了不少。

孟芸笑了起来："那你这'98K'可真是要命的'98K'啊。"

季晓戚拍了孟芸一下，嗔怪道："芸芸，你跟陆野学坏了。"

"哪有……"

两人在路上说笑着闹成了一团。

"孟老师？"

孟芸的笑还没收住，就听到有人喊她，她愣了一下，立马扭过头去。

瞿初的爸爸正站在两人十步之外的地方，带着一脸歉意的表情。

"孟老师，打扰到您了吗？"

"没有没有。你好，瞿初爸爸，有什么事吗？"

瞿初爸爸看了季晓戚一眼，似乎因为有别人在而有些不好意思，但依然不急不缓地冲着孟芸开了口："是这样的，瞿初说孟老师非常照顾他，想请老师吃个饭表达一下感谢。"

他指了指街道右边的餐厅，透过玻璃窗，可以看到瞿初正坐在靠窗的座位冲着两人招手。

"因为瞿初正好看到孟老师走过，就闹着想和孟老师一起吃饭，所以就很抱歉地来打扰两位了。"

孟芸和季晓戚对视了一眼。

这也太巧了一些。

不过孟芸觉得有些尴尬，也没打算答应下来，只抱歉地笑了笑："不好意思，今天不太方便……瞿初是个好孩子，不需要这么客气的。"

瞿初爸爸也很善解人意，没有为难她，打了招呼就回到了店里。

等他走远后，孟芸还没来得及说什么，季晓戚就有些激动地问道："这是学生家长？这么年轻这么帅？"

孟芸推了她一下。

“哇，私立学校果然都是高富帅的孩子，培养未来的高富帅……”

季晓戚啧啧感叹了一番，居然也真的忘了季迟的事情。

孟芸忍不住笑了起来：“别胡说了你……哪来的高帅富哇！”

“你家陆野不就是？说起来，你们都见过家长了，准备什么时候讨论结婚的事情啊？”

孟芸想了想，说：“应该快了吧。”

这是她第一次正面给出答案。

季晓戚顿时激动起来：“真的？”

孟芸抿着唇，颇有些不好意思地点点头说：“但是这次，我准备由我来求婚。每次都是陆野主动——主动联系我，主动来找我，主动追求我，主动跟我告白，主动做一切事……这次我也想主动一回。”

求婚这件事，孟芸并不是说说而已。

虽然她现在的情况并不适合结婚，但是她要先向陆野表达她的意思。

她也很爱他，爱到想跟他结婚的程度。

爱到想跟他生死相依。

季晓戚看着孟芸微红的耳根和有些纠结的表情，忍不住长长地叹了一口气：“我们芸芸真的越来越好了。看来只能我给你做伴娘了。”

孟芸还没来得及说什么，她的手机却突然响了起来。

孟芸一愣，看到来电显示是陆野，立马接了起来：“陆野？”

“芸芸，我爷爷病了，你方便马上过来吗？”

陆野的语气里有着难以掩饰的着急，把孟芸吓了一大跳。她毫不犹疑地应了下来，对季晓戚解释了一下。

“那你快去吧！”

孟芸冲到街上，抬手招了出租车。

“去中心医院！”

她才刚说完浪漫的甜言蜜语……孟芸不敢再想，紧紧地闭上了眼睛。

和善开明的爷爷，可千万不能出事啊！

孟芸马不停蹄地打车赶到医院。

陆野就站在急诊门口等她，看到她急急忙忙地跳下车，立马上来接应：“芸芸。”

孟芸的气还没喘匀，就觑到了陆野有些白的脸色，立刻紧张地问道：“爷爷没事吧？”

陆野给她顺了顺气，握着她的手带她坐电梯上楼。

路上他才轻声说道：“他血压突然飙高，路上晕过去了……现在已经没事了。抱歉啊，芸芸，让你担心了吧？”

此时两人已经走到病房门口，孟芸却突然停下脚步，默默地看着陆野。

陆野有点紧张：“是吓到了吧？”他顿了一下，语气有难掩的低落，“抱歉，是我太紧张了，我也……”

都说隔代亲，他从小跟爷爷就很亲，比自己爸妈还要更亲一些，爷孙俩相处起来就像是好兄弟一样。

陆野也是刚刚才赶到，一路上他都在想一些可怕的事情，想得手都抖了，这才不可控制地给孟芸打了电话。如果孟芸在的话，至少有什么事发生的时候，他的心理上有一些安慰。

陆野看着她还想说什么，却被孟芸的动作打断了。

孟芸踮起脚，伸手牢牢地圈住了陆野的肩膀。

两人的身高差缩小了一些。

孟芸有些不好意思，耳朵红红的，声音也很轻，但是相当郑重。

“如果你觉得难受的话，就把头靠在我肩膀上。”

我也能给你勇气的。

这话有点矫情，孟芸虽然心里是这么想的，却张了张嘴，没有说出来。

陆野却仿佛听懂了她的心声，笑了起来，认真地反手抱住她，说：“我知道了。”

两人沉默了一会儿，便双双放了手。

陆野拉着孟芸的手，带她进了病房。

病房里除了陆院长还有别人在，看到他们进来，坐在椅子上的男人立马站了起来。

孟芸愣了一下，惊呼道："季迟？"

季迟朝着她点点头，没有说话。

陆院长躺在床上，看起来精神不错："芸芸来了？陆野，你是不是又大惊小怪了？"

孟芸很乖巧："陆爷爷，您没事吧？"

陆院长一听"爷爷"俩字，立马就高兴了起来："没事没事，芸芸，一会儿晚上跟我们一起回去吃饭啊。"

陆野简直哭笑不得："这都过了吃饭的时间了。"

这样一说，陆野就想起孟芸应该还没吃饭，她说了今天要和季晓戚一起吃饭的，估计半路被他打断了，到现在还饿着。

陆野抿了抿唇，在一边偷偷地拿手机点了外卖。

孟芸跟陆院长聊了一会儿，大致听明白了情况。

陆院长下班的时候有点头晕，但是今天家里的司机有事请假了，他就想着自己去打车，结果走出医院就晕倒了。刚好季迟今天在旁边的马路上值班，看到有人摔倒了，立马将陆院长送回了医院。

"真的就是高血压而已，看陆野这孩子大惊小怪的，还让你跑一趟。"

孟芸都快被陆院长说得不好意思了："不是的，陆爷爷，我也很担心您的……"

"那以后常来家里看看爷爷好不好呀？"

孟芸看着陆院长微笑的表情，又用余光扫了一眼"事不关己""幸灾乐祸""美滋滋"的陆野，咬了咬唇，轻声答应了下来："没问题，我会经常去探望您的。"

"老狐狸"三言两语就把小姑娘骗来了。

陆院长相当满意，乐呵呵地冲着陆野挑了个眉。

旁边的季迟看到陆院长的家人来了，也没有再多留，轻声打了招呼，便打算先行离开。

孟芸没想到这个世界上真有这么巧的事情，还在考虑要不要把这事儿告诉季晓戚，让季晓戚去给她妈妈加加分呢，陆院长却突然开了口。

“小季，今天真的太感谢你了。说钱什么的太俗气，如果有什么可以帮忙的……陆野。”

陆野愣了一下，看了看陆院长，又看了看季迟，点头道：“嗯。”

季迟也有些惊讶，表情明显起了变化：“您不用这样的，这是我分内的事。”

陆院长笑了笑，说：“不管是不是分内事，你都算是我的救命恩人。对了，你是哪个科的？是交通秩序科吗？”

季迟的表情看起来有点不好。

陆院长没有再多说什么，让陆野送季迟出去。

孟芸本想说些什么，又觉得说什么似乎都不太合适，便乖乖地站在一边沉默。

陆院长只是血压突然升高，加上劳累引起的身体不适，陆野到之前就做完了全身检查，没什么问题之后便让他出院了。

陆野的妈妈也赶到了医院，看到陆野替孟芸拿了外卖，立马就给家里打了电话，让保姆准备饭食，带着一车人一起回了别墅。

这样一折腾，时间已经很晚，陆院长要求陆野和孟芸留宿别墅也就成了顺理成章的事情。

孟芸有点犹豫，扯了扯陆野的袖子，表情看起来有点担忧。

“这怎么好留宿啊？”

虽然两人已经住到了一起，但那也是情侣关系的同居，事实上根本没发生什么。可留宿在长辈家里，那性质就完全变了。

孟芸心想着，她还没来得及策划怎么向陆野求婚呢，怎么突然到了这一步？

陆野凑近她耳边，轻声笑道：“陆院长的要求，怎么好意思拒绝呢。”

言下之意，人家刚出院呢，怎么能不给面子。

孟芸不说话，默认下来。

只是为了防止孟芸不好意思，陆野提前去细细交代了一番。

“还是分两间吧，不然她会不好意思的。就我隔壁那间吧，晚上还能方便我们说说话。明天早上她肯定要起来帮忙，让阿姨不要拒绝，随便让她做点轻松的事情，吃完早饭我们就回去了。”

陆野妈妈看着自己高大帅气的儿子不厌其烦地絮絮叨叨，一心一意地替女朋友想得面面俱到，顿时乐开了花。

“真是铁树开花头一遭，我都十几年没看到你这么幼稚的样子了。儿子啊，果然是长大了，留不住。”

陆野被他妈说得无语：“老妈你这是说我平时不贴心呢！”

“那倒没有……”陆野妈拍了拍他的手臂，“早点定下来吧。定下来好，免得你整天神经兮兮的。”

另一边，孟芸抽空把这件意外的事情告诉了季晓戚。

季晓戚听完后沉默了好一会儿，自嘲地笑道：“他就是对谁都温柔，除了我。”

孟芸叹了口气：“小七……”

“其实话也不能这么说，我和季迟没成的主要原因还是在我，只是如果这样想的话，我心里会好受一点。”

季晓戚其实也没错，她妈妈也是为了她考虑，错就错在这一场缘分——透过八倍镜爱上的人，没了八倍镜，依然是天涯之隔。

人们都说网恋不可靠，季晓戚那一头扎下去的架势，让人看了就胆战心惊，哪知道最后还是撞了南墙。

“我有的时候就会想，如果季迟稍微有点钱，哪怕只是一点点，能让我妈放心的一点点钱就好了。其实我没有那么拜金的，只是……唉！”

季晓戚深深地叹了口气，“芸芸，有时候我想到季迟，就真的羡慕你。陆野真的太好了，我说的好不仅仅是说他对你的感情和他自己的性格，是各方各面的好，能让你生活无忧。看到你过得好，我也能放心了，你要好好珍惜啊。”

孟芸沉默了很久很久。

不管发生了什么，生活总是要继续。

孟芸带新班级没几周，渐渐地发现瞿初爸爸来得越发勤快，基本每天放学都会来接瞿初。

对于班上那些由家里司机、保姆接送的学生来说，放学时瞿初一声洪亮的“爸爸”总是能吸引他们艳羡的目光。

这天下午瞿初爸爸来得早了些，孟芸要去带晚托的珠心算辅导班，路过校门口的时候遇到了他。

瞿初爸爸看到她便笑了，招呼道：“孟老师，你好。”

孟芸停下脚步：“你好，来接瞿初吗？”

瞿初爸爸“嗯”了一声，问道：“最近瞿初在学校里乖吗？”

孟芸笑道：“瞿初一直很乖的。”

聊了一会儿，孟芸要去讲课了，两人便干脆地道了别。

只是刚转身还没走进教室，孟芸的手机便震了一下。她摸出来看了一眼，看到陆野刚刚发的一条语音。

上课铃声还没打，班上的同学还在叽叽喳喳，孟芸便找了个角落听陆野的语音。

“芸芸，嘤嘤嘤，刚刚在学校门口跟你说话的那个学生家长不怀好意！不要理他，呜呜呜！”

紧接着又来了一条新的语音：“我肯定比他帅！你说！是不是我更帅一点？”

孟芸忍无可忍，回复道：“你干吗呢！又发病了吗！”

陆野沉默了好一会儿，直到上课铃声响，孟芸刚准备收起手机，就看到他发来的一条文字微信。

“今晚吃什么？”

孟芸最近有点挑嘴，也有可能是天气渐渐地凉下来，胃口比起夏天好了一些。她想了一下，点名想吃最近很火的火锅，陆野便早早地开车过去排队了。

等孟芸下班的时候，陆野已经回到校门口，站在路边冲着她挥手。

“我过来的时候到六十八桌，前面还有二十桌，现在过去正好。”

孟芸轻声道了谢。陆野耸了耸肩，替她开了车门，然后绕到驾驶座上发动了车。

孟芸说了一整节课的话，确实也有点累了，喝了小半瓶水才缓过劲儿来。等她放下水瓶，陆野才悠悠地开口道：“我吃醋了。”

“啊？”孟芸扭头茫然地看了他一眼。

陆野的声音有点委屈，听起来有点搞笑：“你为什么对别人笑啦！”

孟芸简直无语了，本来都不想说话的，可是陆野非常执着，她只好深吸了一口气，解释道：“是学生的家长，你能不能别无理取闹了。”

这话一出，按理来说就是吵架的节奏，只是男女的立场好像颠倒了。

想到网上流传的那些直男段子，孟芸突然就有点想笑，总觉得陆野这样也挺可爱的。

真的是独一无二的恋爱。

陆野却没有生气，只是委委屈屈地道：“可是那个男的有点帅……”

孟芸扑哧笑出了声，反问道：“你不是说你最帅吗？”

陆野扁扁嘴说：“我这不是怕你晚上关灯玩手机，近视严重了嘛。”

孟芸闷着头笑了好一会儿，终于让陆野也跟着她一起笑出了声。

“你最帅，真的。”

陆野终于心满意足。

只是在陆野的提醒下，迟钝如孟芸也发现了瞿初爸爸的不对劲。

现在网络发达，班级交流群从一开学就建了，有的时候怕小朋友年纪太小转达不清，班主任老师会在交流群里发一些通知。

有的时候家长也会在群里问问学生的状况，但瞿初爸爸从来不在群里说话，而是经常会找孟芸私聊。虽然都是一些鸡零狗碎的小事，但是联系频率还是高了一些。

孟芸本身并不是什么自恋、自信的人，只是联想到渠意的经历，还是免不了想得多了些。可除此以外，瞿初爸爸并没有什么异常表现，她只担心了一小会儿，便放了心。

也许他真的只是不喜欢在群里说话呢。

毕竟她本身也不是很喜欢在自己的同学群里说话，可以理解这种低调的心情。

陆野好像突然之间就忙了起来。

孟芸好几次回家都发现他还没到家，忍不住起了疑心。

陆野倒是提前解释了一下："最近我们要考个职称，科室里在培训，所以会留得比较晚，周末偶尔也要去培训。不过我会提前跟你说的，要是我太晚了，你就别等我了。"

孟芸搞不清他的工作，也不懂牙医有什么职称培训之类的。只是陆野这么说了，她自然便信了。

陆野看她点头，忍不住乐了，伸手将人抱进怀里："傻姑娘。"

他一边希望孟芸能怀疑他，为他吃点醋，一边又心动于孟芸无与伦比的信任。

有的时候陆野觉得自己的心思比女孩子还要多，因为珍惜而患得患失，让他会去想很多的事情，会考虑对方的每一个表情、每一个动作。

但是孟芸的每一个表情动作，对他来说都是心动。

陆野将头靠在孟芸的肩膀上，闷闷地笑了好一会儿，突然问道："芸芸，我弹钢琴帅吗？"

孟芸不知道他为什么会突然问这个问题，一时半会儿被他问蒙了。

她其实只听陆野弹过一次钢琴，就是他们第一次一起看电影那天。后来因为没什么机会，便再也没听过了。但是她在陆野家的别墅里发现他家真的有个琴房，里面放着一架白色的三角钢琴。

据陆野说，他们家所有人都会弹钢琴。他们家的人从小就会被要求练琴，并不需要弹得多好，主要是为了培养耐心。

做医生的，最需要的就是耐心。

只是孟芸还没来得及回答，陆野就自问自答上了："不行，再弹就没新意了，还是换个吧……"

"什么新意？"

陆野顿了一下，笑了起来："你猜。"

孟芸还没猜到，陆野又开始忙碌了起来。

好几天晚上她都睡着了，突然就有人冰冰凉凉地搂上来，把人冻得一哆嗦。

接着就听黑暗中响起陆野带着笑意的声音。

"宝贝，我回来了。"

/ 2 /

十月，孟芸的学校组织了一年一度的秋游。

这次学校安排了参观植物园。由于去年发生了吴佳佳的事情，今年孟芸就特别担心。

一大早，孟芸数着人头，指挥着小朋友们排队上车。

他们班的最后一个是瞿初——孟芸眼见着大家都上了车，也松了口气，见瞿初看着她，便蹲下身，耐心地问道："怎么不上车呀？"

瞿初眨着他的大眼睛，一闪一闪的，稚气地开口道："孟老师，今天晚上你有时间吗？"

孟芸被吓了一大跳，这个问题太像是……嗯，反正就是有些不符合他的年龄，总觉得听上去奇奇怪怪的。

她犹豫了一下，问道：“瞿初是有什么事吗？”

瞿初大力地点了点头，说：“想和老师一起吃晚饭，可以吗？”

孟芸有点尴尬，没有再说什么，只是牵着瞿初上了车。

其实在私立学校，不少学生家长都会给老师送礼、请吃饭等等，就是为了让老师多多照顾孩子。之前吴佳佳的妈妈也请她吃过饭，感谢她对吴佳佳的照顾。

只是孟芸到底还是初出茅庐的新老师，并不习惯这些做派。班上几个新入学的家长都曾隐晦地向她表达过这方面的意思，但都被她不着痕迹地回绝了。哪知道瞿初爸爸更狠，直接让小朋友来说。

瞿初爸爸还是单身，突然约请一个年轻女老师……孟芸害怕他真的有什么想法，也不想被人看到引起什么流言蜚语。

这样想着，她便准备一会儿找个借口拒绝瞿初的邀请。

这个季节的植物园里只有菊花，小孩子们看不出什么，除了“好看”还是“好看”，没一会儿便没了耐心。

孟芸跟在队伍最后面，偶尔还要抓几个掉队的小孩，时时刻刻关注着他们，避免他们被别的东西吸引了注意力，然后人跑没了。

这样一天下来，她也累得不行，果然是犹如噩梦般的活动。

好在今年他们班什么事都没发生，老师们平平安安地把人全部带回学校，看着家长将他们一个一个接走。

孟芸松了口气，也收拾收拾准备回家。

陆野今天不知道有没有事呢？也不知道他要忙到什么时候，她还有重要的话没说呢，估计怎么也要拖到明年去了。

孟芸脸上面无表情，心里却已经百转千回。

她还没走出校门，突然听到有人喊她：“孟老师！”

孟芸被打断思路，条件反射地抬头四处搜寻着，接着就看到瞿初爸爸牵着瞿初，站在校门外的路上冲她招手。

“孟老师，你好。”

孟芸深吸一口气，扯出一个笑，快步走到瞿初旁边，和小朋友打了个招呼，接着才和瞿初爸爸寒暄起来：“来接小朋友啦？辛苦了。”

瞿初爸爸笑起来更显得年轻，倒也不像是爸爸，像是哥哥。他穿得也不怎么成熟，很有富家公子哥儿的味道。

“不辛苦，还是老师更辛苦一些。”

孟芸笑了笑，没有说话。

气氛一下子有些冷场。

只是瞿初爸爸并未在意，继续笑道：“因为瞿初一直吵着要请老师吃饭，所以今天很冒昧地邀请了老师，不知道孟老师今天有时间吗？”

孟芸本想拒绝的，突然又觉得这样也不是办法，便笑着答道：“稍等，我问问我爱人。”

接着，她在瞿初爸爸微妙的眼神注视下，一个电话打给了陆野。

陆野很快接了电话，只是背景有些吵闹，他先说了句“等一下”，然后找了个安静的地方才开口：“芸芸？”

孟芸“嗯”了一声，侧过头，避开瞿初爸爸的目光。

“今天晚上你回来吗？我要和班上的小朋友一起吃个晚饭。”

“我大概九点到家。”陆野爽快地应了下来，突然又皱了眉，敏感地问道，“是哪个学生？那个爸爸很帅的学生吗？芸芸，呜呜呜……”

孟芸深吸一口气，当机立断道：“挂了，晚上说。”

接着，她便收起手机，冲瞿初笑了笑，揉了揉他的头发，问道：“瞿初晚上想吃什么呀？”

孟芸决定带瞿初去吃必胜客。

实际上也不是瞿初想吃什么，只是她挑了个价位比较合适的快餐店，孩子会喜欢，又能赶紧吃完。

瞿初爸爸全程微笑，看着孟芸认真地哄着小朋友，笑容也越来越大。

孟芸的余光扫到他的表情，心底咯噔一声，暗道糟糕。

她并不是有多少恋爱经验的人，但陆野之前只是在校门口扫了一眼就信誓旦旦地认为瞿初爸爸对她有想法，这种先入为主的印象让孟芸也不免想得多了些。

孟芸坐在沙发上，抿着唇，犹豫着要怎么开口。

结果瞿初爸爸抢先开了口："孟老师，是这样的，我们家的情况老师应该也清楚，瞿初没有妈妈，平时我工作也忙，总是让阿姨带我也不放心，不知道老师愿不愿意……当然是有偿的。"

孟芸愣住了。

瞿初爸爸微微一笑，解释道："孟老师，您不用太紧张，我不是……那种人。因为瞿初喜欢您，所以才会冒昧邀请的。当然，我虽然对老师有些好感，也不会做破坏原则的事情，请您放心。"

孟芸顿时手足无措起来，只好抿了口水，压住脸上的表情。

瞿初爸爸话里的含义纵然是再后知后觉的人都能听明白，如果孟芸今天没说男朋友相关的事，指不定会发生什么。

渠意之前也说过，在幼儿园托儿所之类的地方，这种事情并不算少见。现在社会离婚率高，不少年轻爸爸单身带着孩子。

无关师德问题，就是接触得多了，也容易看对眼。

孟芸想了想，还是婉拒了瞿初爸爸的邀请。

"抱歉，我也有点私事不太方便。不过我可以推荐一个托管班给你，里面的老师是我的好朋友，对学生非常负责的，可以放心。"

瞿初爸爸并没有强求，而是很认真地记下了孟芸给的联系方式。

孟芸心想着，也不知道推荐学生能不能给季晓戚赚点提成。就算没了男人，钱还是得赚啊。

瞿初爸爸看着孟芸眼中的笑意，也忍不住笑了起来。

"孟老师，辛苦你了。"

孟芸一身轻松地回到家时，陆野正在沙发上眯着眼休息。

听到她开门的动静，他立马睁开眼睛，像迎接主人回家的大狗一样跑到门边。

“你回来啦！”

孟芸“嗯”了一声，还没来得及说话，就先被“大狗”抱了个满怀。

“那个人有没有对你做什么？”

孟芸笑了一声，拍了拍他的背：“没有。叫你别瞎想啦。”

就算对方真的有什么想法，也什么都不会发生，未来也不会。

这些事情没必要让陆野知道，无端增了烦恼。

陆野“嗯”了一声，赖在孟芸身上撒了一会儿娇，这才将人松开。

孟芸收拾了一下，正打算去找点夜宵吃，却发现陆野已经在沙发上睡着了。她的脚步顿了顿，然后走到了陆野身边。

也许是因为每天都住在一起的缘故，孟芸已经有一阵没有仔仔细细地看过陆野的脸了。

这样乍一凝视，发现和大学时相比，陆野现在确实起了不少变化。

如果说大学时的陆野是青春无敌的帅气长相的话，现在应该就是经过了岁月的沉淀，脸上比较锋利有攻击性的棱角都渐渐平缓下来。

也许是做医生的缘故，比起原先那个风靡全校的系草，如今他虽然容貌仍然出众，却仿佛能带给别人信任感。

即便是那黑眼圈，也无损他的样貌。

孟芸盯着他看了一会儿，忍不住伸手，隔空细细地描摹着他的眉眼。

这么好看的人，怎么就能和她走到今天了呢？

还没想出个所以然来，本该熟睡的陆野却突然睁开了眼睛。

孟芸吓了一跳，还没来得及收手，就被陆野眼疾手快地拽住了手腕。

陆野的声音里还有些将醒未醒的迷茫，只是语气依然带着调笑：“让我看看，这是哪里的仙女下凡了？长这么好看，看来我得偷了衣服留住她呢。”

孟芸无语地斜了他一眼。

陆野抓着她笑了一会儿，突然手腕发力，把孟芸整个人拖了过去，孟芸“呀”了一声，人就扑在了他身上。

陆野搂着她的腰飞快地翻了个身，将人压在沙发上。孟芸和陆野的脸一下子便离得很近，只剩下一指的距离。

四目对视之间，孟芸率先撑不住红了脸。

她伸手推了推陆野，轻声道：“你干吗呀……”

陆野笑了一声，手却揽着她的腰，完全没有要松开的打算。

“这可是你自己过来投怀送抱的。”

孟芸被他说得恼羞成怒：“那你干吗装睡？”

陆野觉得自己冤得不行：“我真的睡着了啊，但是你一靠近我，我全身的雷达都动起来了，能不醒嘛。”

这土味情话简直没法听。

孟芸扭过头，不想去看他。偏偏陆野不让她如愿，空出一只手来，轻轻地掰正她的脸。

孟芸又转，他再掰。

两人有点像是幼儿园的小朋友一样，在沙发上玩闹起来。

闹了一会儿，陆大朋友和孟小朋友都深刻地意识到，两个人已经不是孩子了，瞎闹一会儿就有点累了。

孟芸抓住陆野的手，笑着开了口：“别玩了，吃夜宵吗？”

陆野默默地盯着她看了一会儿，突然按住她的肩膀，低头吻了下去。孟芸还没来得及闭上眼，那带着薄荷味的吻便落了下来。

从温柔小心开始，一点点攻城略地。陆野想起了三年前的那一晚。

“那时候……要是我犯错了，你会恨我吗？”

孟芸听到陆野的呢喃，一时没有反应过来他在说什么。

等陆野松开她的唇，与她四目相对的时候，孟芸一下子想明白了。

她轻轻地笑了一声，反问道：“为什么恨你？”

“我以为你是因为我……才离开的，如果当时我没控制住做了什么的话，你应该恨死我了吧？”

孟芸眨了眨眼睛，问：“为什么呢？”她反手抱住陆野的腰，“其实没有，我当时是不好意思。那晚……我知道是你，所以才放心地睡了……”

就算真发生了，她对陆野怎么可能有什么怨恨，怨恨自己的草率还差不多。

她只是单纯的不好意思和纠结罢了。

两人又亲热了好一会儿，孟芸终于忍无可忍地抱怨道：“饿了。”

陆野笑了起来，亲了亲她的唇，握住她的指尖，问道：“想吃什么？”

孟芸觑了他一眼。

“我知道了……小馄饨可以吗？”

说完，陆野便乖乖去厨房给孟芸煮小馄饨。

等陆野把馄饨端上桌后，孟芸也不客气，直接拿起勺子开始吃。陆野倒是一直没动，只带着笑意，侧头看着孟芸。

孟芸感觉到陆野一直注视着她，吃了一会儿就有些尴尬地问：“你看着我做什么？”

陆野嘿嘿地傻笑了好一会儿，才清了清嗓子，假装严肃地问道：“周末晚上去看魔术吗？我买了门票。”

孟芸想了想：“你周末不去进修吗？”

陆野一愣，挠了挠头，说：“到周五就结束了。”

孟芸点头应道：“好啊。”

虽然不知道陆野为什么突然说起看魔术，但是这确实不失为一个好时机。

“看完去吃那家牛排吧？”

牛排店是孟芸挑了好久的，不久之前刚评上米其林，几乎天天爆满，订位都需要提前一个月。

孟芸就是九月底左右订的，算了算时间，正好赶上。

一切都是刚刚好。

陆野揉了揉她的头发，点头应了下来："吃吧，贪吃的小笨蛋。"

你想吃什么，我都陪你去吃。

因为有了期盼的事，时间就过得飞快。

孟芸一整周都在琢磨要给陆野买什么——她不了解女生向男生求婚应该准备什么，季晓戚也没经验，自然给不出好建议。

"我觉得吧……大概就是男士戒指之类的东西吧……"季晓戚觉得很抱歉，"抱歉，芸芸，这方面给不了你什么建议。毕竟一生只有一次的经历，我怕我办砸了……"

季晓戚还是这么体贴，孟芸一点都没觉得不开心，反倒非常感动。

"小七，我爱你啊。"

听了这话，季晓戚在电话那头笑了好久，玩笑道："那我是你的第一任吗？"

"是的啊。"

"哈哈哈……"

只是笑过感动过之后，问题还是存在。

最后，她实在想不出好点子，决定用最俗套的方法。

孟芸周五去珠宝店里买了一对白金对戒——用光了她身上所有的钱。她每个月都准时还陆野钱，这对戒一买，她就真的身无分文了。

孟芸拿着包装精美的小盒子，心思百转千回，琢磨着该如何开口向陆野求婚。就在两个人各自纷飞的思绪中，周末如期而至。

孟芸从来没有看过魔术，所以即便之后还有重要的事要做，但被陆野带进剧场的一瞬间，她还是不由自主地被吸引了注意。

两个小时的魔术表演，从近景小魔术到大型魔术，高潮迭起。等到魔术师谢幕很久，剧场里的掌声依然没有停歇。

孟芸的手心都拍红了，扭头去看陆野，却发现陆野已经不在位子上了。她吓了一跳，四处找了找，都没找到人。

这是跑哪儿去了？

孟芸念叨了几句，叹了口气，掏出手机。

其实陆野早就发来了消息，只是她刚刚把手机塞在包里，没有感觉到震动。

“我去一下洗手间，你别走呀，在位子上等我一会儿，马上就回来！”

孟芸忍不住笑了一声，回了个“好”。

其他观众渐渐地离场。孟芸发了会儿呆，再抬起头的时候，发现整个剧场已经空无一人。她生怕剧场要关门，连忙拿起包打算出去，但又想到陆野让她在原地等他，于是脚步又犹豫起来。

就在孟芸犹豫不决的时候，整个剧场的灯突然一下子暗了下来。

“啊！”

孟芸吓了一跳，还没来得及做什么，舞台上却有灯亮了起来，聚光灯全部打在舞台的正中央。

魔术师又一次走了出来，穿着和刚刚一样的衣服，只是这次他戴上了华丽的面具和有些夸张的帽子。

魔术师的目光直直地看向孟芸，笑着开了口：“这位最后离去的女士，是舍不得我的表演吗？”

他的声音从剧场四周的音响里传出来，有种夸张的搞笑。

孟芸听了却觉得有些耳熟：“陆野？”

只是说完，她自己先否定了自己。

这衣服明显就是刚才演出的那个魔术师啊——陆野就算发病，也不至于去扮成魔术师的样子吧。

可这声音实在是有些微妙的耳熟，孟芸不说话了，干脆静观其变。

魔术师笑了一会儿，突然走下台，来到孟芸的身边，朝她伸出手。

“既然女士迟迟不愿离去，那么，就让我为这位女士做一个特别的表演吧。是只为女士一个人表演的节目哦！”

孟芸愣了一下，点了点头：“好。”

魔术师非常绅士地弯下腰，轻轻拉着她的手，将她领上舞台。

舞台上已经放好桌子，还有各种奇奇怪怪的小道具。孟芸在桌边站定，定定地看着那魔术师的动作。

魔术师弯着唇笑起来。这下孟芸确定了，这个人就是陆野。

怪不得还戴个面具……只是这一笑，立马就露了馅。

她怒视着陆野："陆野你干吗呢？"

"陆·魔术师·野"却没给她继续说话的机会，他的声音透过耳麦从环声音响中传出来，听起来有种奇妙的魔力。

"幸运的女士，请看我的手哦。"

魔术师陆野伸出双手。

孟芸看着他双手翻来倒去，好一会儿之后，她才揪住他的手指，从手腕到指尖，从里到外地摸了一遍。

"好了。"

陆野闷着笑了好一会儿，又从桌上拿了一块黑色的布出来，放到孟芸手上："再检查一下这块布。"

孟芸又仔细地摸了摸，"嗯"了一声："没问题。"

陆野又把桌子推到旁边，让两人能毫无阻隔地面对面站着。

"这个魔术只需要这一个道具哦，所以我先把桌子推走。好了，接下来，仔细看着我哦！"

陆野将黑色的布放到自己的掌心。

孟芸突然仿佛有了什么预感一样，手紧紧地握住了包带："你……"

她想说，你不要抢在我前面。

只是似乎已经有些迟了。

陆野明显准备了很久很久，他将手上的布熟练地翻转了好一会儿，又牢牢地停在了自己的手掌上。

等孟芸抬起头，凝视着他戴着面具的脸时，魔术师陆野才轻轻地笑了一声："接下来，就要见证奇迹了哦。"

他朝着黑布吹了口气，一只手未动，另一只手小心翼翼地将黑布从自己的掌心缓缓揭开。

等整块布被拉开甩到一边之后，一枚闪闪亮的钻戒正躺在他的手心里，聚光灯照下来，仿佛一颗在发着光的小太阳。

陆野在孟芸面前缓缓单膝跪地，一只手扯掉面具，另一只手举起钻戒。

“我的小公主，嫁给我好吗？”

孟芸愣愣地看着他。

粉钻在灯光下闪着耀眼的光辉，直照得人心动不已。

孟芸清了清嗓子，本想好好说话，没想到一出声就带上了哭腔：“陆野……”

陆野捏住她的手指，笑道：“傻姑娘。”

孟芸捂住嘴，连耳垂都在泛红：“刚刚你把戒指藏在哪里了？”

这个魔术确实不错，她本来已经有了预感，只是这么近的距离反复检查却什么也没找到。

只一眨眼，戒指就出现了。

陆野嘿嘿笑道：“藏我心里了。快答应啦。”

他又从脚边捡起那块小小的黑布，轻轻一抖，怀里突然出现了一大捧红色的玫瑰花，娇艳欲滴。

陆野一只手捧着花，一只手举着钻戒，仰头看着孟芸，又问了一次。

“嫁给我好不好？”

已经错过了很多年，他不想再错过，不想再浪费一分一秒的时间。他只想从此刻开始就与这个深爱的女人长相厮守。

陆野无数次后悔，如果在大学的时候，他就这样直接向孟芸表白，或许一切的过程都会不一样。

当时的孟芸钟情于魏宋词，却也不代表他没有机会。至少，她还是对他有一点点好感的不是吗？

只是现在想太多也没什么意思了，都是过去的事情。不论过程怎么样，只要结局是好的，便足矣。

陆野抿着笑，眼睛像是在闪闪发光。孟芸盯着他看了好一会儿，终于缓缓地伸出手去。

“好。”

粉钻被陆野小心翼翼、郑重地戴在孟芸的无名指上。

孟芸的手很漂亮，纤细又白皙，像是上好的艺术品。粉钻衬得她的手更白，让人不忍放开。

只是看着手上的戒指，孟芸到底还是意难顺，迟迟不接玫瑰花，而是在包里摸了好一会儿，掏出一个包装精致的盒子。

她的语气有点委屈：“本想我先的……”

陆野还单膝跪着呢，看到她的动作，立马想到了什么，顿时笑出了声：“芸芸，你……”

孟芸破罐子破摔似的，从戒指盒里取出对戒中男式的那只，红着脸往陆野手指上套。

大小刚刚好。

陆野笑了好一会儿，把手举过头顶，对着聚光灯认真地凝视了好久好久，久到孟芸已经接过他手上的玫瑰花。

陆野站起身，将孟芸连人带花一起抱进了怀里。

“我很喜欢。”

“嗯？”孟芸歪了歪头。

“喜欢戒指，也喜欢你，更喜欢你勇敢地想要踏出这一步时的感情。芸芸，我爱你。”

虽然求婚已经由陆野抢先完成了，但饭还是要吃的，毕竟是排了很久的米其林牛排店。

孟芸这才知道，陆野哪里是什么去培训了，压根就是瞒着她偷偷摸摸去学魔术了。她都不知道说什么好了，小声抱怨道：“干吗搞这么麻烦啦……”

陆野“哼”了一声：“你不喜欢吗？”

“喜欢。”

“我是想，就算是等我们老了，老得走不动路了，记忆力也不行的时候，不用再费劲地回忆求婚时我们去了哪家餐厅，这餐厅会不会已经打烊，主厨会不会变了，会不会忘记点了什么菜……可以不用因为时间的流逝而感伤。”陆野顿了一下，“只要回忆起今天，你就会永远记得我，你的陆野哥哥给你变了个全世界独一无二的魔术，请求你嫁给我。只要记得我就好了。”

孟芸没说话，跟他对视了好一会儿，眼眶一点点红了起来。

“陆野，谢谢你。”

谢谢你考虑的方方面面，谢谢你的贴心，谢谢你的执着，谢谢你……漫长未来里的守护。

/ 3 /

求完婚，陆野马不停蹄地向陆院长报告了这件事，然后陆家就开始飞快地行动起来。

在孟芸浑浑噩噩时，陆家已经为小两口买好新房，开始装修，还毫不犹豫地把房子记在了小两口的名下。

可越是这样，孟芸越是不好意思。

孟芸家的条件不比陆野家，肯定给不了等价的嫁妆，她也不想再让大妈大爸为她的生活而委屈拮据了。

只是还没等孟芸想好解决的方案，陆院长就让陆野约了她大爸大妈，把人请来本市，两家人直接找时间见了面。

孟芸被这快节奏吓到了。

徐琴却相当高兴，难得拿出了压箱底的真丝旗袍，整个人看起来温婉又秀气。

徐琴在吃饭前先拉着孟芸聊了聊。

孟芸有些手足无措："大妈，其实……"

"大妈都知道。"徐琴笑了笑，和她大爸对视了一眼，"转眼我们的芸芸都这么大了，可以嫁人了。"

孟芸咬了咬唇，轻轻地喊了一声："大妈。"

徐琴凝视着她，从手包里摸出一个红包推到她面前："别的事情芸芸都不用担心，拿去买好看的衣服吧，后面还要忙很久呢。"

孟芸的眼泪一瞬间就流了出来："大妈，不用的，我有钱。"

徐琴依然温柔，说道："这是我和你大爸作为你的爸爸妈妈给你的添妆。我们结婚那时候，我的爸爸妈妈害怕我过得不好，偷偷地给我塞了红包，让我别告诉你大爸，偷偷地用。"

徐琴和她大爸对视了一眼，一起笑起来。

"我那时候就想，如果我有个女儿，我也要这么对她嘱咐。就算是嫁人了，也要过得好，不能委屈了自己。现在，我们的女儿终于嫁人了。芸芸，大爸和大妈都很爱你，所以，你不要觉得自己有什么配不上陆野的。他很好，但是你也很好。你在我们心中，是世界上最珍贵的宝藏。"

不管孟芸怎么拒绝，爱女心切的徐琴还是爽快地拿出积蓄替孟芸准备嫁妆。

陆野知道孟芸的心思，手上的礼金便更贵重了一些，生怕她担心。

双方家长见了面，商量好了各项事宜，就能直接定婚期了。

陆家有爽快的陆院长拍板，几乎没有任何条件，只把陆野的优势零零碎碎地都列了出来，在亲家面前担保孟芸衣食无忧。

"我这傻孙子也没什么别的优点，就是人老实、死心眼，一条路走到黑。所以亲家放心吧，只要他还有手有脚，一定会竭尽全力对芸芸好的。"

听了这话，徐琴对陆家好感顿生，立马也爽快地松了口。

在两家的齐心努力下，孟芸和陆野很快就领了证，订好了酒席婚宴。

只是孟芸到最后也没有给李一箏一家发请帖，却把徐琴两口子这边的亲戚都请到了。陆野对此一点异议都没有，完全随她高兴。

不过陆野这边请人的时候，却避不开一个敏感的话题。

陆野的笔尖在请帖上停了很久，他慢慢地放下笔，犹豫着开口："芸芸，'三百首'……"

孟芸还在整理请帖，听到他的声音，抬眸望去："怎么了？"

陆野抿了抿唇，似乎是有些不好意思："要不要请'三百首'呢？"

两人请了不少大学同学，大家都知道孟芸曾经的事，如果魏宋词出现，总是免不了一场尴尬。陆野怕她心里不是滋味，所以才会这样犹豫。

孟芸却相当坦然地说："他不是你的室友吗，请吧。"

"可是……"

"哪有什么可是的。"她笑了起来，"只是个老同学罢了。"

陆野顿时就开心了，将人拉过来搂紧，声音闷闷的，却带着显而易见的愉悦："对，老同学。"

孟芸笑了："这都这么久了，怎么还惦记着呢？"

陆野一点都没觉得不好意思，嘿嘿笑道："因为我是醋坛子陆野哥哥，你以后要一直只看着我一个人，不然每天让你喝醋。"

神经病！

孟芸捶了他的肩膀一下，推开他，到一边去忙自己的了。

春风轻抚的三月，孟芸和陆野办了婚礼。

伴娘毫无意外，必然是孟芸的"第一任情人"季晓戚。伴郎这边，陆野请了与他共事两年的同事，隔壁牙外科的祝医生来担任。

祝医生看起来也是一表人才，戴着金丝边的眼镜，文质彬彬的模样。

孟芸看了祝医生一会儿，忍不住偷偷问陆野："祝医生有对象了吗？"

陆野愣了一下，笑了个仰倒："芸芸，你这还没结婚呢，就已经爱上中年大妈最喜欢的娱乐活动——做媒吗？"

孟芸恼羞成怒，狠狠地踹了他一脚。陆野乐了老半天，才把媳妇儿抱回来。

“刚刚老祝还跟我打听季晓戚呢，你有时间跟她通个气儿，看看能不能看对眼。”

大家心里都清楚，季晓戚和季迟已经没希望了。

孟芸结婚之前没多久，季晓戚和季迟大吵了一架，现在已经彻底断了联络。

眼见着自己结婚了，最好的朋友还孤孤单单地走不出前一场恋情的阴影，就算是不爱多管闲事的孟芸也有些担心。

不管祝医生是不是真心的，总归是多个机会。

孟芸把这事儿透露给季晓戚。

孟芸结婚的好日子，季晓戚不好意思让她担心，便爽快地和祝医生交换了联系方式。

孟芸叹了口气，和季晓戚头碰头靠在一起，说道：“小七，就算我们各自成家，也要经常联系啊。”

季晓戚被孟芸说得差点流泪：“宝贝，今天怎么这么煽情……会的，肯定会的啊，我还要每周去你家蹭饭呢。听渠意说，陆野家给你们在市中心买了套跃层，我可得见识见识寸土寸金的房子啊！”

孟芸被季晓戚逗笑了。

婚礼上。

司仪将话筒递给陆野：“新郎，对你的新娘说几句话吧？”

孟芸穿着满身水钻的拖地婚纱——听说是陆野找国外设计师定做的，扭头望向陆野。

陆野拿着话筒，想了好一会儿，笑着开了口。

“有的时候，我觉得我的老婆实在是太好了，没有小脾气，乖得让人心疼。我想对老婆说，结婚以后，希望我能把你宠出公主病。你说往东，我绝不往西。你说搬砖，我绝不刷墙。”

底下传来一片笑声，连司仪都忍不住笑起来。

“你说你不想听我的土味情话，我就对你说一千遍我爱你。我什么都可以为你做——可以为你摘星星摘月亮，可以做你的骑士，为你打怪兽。不管别人怎么想，在我心中，你就是我的公主。孟芸，我爱你。”

陆野放下话筒，吻住了孟芸的唇。

“我爱你，你听到了吗？”

< 番外 >

万水千山

/ 01 /

“我要结婚了。”

季晓戚打出这行字的时候，心里有种微妙的快感，仿佛自己在一场战争中成了胜利的那方。

她以为自己是个女王。

然而现实总是不如想象得那样美好。

“您的消息已经发出，但被对方拒收了。”

季晓戚把手机摔到床上。

柔软的被子托着无辜的手机打了几个滚，最终安静下来。

她到最后还是没忍住，掉了一滴眼泪。

季晓戚早在一月份的时候就订好了国庆节那天的婚宴酒席。

不管怎么样，场面总不能输。

只是新郎却迟迟没有定下。

季晓戚找不到和她分摊这五万元定金的人，拮据得恨不得每天喝粥啃馒头，时不时还要去孟芸这个已婚妇女家打秋风。

两人的闺密时间总是让陆医生非常闹心。

季晓戚一点都没觉得不好意思，狡辩道："我都把芸芸让给你了，难道我还不能过来看看她吗？就算是送只小猫，我这个旧主人也能去看看吧！"

把陆野轰出去之后，季晓戚长长地叹了口气，瘫在了沙发上。

"少妇，过来给我捏捏肩嘛。"

孟芸乖乖地坐到季晓戚身边，重重地敲了一下她的肩膀，把她敲得"哎哟"直叫，差点从沙发上蹦起来。

"你要杀人灭口吗？"

孟芸都不知道该摆什么表情了，直接问道："要我借你点钱吗？"

"干吗？"

"不是说付了五万定金吗？"

季晓戚不说话了，又躺回沙发里，手肘盖住眼睛，也挡住了她的情绪："芸芸，我有的时候在想，是不是我真的错了。"

季晓戚在几个月前与她爸妈大吵一架，连夜去找了季迟。

她当时并不知道季迟的住所，就等在他单位门口，大半夜蹲在门口便利店的台阶上，抱着膝盖发抖。

"我等你来。"

一个微信发过去如同石沉大海，季晓戚不死心，握着手机一等就是三个小时。

十二点多的时候，天空淅淅沥沥地飘起了小雨。

她一抬头，季迟撑着伞，居高临下地看着她。

季晓戚冻得脸都红了，嘴唇发白，只是脸上的表情却放松下来。她去拉季迟的手："你还是来了。"

季迟后退一步，避开季晓戚的手，开口道："你到底想怎么样？"

"季迟……"

"你是觉得，我被你家羞辱得还不够多吗？但我认了。那你现在又是在干什么？"

季迟难得说这么多话，季晓戚却急了："谁说的？谁说你配不上我了？"

季迟冷冷地瞧着她。

季晓戚蹲得太久，突然站起来时整个人都晃了几下，差点跌出去。

季迟忍耐了很久，还是伸手扶了她一下，让她能站稳。

雨越下越大，夜也越来越深。

路上唯一的光亮就是他们身后便利店的灯，还带着一丝烟火味。

只是在伞下的一方天地里，没有人注意到这温暖的来源。

季晓戚和季迟靠得很近，但是两人的后背依然全都湿透了。

季晓戚看着季迟冷漠的表情，心里委屈得要命，只是她习惯了倔强，噙着眼泪狠狠地与他对视。

"我从来不觉得你配不上我，是我配不上你。你这么好，这么帅，心里应该嫌弃死我了吧？"

季迟冷笑了一声："你现在这是在怪我了？"

"否则为什么，只是我爸妈不同意而已，又不是天塌了，你就走得这么干脆？"

"我没有自尊心吗？被这样说，还要死皮赖脸？"

季晓戚被气笑了："怎么？在你看来，为爱情争取这件事就是没有自尊心吗？所以当时我那样死皮赖脸地追你，你心里一定觉得我很可笑吧？"

"季晓戚，你别不讲理……"

"我怎么不讲理了呢？因为我平时大大咧咧没心没肺的，你就觉得我不会有自尊心了？我妈气头上说你两句，你的自尊心就撑不住了？季迟，你不觉得自己很可笑吗？"

两人像是两只斗鸡一样，眼睛里冒着火，死死地瞪着对方。

“季晓戚，你别闹了。”

“我没有在闹。季迟，你明知道我多么喜欢你。”

这成了两人说的最后一句话。

这晚，季迟把伞往她手上一放，转身头也不回地离开了。

季晓戚缓缓地蹲了下来。

“我有的时候觉得，可能真的是我做错了，一切都是我的强求。我影响了他，害了他，还让他白白挨了我妈的骂。他这样自尊心比天高的人，心里肯定难受得不得了。”

孟芸也算是看着他们俩一路过来的人，自然知道自己这好友看起来没心没肺的，实际上痛苦不比季迟少。

她本身对季迟挺有好感的，可是看他让季晓戚痛苦成这样，孟芸的心自然就偏向了闺密。

“忘了他吧。”

这句话轻飘飘的，但是两人都知道，“忘了”这两个字承载了多少重量。

季晓戚蒙着头，深深地叹气。

“是我没用，要是我很有钱，就不用在乎他是什么样的家庭了。”

因为她赚不到钱，所以不能随心所欲。

她不是一个人，还有爸爸妈妈，她妈妈甚至被她气进了医院。

愧疚感快把季晓戚折磨疯了。

“我妈说得对，季迟连婚宴定金的一半都拿不出来，嫁给他也不会有什么好结果的。”季晓戚抿着唇，语气很淡，“但是，婚礼算什么呢？不办也没什么大不了的。住哪里又怎么样？出租房也可以。是季迟自己先放弃了，我就算什么都不要，也不能拿刀架着他去结婚啊。”

“小七……”

季晓戚从沙发上蹦了起来，靠在孟芸身上。

“现在我就去找男人！十月份总得有个新郎才行吧！”

季晓戚一向是行动派，说找就真的去找了。

之前孟芸婚礼上的伴郎，她确实加了好友，只是一直没有联系，现在既然要找对象，那肯定要从认识的人开始。

陆野还给她介绍过这个祝医生的情况，非常符合她爸妈的要求。

季晓戚摸出手机，麻利地给祝医生发了条微信。

“祝医生你好，你还记得我吗？我是季晓戚。”

祝医生似乎在忙，隔了几个小时才回复：“记得的，你好。”

季晓戚一鼓作气：“明天有时间一起吃个饭吗？”

她这么直接，倒是把祝医生给吓住了，好一会儿才回复道：“没问题。”

在季晓戚的主动下，一场让人啼笑皆非的相亲就这样开始了。

祝医生全名祝俊杰，一个普通到不能更普通的名字。

季晓戚对他的长相其实已经记忆模糊了，再次见面才仔细地打量了他一番。

祝医生属于清秀类型，整张脸都很普通，只有一双眼睛漂亮得有点不像男生，眼尾的弧度非常有味道。综合起来看，是帅哥一枚了。比起季迟那样的大帅哥，祝医生也没有逊色多少。

都是眼睛生得好啊。季晓戚在心里感叹了一番，脸上还是不动声色地问道：“祝医生，你有女朋友了吗？”

祝医生瞪大了眼睛。

这到底是哪来的野路子？

季晓戚看到他的表情，干脆破罐子破摔，一股脑儿地把心里话都给说了出来：“祝医生是陆野的同事吧？他结婚的时候你应该也看出来了，他们俩是想撮合我们的，当时我没什么心情……祝医生，你别觉得我有病，我只是太难过了，告诉你会让我好受一点。”

没等祝医生说话，她嘴皮子再次动起来：“我当时刚刚失恋没多久。我前男友吧，是打游戏的时候认识的，网恋，你别笑我。但是谈了一阵之后，我爸妈很快就知道了他的情况，像是电影剧情一样对他说了许多狠话。你知道的，在本市想买房子有些难度，我们家又是本地人……我那前男友觉得被羞辱了，很干脆地甩了我，一秒钟都不带犹豫的。”

祝医生认真地听着她说完，忍不住轻笑了一声。

季晓戚抬头看了他一眼，继续说道：“反正你以后也会知道，还不如在开始之前就把这事儿说了，免得我们互相猜忌。大概就是这么个情况吧。祝医生，我长得不差，工作也不错，家里条件虽然普通，但父母都有稳定的工作。你看我行吗？行的话，我们就以结婚为前提交往看看。”

她握紧了拳头，无奈地笑道：“我已经谈不动恋爱了。”

季晓戚这一番话简直是石破天惊。对着第二次见面的男人说出来，她都觉得自己应该是疯了。

疯了就疯了吧。反正一个两个都不爱她，有什么关系呢。心已经被捅了一刀，找下一任的时候，她实在不想再被捅一刀了。

说完，季晓戚就低头开始吃饭。她心想着，就算这个祝医生要甩手走人，她也得把饭吃了，不然多浪费啊。看起来这么好教养的人，应该会主动买单吧？自己回去还是把自己那份的钱转给他好了。

等了一会儿，祝医生却还没有起身走人的意思。

季晓戚纳闷地抬起头，却注意到祝医生正憋着笑，一脸被她逗乐的表情。

“行啊。”注意到季晓戚的眼神，祝医生很爽快地点了头，摸出手机说道，“什么手游？我们可以一起玩，玩的时候培养培养‘必要的’感情。”

看来发疯的还不止她一个。

一顿饭过后，季晓戚就多了一个以结婚为前提交往的男朋友。

可惜这个男朋友平时压根不找她说话，似乎忙得要命。

季晓戚犹豫再三，没把这件事告诉孟芸。

她依旧觉得这是个玩笑，毕竟这么不正经的“相亲”，谁又会当真呢？

一个星期之后，祝医生终于在微信上联络了她。

季晓戚拿起手机一看，就看到了老干部一般的语气。

“睡了吗？”

“还没有。”

“那一起打游戏吧？”

季晓戚其实已经很久没有玩游戏了，她每次一打开游戏，就会想到和季迟双排的日子。

那时候，即使季迟不说话，她一个人也能穷开心。但是等分手之后，这些甜蜜的回忆也通通变成了毒药。

“我研究了一个星期，发现这个游戏好像也不太难。”

季晓戚简直无语了，敢情他这一个星期是打游戏去了！

但是祝医生不仅陪着她发疯，还真的去研究了游戏，她也说不出拒绝的话，别别扭扭地登录了游戏。

季晓戚先删了季迟的好友，才接了祝医生的邀请。

队内语音一开，祝医生那好听的嗓音便清楚地从耳机里传出来。

“你喜欢‘苟’还是喜欢‘刚枪’？”

季晓戚其实很厉害。只是季迟这个人比较信任自己，以前他对季晓戚说：“我带你就行了。”

季迟虽然有点强势，但是当时季晓戚只觉得满心的甜蜜。

“我‘M416’用得最好。”季晓戚说。

祝医生“嗯”了一声：“好，我知道了。”

多说无益，两人干脆地排进游戏，开始“开黑”之旅。

季晓戚很快就发现了祝医生的风格。

他完全不像一个游戏新手，搜物资的速度很快，可以看出来基本功很扎实。

有些优秀的人做什么都优秀。季晓戚在心中感叹了一番。

祝医生看她的人物在原地发呆，突然在语音里笑了一声："季晓戚。"

"嗯……嗯？"

"这里有'M416'，一会儿给你背过来。"

季晓戚愣了一下："哦，好，那你用什么？"

祝医生随便报了几把枪的名字："……都可以的。"

既然已经开始说话了，队内语音里也不再沉闷，两人有一句没一句地聊了起来。

"你真的才玩一个礼拜吗？为什么段位已经这么高了？你能带我'吃鸡'吗？"

祝医生在那头闷声笑了好一会儿，反问道："为什么不是你带我'吃鸡'呢？"

"这个一般都是男生的台词嘛，我怕我说了，让你尴尬啊。"

说话的时候，季晓戚干脆地干掉了对手，祝医生则把她喜欢的M416和子弹丢给她。

"我不怕尴尬。有妹子带，明明是很荣幸的事情啊。"

因为他这样说，季晓戚也有点紧张，生怕自己发挥得不好。

只不过她还是挺开心的。

谁愿意一直做被人诟病的女玩家呢？既然是玩游戏，肯定是想自己取胜啊！

季晓戚和祝医生的水平差不多，没有彼此拖后腿，两人玩到最后都比较轻松。

一连排了三把，"吃鸡"两把，另一把运气不好，但也进了前三。

季晓戚好久没有玩游戏了，颇有些意犹未尽。只是时间已经晚了，她想着祝医生明天还要上班，也不好意思再继续。

祝医生知道她的犹豫，主动问道："明天要不要继续玩？"

季晓戚犹豫了一下："会不会影响你啊？听说医生都很忙的……"

祝医生轻笑了一声，说："不忙。你有空了就微信上喊我。"

/ 2 /

虽然感情上没什么进展，季晓戚却和祝医生成了游戏上的好搭子。

季晓戚以前玩游戏的时候认识了不少人，其中有一对小情侣，季晓戚就把他们拉来一起四排。

那个女孩子的昵称叫柚子，脾气和季晓戚挺像，都是大大咧咧有什么说什么的类型。

柚子进了队，看了一眼配置，疑惑道："咦？小七，你之前那个师父呢？不玩了？"

季晓戚之前的师父就是季迟，柚子他们也认识，也一起玩过。柚子这话一出，季晓戚就沉默了下来。

"唉……"

"不是哦。"祝医生突然出声，笑眯眯地开了口，"我是小七的徒弟，所以她也要带带我啊。"

柚子松了口气，连连点头："哦哦哦，这样啊，没问题！"

等晚上结束游戏之后，季晓戚躺在床上翻来覆去好一会儿，最终还是摸了手机过来，酝酿了一番，给祝医生发了消息。

"谢谢。"

祝医生回得很快："谢什么？"

"今天……"

"不是说以结婚为前提的交往吗？还要这么见外？"后面还跟了一个小狗打滚的表情。

季晓戚对着屏幕看了好一会儿，默默地回了一串省略号过去。

"行。"

想不到祝医生居然是这种人！

季晓戚蠢蠢欲动，有点想给他分享一些表情包，不过最后还是作罢了。

只是此后季晓戚和祝医生依然没什么进展。

祝医生还是那副淡淡的模样，倒是季晓戚自己心里先嘀咕了起来。

这人是什么意思？不会真把她当成陪玩了吧？

季晓戚越想越觉得不对劲，趁着周末试探地给祝医生发了个消息。

“祝医生，有时间一起吃个饭吗？我们面对面双排呀？”

祝医生回得很快：“好。”

季晓戚想了想，去客厅跟她妈说了一声：“妈，明天我要出去吃饭。”

季妈妈因为季迟的事情被季晓戚气得血压都高了，去医院躺了一个星期之后，回家就对季晓戚没什么好脸色。

听到季晓戚这话，季妈妈急了，眼睛一瞪，脸色沉沉地怒视着她：“干什么去？又去和那个小瘪三偷偷见面？”

季晓戚已经不敢跟她妈顶嘴了，生怕她妈一个不小心又进医院。

只是这样说话，她实在是接受不了。

季晓戚深吸一口气，低声道：“第一，不是和他见面。我难道没有别的朋友吗？第二，不要用小瘪三来叫别人，很没有素质。”

季妈妈抖着手指着季晓戚：“我没素质？我这还不是为了你……”

这长篇大论实在是让人不想听下去，季晓戚叹了口气，说：“我已经跟他分手了，分手了！以后就不要再说这个人了。”

说完，她便扭头进了房间。

季妈妈得到了想要的答案，也没有穷追不舍。她平时并不是不讲理的人，然而季迟实在太不得她的心了。

季晓戚躺在床上翻来覆去，只觉得原本不错的心情跌到了谷底。

其实她最近的情绪已经恢复了不少，但是季妈妈的几句话就让她重新回忆起季迟的事。

比起难过，季晓戚更生气。她气季迟不坚定，气他不能站在她身前对抗全世界。

季晓戚一直觉得，自己的基因里是有点浪漫因子的。

陆野和孟芸一路走得坎坷，分别三年却还能重新在一起，实在是太像浪漫的言情小说剧情了。

她有点羡慕，也有点想要这样的爱情。哪怕只是平平淡淡的恋爱，她也希望进行得稍微浪漫一些。

她与季迟的相遇其实很像小说，后来的倒追、恋爱，一连串的发展都非常浪漫，可如果是在小说里，王子是绝不会因为一点点阻挠就丢下公主逃跑的。

季迟的自尊心有多强，季晓戚就有多不甘心。

她在他的心里甚至比不上他那点可笑的自尊心——他连挣扎都没有挣扎一下，毫不犹豫地就把她丢下了。季晓戚想想都觉得要气疯了。

周末吃饭的时候，祝医生敏感地察觉到季晓戚的情绪低落。他想了想，用干净的筷子给季晓戚剥了个虾，放到她面前的盘子里。

季晓戚闷闷地道了声谢。

祝医生笑了起来，说道："有什么不开心的，也可以和我说说啊。"

季晓戚叹了口气："没什么，和家里人闹了点不愉快。"

祝医生"嗯"了一声，转了话题："一会儿去不去看电影？"

"啊？"

本来说好的面对面"开黑"，因为加入了看电影这个项目，一下子就暧昧起来，变成了类似约会的活动。

季晓戚有点不好意思。

她跟季迟也看过电影，但是她体谅季迟的经济状况一般，又不愿意AA，所以偶尔才会提起一起出去吃饭逛街看电影。

其实虽然季迟钱赚得不多，请她看电影吃饭的钱还是有的，就是她自己想着要体谅、照顾他的面子……

现在想起来，除了自己的一腔孤勇，真是一段没什么回忆的故事。

指不定自己的行为还触到了季迟那小心翼翼的神经呢。

但是跟祝医生在一起的时候，就算强势如季晓戚，也是被照顾的那一方。

祝医生先一步买好电影票，还给季晓戚买了饮料和爆米花。

两个人拿着纸杯走在一起，就像是普通的年轻小情侣一样。

季晓戚突然意识到，自己还不知道祝医生的年纪，看他一身休闲装，也看不出年龄，就二十几岁的样子。

应该跟陆野一样大？季晓戚想着便问了出来。

祝医生笑了笑，答道："我三十二岁。"

季晓戚吓了一跳："三十二？"

"看不出来吗？"

"嗯，看不出来。"

这是比陆野还要大一些。

看到她的表情，祝医生乐了："我不是同性恋，也没毛病，别用这种眼神看我啊。"

季晓戚咳了咳，掩饰了一下自己的脑补，摇头道："没有没有，我没那个意思……"

"我之前的恋爱谈了七年。"

祝医生轻飘飘的一句话，就给了季晓戚充分的想象空间。

"七年啊……"

季晓戚想了想，如果是七年的恋爱，分手之后，指不定在七年内她都不想谈恋爱了。

她顿时对祝医生肃然起敬："好一个情圣。"

祝医生已经对她的脑回路习以为常，食指屈起，亲昵地敲了一下她的脑袋，说："所以你可以随意地向我倾诉。我虽然给不了什么好的建议，但是至少可以感同身受一下。有些事情，一个人想着会比较难受，但是两个人一起想着，可能也没那么辛苦了。”

一瞬间，季晓戚突然觉得自己可能被这种温柔击中了，她柔软的内心似乎与另一个人有了共鸣。

也许是坚强了太久，季晓戚有点眷恋这样的温柔，有点眷恋这样被关照的感觉。

/ 3 /

时间飞一样地溜走，转眼便到了春末夏初。

季晓戚第一时间得到了孟芸怀孕的消息。

这可是万万没想到的，她还以为陆野想多跟孟芸过几年二人世界呢，哪知道孟芸居然转头就怀孕了。

周末，季晓戚把孟芸约出来一起吃火锅。

孟芸的眉眼温柔依旧，但是温柔里又带了一些母性的光辉。

“乖宝啊……”

孟芸的胃口比之前大了不少，点了一大堆菜，不紧不慢地丢进汤里涮，然后开口问道：“新郎找到了没？”

季晓戚一瞬间就焉了：“你干吗打击别人？”

“五万块钱呢？不要了？”

季晓戚愤愤地说：“陆野把你带坏了，你不是我心中那个温柔的小甜甜了。”

孟芸叹了口气，说：“那我帮你分担一半吧……”

其实孟芸也没什么钱，但是她和陆野结婚之后，陆野果断上交了存款和工资卡，不许孟芸用自己的工资补贴家用。

“陆野说，让我把工资当零花钱，不够再拿他的。平时家里的开销都用他的，所以我……还算有点存款了。”

季晓戚知道，孟芸这么说也是为了安她的心，想帮她分担一半，怕她觉得用了陆野的钱尴尬。

孟芸看着季晓戚的脸色："小七……"

季晓戚笑了一声，给孟芸夹了块肉放在碗里。

"我跟祝医生在谈恋爱呢。"

"真的？"孟芸有点不敢相信，这么突然，谁知道是真是假。

"真的啊！"季晓戚挑了挑眉，打开微信给她看。

她和祝医生的聊天记录拉不到底。

居然已经聊了这么多了？季晓戚自己都有点不敢相信。

本来只是单纯的游戏好友，每天的台词都差不多是"来了吗""来""上游戏"之类的，是从什么时候开始，他们渐渐地开始聊些其他事了呢？

季晓戚的目光聚集到聊天记录中的某行——是不久之前祝医生给她发的话，当时她其实已经睡了，第二天早上才看到。

"对我来说，一件事的结束必须和开始一样干脆，拖泥带水不是我的风格。认定了就去做，做不下去了就结束。其实很多事情没想象中那么后悔，所以无需犹豫，跟着自己的心走就好。"

"晚安。"

孟芸看了一眼，就知道季晓戚说的是真的。

她其实挺担心的，一边是好友，一边是陆野的同事——也不怕别的，就怕季晓戚的心还在季迟身上，人家祝医生却已经动了真心。

孟芸叹了口气，放了块毛肚进辣锅里，有一下没一下地涮着。

"小七……你真的已经放下了吗？"

季晓戚的思绪还停留在她和祝医生的聊天记录上，乍然听到孟芸的声音，结结实实地愣了一下。好一会儿她才回过神来，叹了口气，说："哪有什么放下不放下的，世界上压根没有什么最合适的人，只有合适与更合适的差别而已。"

季晓戚难得讲话这么似是而非，孟芸却松了口气。

既然季晓戚已经能用这么平和的语气说这件事了，那证明她心里其实已经放下了大半。

她决定任性一回。

也许一个人的婚纱照算是前无古人后无来者的，可她偏偏这么做了。

经过季迟这件事，季晓戚觉得自己已经非常接近哲学家的状态，她悟出了她人生的哲学——别指望男人会把你放在第一位，没人会比你自己更爱自己了！

就算没有新郎，她总能嫁给自己吧，嫁给自己想象中的爱情。

一定会有一个人和她一样，浪漫又热烈，真诚又感性，善良又倔强。

她要嫁给这样的人。

季晓戚给所有人都发了请柬，铺天盖地的。

然而请柬上没有名字，新郎和新娘的名字都没有。

季妈妈还是从季晓戚大姑那儿收到的消息，她几乎要被气疯了，冲进季晓戚的房间怒吼："你要结婚了？和谁？季晓戚！你胆子越来越大了啊！这么大的事情都不告诉我和你爸？你打算先斩后奏吗？"

季晓戚正在头疼余款呢，被她妈这样一吼，干脆放下笔。

"妈，你能不能轻点？"

"你现在是对你妈说话的态度吗？你还知道我是你妈？"

"反正不是你想的那样。"

"那是哪样？你倒是说说看啊！"

季晓戚叹了口气，说："反正不是季迟，可以放心了吗？就算是别人，你不喜欢，我们不领证就行了呗，婚礼办完就把他甩了。"

"你……"

季妈妈还没来得及把下一句吼出来，季晓戚的电话就响了起来。

季晓戚正愁不知道怎么结束跟她妈的对话呢，听到铃声，连忙不管不顾地接了起来。

"喂？"

"你下楼。"祝医生的声音带着一丝忍耐。

"啊？"季晓戚顿了一下，"下哪儿去？"

“你家楼下，下来。”

季晓戚顶着她妈愤怒的眼神，颤颤巍巍地下了楼。

祝医生之前送过她回家，知道她家住在哪个小区。

此时，他正把车停在她家楼下，人则是靠在车门边出神。

季晓戚大概也猜到他是为什么而来的。

看到季晓戚，祝医生摘下眼镜，捏了捏鼻梁，无奈地开口：“季晓戚。”

“哎！您说！”

“你跟谁结婚？”

果然。

季晓戚叹了口气，解释道：“事情不是你想的那样……”

祝医生深吸一口气，居然没有恼羞成怒，而是压住了火气，问道：“好，那你说说是什么样？你劈腿了？”

“怎么可能！”季晓戚怒道，“我是那种人吗？”

祝医生沉默地看着她。

“我那不是……之前吧，我脑袋发热，把定金交了……”季晓戚把事情大概交代了一下，“总不能浪费吧？五星级酒店呢，请大家吃酒席还不好吗？好歹让我收点本回来啊，不然我都要去借贷付尾款了。”

祝医生简直无语了：“那为什么不告诉我？”

季晓戚抬眉看他，问道：“你想结婚吗？还是想借我五万啊？不用，真没事儿，就当提前演练一下。我算过了，按照我们这儿的市价，一个位子一千元，一桌也能回本一万呢……”

“你都不问我，怎么知道我想不想？”

季晓戚歇了声。

祝医生忍了又忍，还是把眼镜扔进车里，拽住季晓戚的手腕，按着她的脑袋重重地吻了下去。

“小朋友，结婚吧。”

季晓戚瞪大了眼睛，傻呆呆地看着近距离放大的祝医生的眉眼。

他的眼睛真是漂亮，凑近了更漂亮，让整张脸都亮了起来。

“你、你不要开玩笑了……”

突然被强吻，季晓戚的脸不自觉地红了，声音也弱了下来。

“没开玩笑。”祝医生握住她的手，“没有别人就好，都来得及。”

说着，他从车里拎出一大堆水果补品。

祝医生一身衬衫西装，拉着穿着睡衣拖鞋的季晓戚，看起来怪异却又协调。

“带我去见见你爸妈吧。”

季晓戚真的被吓到了，拒绝道：“不要这样啊。祝医生，我……我还没准备好……”

“你讨厌我吗？”

“不讨厌啊。”

祝医生笑了起来：“那就行了。我家不算有钱人家，就是普通家庭，本地人，家里两套房，一套爸妈的，一套我的，一辆代步车，没有贷款需要还，身体健康，无遗传疾病，不是同性恋，没离异过。”

季晓戚不知道该做何反应，傻呆呆地“啊”了一声。

“你不是希望爱人浪漫一点吗？”

“对、对啊。”

这点季晓戚也有和祝医生聊过，不过是聊天的时候随口说的，没想到也被他记住了。

“现在还不够浪漫吗？马上我们的故事就能写个婚恋文了，还是大叔宠妻题材的，你不喜欢吗？五万块也有人帮你分摊了……哦对了，尾款也有人帮你付了，还能重新拍一套婚纱照，还能重新试一次婚纱。”

“可是这有……”试婚纱有什么意义吗？

“你不喜欢吗？有人在你拉开试衣间帘子的时候，鼓掌说你真漂亮，不喜欢这样吗？”

祝医生轻轻地抱住季晓戚。

季晓戚个子高，在他怀里却显得娇小。

“什么浪漫的剧情都可以有。一个人多寂寞啊，带我一起玩吧，好不好？”